魅丽文化 花火工作室

金京南
著
JIN
JING NAN
WORKS

# 星星在靠近

江苏凤凰文艺出版社
JIANGSU PHOENIX LITERATURE AND
ART PUBLISHING, LTD

图书在版编目（CIP）数据

星星在靠近 / 金京南著 . -- 南京：江苏凤凰文艺
出版社，2019.7
ISBN 978-7-5594-3634-4

Ⅰ . ①星… Ⅱ . ①金… Ⅲ . ①长篇小说 - 中国 - 当代
Ⅳ . ① I247.5

中国版本图书馆 CIP 数据核字 (2019) 第 074982 号

# 星星在靠近

金京南 著

出 版 人　张在健
责任编辑　张　倩　王　青
特约编辑　黄　欢　蒋晗婧
装帧设计　李　娟
出版发行　江苏凤凰文艺出版社
　　　　　南京市中央路 165 号，邮编：210009
网　　址　http://www.jswenyi.com
印　　刷　湖南凌宇纸品有限公司
开　　本　880mm × 1230mm　1/32
印　　张　10
字　　数　261 千字
版　　次　2019 年 7 月第 1 版，2019 年 7 月第 1 次印刷
书　　号　ISBN 978-7-5594-3634-4
定　　价　38.60 元

# 星星在靠近

金京南 著
JIN
JING NAN
WORKS

江苏凤凰文艺出版社
JIANGSU PHOENIX LITERATURE AND
ART PUBLISHING, LTD

图书在版编目（CIP）数据

星星在靠近 / 金京南著 . -- 南京 : 江苏凤凰文艺出版社，2019.7
ISBN 978-7-5594-3634-4

Ⅰ．①星…　Ⅱ．①金…　Ⅲ．①长篇小说－中国－当代
Ⅳ．①I247.5

中国版本图书馆 CIP 数据核字 (2019) 第 074982 号

# 星星在靠近

金京南 著

出 版 人　张在健
责任编辑　张　倩　王　青
特约编辑　黄　欢　蒋晗婧
装帧设计　李　娟
出版发行　江苏凤凰文艺出版社
　　　　　南京市中央路 165 号，邮编：210009
网　　址　http://www.jswenyi.com
印　　刷　湖南凌宇纸品有限公司
开　　本　880mm×1230mm　1/32
印　　张　10
字　　数　261 千字
版　　次　2019 年 7 月第 1 版，2019 年 7 月第 1 次印刷
书　　号　ISBN 978-7-5594-3634-4
定　　价　38.60 元

c o n t e n t s

# 目录

c o n t e n t s

# 目录

# Chapter 01

## 或许，她还能为这个集体打游戏……

刚下了微积分课，安星允就被卫卫拉着往外走。

“等一下，我的书包……”

安星允的话还没说完，就被卫卫打断：“哪来的书包？你上课空手来的！”

安星允淡定地拿起桌子上唯一的一支笔：“你说得对。”

正是饭点，食堂排队的人不少，但是打饭的大叔很有效率，安星允跟在卫卫身后，还没想好吃什么，就轮到她了。

隔壁队伍里有个高个子男生，正好点完两荤一素的菜，安星允看到那双修长且骨节分明的手正端着餐盘离开，冲着食堂师傅说道：“师傅，我和他点一样的菜。”

她这样还是很有效率的。

那人偏头看了安星允一眼，她并没有在意。

在食堂解决了午饭问题，安星允决定逃掉下午的大学历史课。

卫卫一脸心痛。

安星允的专业课分数高得吓人，文科类课程却基本是低空飞过，有时候运气不好，就挂了。他们基础数学专业百来号人，就她一个语文挂科的……

卫卫当年可是以省重点高中前五名的成绩考进来的，对安星允恨铁不成钢……

突然她们的手机振动了一下，是班长在微信群里发了通知。

班长："基础数学的同学们，咱们旭安科大要举办第一届校园电竞大赛了！"

群众："鼓掌！"

班长："鉴于咱们学校男女比例是七比一，比赛增加了一个说明，每个队内包含一名或一名以上女同学，该队基础分加五十分！"

群里众人纷纷帮忙@了他们系仅有的八名女生。

安星允一时不知道该回复些什么。

班长在群里继续忽悠："现在，是展现我们基础数学班同学们团结的时候了。有了这五十分，哪怕我们只赢一局，也能熬过小组赛挺进复赛！"

安星允心想：这种规则根本就是Bug（漏洞）吧？

接着，包含比赛项目和介绍的图被贴了出来。

项目都是当前受众较广的游戏，比如《王者荣耀》《DOTA2（刀塔2）》《绝地求生·大逃杀》《炉石传说》《英雄联盟》……

安星允找了找，并没有自己玩过的游戏……

虽然旭安科大学风很好，但是玩游戏的男生还是不少。男生们纷纷踊跃报名，女生们却一直保持沉默。

队伍很快就组好了，班长和团支书他们商量过，有计算机系这样的强者，这个加分对他们这种常年只靠一支笔和一张纸打拼的同学来说，还是很重要的。只要挺进了复赛，便能在综合评分上给本系加上一笔。

班长继续苦口婆心道：“女同学们，你们不会玩没关系，为了集体荣誉，我们找些水平较高的同学带带你们。”

某男：“你们这辈子就没玩过游戏吗？”

某女：“我养过青蛙……”

某男：“还好你没说《奇迹暖暖》……”

某女：“玩游戏还能玩出优越感，呵呵。”

这时候，卫卫突然回复了一句：“玩过《征战》这个网游有用吗？”

某男：“我去，可以啊！卫卫你多少级了？！”

卫卫：“不是我，是@安星允，你多少级了？”

安星允想着游戏中的等级，这和她的逃课次数成正比，于是决定给自己打个五折……

安星允：“四十七级……”

班长：“我玩过这个游戏，还是很考验操作的！据说混到八十级以上，就很难升级了。”

于是安星允就这样被选中，为系争光。

班干部们研究了一下，决定在比赛前约其他系来一场友谊赛，热热身。约赛这事还没定下来，班长就收到了负责训练安星允的楚萧和的微信。

“班长……就咱们系花玩的那个游戏，绝对不止四十七级……”

定项目的前一晚，安星允给哥哥安燃打了个电话。

“报哪个呢？”

安燃在办公室加班，这会儿正从茶水间端着咖啡出来，接到安星允的电话，他的声音透着些许疲惫：“校园电竞比赛，你什么时候对这事感兴趣了？”

安星允站在阳台上，夜晚的风轻轻吹着，黑发飞舞着融进夜色。

“为了集体荣誉。”

安燃轻笑，声音里却没透出任何情绪：“那随便选一个便是了。”

安星允想了想：“如果耳濡目染有用的话，那我就选《DOTA2》吧？”

安燃随意且轻松地回复她：“行啊，都随你。”

安星允在安燃放下电话的前一刻突然问他：“哥，没什么绝招传授我吗？”

安燃笑了笑，笑声中带了些宠溺：“哪有什么绝招？”顿了顿，他开玩笑地说，“这要看天分的。”

安星允叹了口气：“那我只能随缘了。”

安燃挂了电话，查了查日历，便继续做自己的事。

安星允从阳台上回到宿舍，卫卫喊住她：“刚才班长给我打电话，说你的电话占线，信息也没有回。他说明天约了医学院的同学来场友谊赛，让你明晚七点去颂晟楼613。还有，彭导也找你。”

“辅导员找我？”

“是，你自己问吧。我在群里看到他问有没有人能联系到你，说你微信不回，短信不回，电话不回。你怎么回事？”

安星允想了想：“大概是我开了静音……”

安星允很明智地第二天才联系辅导员。

安星允：“彭老师，您找我有什么事吗？”

彭导：“下午到我办公室来一趟。”

结束了下午的统计学课，安星允便去了辅导员的办公室报到。彭导是他们基础数学专业的辅导员，隔壁桌坐的是应用数学专业的辅导员蓝导，安星允进去前，两个人正说着什么。

看到安星允后，蓝导温柔地冲她笑了笑，安星允总觉得这笑有些意味深长。

彭导指着他手中的出勤表，语气严厉："你看看你，这缺勤次数就挂在不让参加考试的边上，你是不是算过？"

安星允没吱声，这种情况下，默认就行了。

彭导拿着她的成绩单，加重语气道："数学类的专业课门门高分，怎么军理、马哲、思修这些课都六十分飘过？咱们旭安科大虽然说以理、工、医三科闻名全国，但是大学语文是必修课，你不过，就没法毕业。上学期咱们基础数学系一百来号人，没过的就你一个！"他从桌子上拿了杯茶水，喝了一口。

安星允突然想到一个词，叫"唾沫横飞"，她很好奇，自己这个词汇量怎么语文就不好呢？

彭导继续说道："我打算申请这学期安排你重修，插到哪个班我已经和文学院、教务处打好招呼了，你这学期和医学院临床医学系的同学一起修，回去把课选上。"

彭导一番慷慨激昂的教育，让屋子里的气氛略显尴尬。

蓝老师看着安星允低眉不语的样子，怪心疼地说道："你们辅导员也是怕耽误你之后的发展，你要是等一年再重修，那时候大三，正是进实验室或者参加专业项目的好时候。彭老师也是不想你因为挂科而耽误了发展。"

安星允点点头，应道："是。"

彭导不知道又从哪里拿出一张表："逃课不说，各种班级活动也不参加，你还能为这个集体做什么？回去好好想想。"

安星允默默地说了句"老师，再见"，就退了出来。

或许，她还能为这个集体打游戏……

安星允晚上七点要去颂晟楼参加友谊赛，她没打过《DOTA2》，只有观战的份。她在旭安科大待了一年，一次都没有去过医学院大楼。

613， 在一楼走廊拐角处，刚好通往地下室。

传说颂晟楼地下几层楼每一层都是供教学使用的，还有一层停尸体，不知道是真的还是糊弄人的。

安星允吃过晚饭，觉得回宿舍有些早，便打算先去颂晟楼等着。到了613她才发现这是个需要刷卡才能进的房间。

安星允背着书包，站在门口踟蹰的时候，地下室传来了脚步声。一个男生穿着白大褂，脸上带着愁容，看到安星允的时候，眼睛亮了亮，随即又暗下来，刷卡进了屋子。

安星允在外面等了一会儿，六点一刻，那男生从房间里出来。身上的白大褂已经不见了，穿着一件深灰色的套头毛衣，略起球，看见安星允还戳在外头，开口问她："你没带卡？"

还未等安星允回答，那人便好心地撑着门，冲她说道："进去吧，小点声。"

安星允点头谢了谢他，背着书包进去了。

613并不是一个普通的教室或者办公室，而是一个套间，最外面的房间有好多立式柜子，柜子上贴着编码，估计存放着白大褂。立式柜的旁边有一个洗手池，上面摆了消毒液，外屋有两张长条木制凳子，估计是供人换衣服时坐的。

安星允绕了一圈，发现还有间里屋，她试了试，发现门是虚掩着。她轻轻推开，果然是一间会议室，里面有一张长而宽的实木桌子，周围摆了十来把椅子。安星允看了看表，在靠门不远的位置坐了下来，拿出电脑和耳机线，登录游戏。

安星允刷了一会儿副本，没听到613外间有推门的声音。

李辰逸发现里间的门是虚掩的，推断李叙肯定在里面睡觉，便边推门边喊道："李叙，走了，别睡了！"

一开门他却看到一个女生，一头乌黑的长发，戴着耳机，因为他的大喊而偏过头，那双湿漉漉的圆圆眼睛正望着他。

李辰逸的脸一红，他赶紧低头摆摆手："同学，不，不好意思……"更多的解释因为紧张结巴没有说出来。

安星允赶紧摘了耳机，以为是参加友谊赛的同学，起身打招呼："你好。"

安星允乖巧地站在电脑前，耳机线还握在手里，突然一个低沉而好听的男声在她身边响起。

"你搞错房间了。"

安星允稍稍一偏头，看到一位身着白大褂的男生。

男生双手插在裤袋里，微微前倾，随意地扫了她的电脑屏幕一眼。这个距离离她好近，她都能感觉到耳旁有他的呼吸声。

这个男生很高，阴影笼在安星允身上，清冷的语调让她不由得仰头。这人是什么时候在这屋子里的？

男生一张俊脸带着一丝倦意站在安星允面前，她下意识地后退，却一下撞到桌边，腰间吃痛。

他微微皱了皱眉头，淡淡说道："小心。"

安星允反应过来，这人大概之前躺在里面的那张沙发上睡觉。她心里一动，迅速转身合上电脑。

李叙直起身子，再次低头看了安星允一眼，确定她没事，然后带着风似的往门口走去。

这会儿李辰逸才反应过来："同学，你不是我们医学院的吗？"

安星允对李叙的话将信将疑，却在听到这句话的时候开始收拾东西："哦，我是来观摩电竞友谊赛的。"

李辰逸爽朗地笑了。

"同学，你真的走错了。这个 613 是手术准备室，不过真是巧啊！我也要去参加那个友谊赛，是在631，我们可以一起过去。”说着李辰逸转头看向李叙，“我可是咱们系的代表选手，去不去替我助威？”

李叙没有看他，打开柜子拿了自己的东西，回道：“没空。”

李辰逸：“哎，今天的实验不是都做完了吗？”

李叙微微偏头，余光看到安星允背着双肩包，一身浅蓝色的连衣裙，黑亮的头发柔软地披在肩膀上，看起来乖乖的样子。她迈着步子正往门口走，李辰逸则靠在里间的门框上，晃荡着一条腿，等着他回话。

李叙收回目光，回应：“还有一台手术。”

李辰逸数了数最近要完成的实验，疑惑道：“啊，还有一台，什么手术？”

李叙出门的时候，回了他一句：“话痨晚期。”

李辰逸：“……”

安星允和李辰逸一起到631的时候，让基础数学系的班长很疑惑，班长招了招手，示意安星允坐过去。

临床医学系那边有人小声讨论，更有甚者，拉过李辰逸，低低地问他。

“逸哥，这姑娘是谁啊，这么漂亮？！”

李辰逸摆摆手，一副秉公办事的态度：“好好准备比赛，瞎咋呼什么？”

“啧啧啧，不问了，不问了。”

李辰逸的余光落在安星允身上，发现她将书包放在一边，没有参赛的意思。

楚萧和坐在安星允旁边，对她说：“我们要打也是打辅助位，这次我打的是五号位，你等会儿看看我的思路 。”

安星允回了一声“好”，就没再说话。

一局过后，双方势均力敌。

李辰逸坐在座位上，虽然他不打辅助，但是对面打辅助的人操作确实不错，他打趣道："兄弟，不错啊。"

楚萧和抿嘴笑笑，没告诉对手他是替补。而真正的种子选手正坐在他旁边，靠在椅子上一脸平静，那双黑漆漆的眼睛看着投影仪上的画面，不知道在想什么。

李辰逸顺着楚萧和的目光看到了安星允。这女生面无表情，不说话的时候，颇有高岭之花的姿态，模样清冷，有点生人勿近的意思，和她刚刚在手术准备室温柔的样子大相径庭。

第二局开局前有十分钟的休息时间，两队的同学各自聊着天，有的还小声讨论着战术。这时，门被轻轻推开，刹那间有光线射进来，那人周身带着微微的光晕，出现在门口。

李叙没有再穿那身白大褂，而是一件简单的白衬衫，外面穿了一件黑色的V领针织衫，身姿挺拔如松。

有一种人，出现的时候你觉得他周身带着光，不耀眼，却让周围明亮起来。

李辰逸看到李叙，招手让他进来："你怎么来了？"说着他顺手赶走了身边的人，给李叙留了个位子。

李叙长腿一收，坐在李辰逸身旁，坐下的那一刻，气势悄然弥漫。

不知为何，安星允觉得眼前的画面特别像以前念中学的时候，教导主任来抓开小差的学生。脑补的剧情让她嘴角上扬，一抬眸，却突然发现李叙正在看她，四目相接，他匆忙移开了视线……

安星允再看的时候，他已经没看她了。

"明天出义诊，系里找你，我只是过来传个话。"李叙对李辰逸说道。

李辰逸一拍脑袋，他差点给忘了，可是第二局马上开始了，他看着李叙一脸不慌不忙的模样，心一横道："看我玩完这局，咱们就走。"

李叙应了他一声："你随意，另外，被传唤的只有你。"

第二局的时候，医学院的同学比上一场多了一些干劲，或许是因为李叙在场有了不少压力。他就安静地在那里，却有不少人偷偷打量他。

这人就是传说中的 G 奖获得者，旭安科大历届 G 奖的获得者都是超神的存在，这个奖在全校本科生中一年只评一个，获奖难度可想而知。

第二局，安星允仍然在一旁仔细学习楚萧和的操作。

突然，敌方从草丛中伏击，楚萧和一惊，没想到这局刚开始就被人盯上了。

“放雾。”安星允坐在楚萧和身旁，声音不大，刚好他能听到。

楚萧和突然想起，发育前期，安星允就建议他买雾。

因操作精准，数系队成功地躲过了这波伏击。

“可以啊，辅助。”埋伏被人破了，李辰逸忍不住说了一句。

李叙坐在椅子上，百无聊赖地看着他们打游戏。这波操作后，他往楚萧和的方向看了看，楚萧和握着鼠标，手指在键盘上敲打着。身旁的女孩坐得离他很近，两个人的声音低低的，好像在讨论下一波的操作。屏幕的光照在安星允的脸上，映得她的眉目清晰灵动。

李叙双手交握在一起，目光深邃，若有所思。

他刚才在手术准备室看到了她的游戏 ID——起名太随意。他刚好知道这个名字。网游《征战》，在 A 大区里，综合榜排名前十的玩家 ID 他略有印象。操作彪悍的男号后面，原来是个女玩家。

李叙起身，在李辰逸旁边说了句：“我先走了。”

李辰逸这会儿正忙，根本没空理他，连续应了几声：“知道了，知道了。”

那个游戏，李叙很久没登录过了。以前无聊的时候，他会上去 PK（对战）几局，遇到的对手同他不在一个水平线上，他也就渐渐失去了兴趣。

回到宿舍，李叙登录了游戏，想到她看屏幕时专注的样子，在好友栏里发送了一个请求。

系统：“‘Raines（雷恩斯）’申请加‘起名太随意’为好友。”

第二局结束，数系队扳平了比分。休息时，楚萧和对安星允说：“下一局，你来试试？”

安星允想了想，微笑着摇了摇头，然后把放在一旁的书包拎过来，背在肩上：“我还有点事，先回去了，训练的事咱们再发信息联系吧。”

班长一看，叫住她：“安星允，你现在就走？还有一局呢。”

安星允点点头，脸上一直带着和煦的笑：“是，我还有点事，不好意思得先走了，你们加油哦。”说完，她便在大家好奇的目光下离开了631。

班长挪到了楚萧和旁边，问他：“她学得怎么样了？”

楚萧和回忆了一下，答道：“不愧是专业课门门九十分以上的选手。”

队长爹毛：“和专业课有屁关系！”

楚萧和幽幽地说道：“聪明啊……学东西快。”

安星允并没有回宿舍，而是背着书包去了图书馆总馆一楼里的樱花咖啡厅。她买了一杯热巧克力，找了一个靠角落的位子，坐了进去。

开机，登录《DOTA2》，连麦，一切准备就绪，安星允拨通一个电话。

“喂？”那声音透着浓浓的鼻音，但是好听得一塌糊涂。

“哥，是我。”安星允脖子上挂着耳麦，拿着手机。

“什么事？”安燃直奔主题。

安星允也没客气：“你什么时候有空，陪我打两局游戏？”

安燃在电话那头轻笑了一声：“你对你们学校办的那个什么电竞比赛这么上心？”

安星允脸不红心不跳地回答：“为了集体荣誉。”

安燃能想到安星允那假正经的样子，笑道：“嗯。不过我感冒了，今天陪不了你，明天再看情况吧。”

安星允这才意识到，那浓浓的鼻音从何而来。她关心道：“哥，你要多多注意身体，家里有药吗？”

屋子里的装修风格是简约的北欧风，偏冷色系。此刻，安燃躺在床上，没什么精神，握着手机调笑道：“没药，怎么办？”

安星允很认真地回答：“或许快递可以送药，如果网上定不了，我手机里还有好几个人的电话可以打。比如梁姝姐姐、孙熙琳姐姐……”

话没说完，安燃打断她道：“得得得，我自己找药吃。”他顿了顿，才又说，“星星，玩玩就好，别那么较真。”

因为哥哥身体不舒服，他们聊了几句，很快就挂了电话。

之后，她在网上找了几个解说视频，津津有味地看了起来。直到咖啡厅关门，她才收拾书包，背着电脑回宿舍。

宿舍里，卫卫正在敷面膜，看到安星允回来，提高嗓门：“学委让我提醒你，别忘了把大学语文选上！”

安星允默默地开了电脑，登录教务系统，想起了《无间道 2》里面倪坤那句口头禅：“出来混，迟早要还的。”

第二天数分课下课，卫卫就拽着安星允快步往外走。

安星允：“等一下，我有个问题需要问学委……”

卫卫：“非得现在问？”

安星允：“不……我可以发微信……”

听说今天医学院在一食堂前的小广场举办一场义诊，安星允其实是不想跟着卫卫去凑热闹的。

数学楼里拥出来一大堆前往食堂的学生，安星允走在卫卫旁边，时不时有人和她们打招呼。

两人到达一食堂小广场的时候，那里已是一片黑压压的人群，卫卫却一眼看到一条长龙，然后毫不犹豫地站到了后面。

“这么多人……”安星允感叹了一句，问道，“这队是检查哪个方面的？”

卫卫回她："测血压。"

安星允偶尔会出现低血压症状，她想了想，也决定测一测。左右观察了一下，并排的三条队伍都是可以量血压的，她想，等一会儿排到了卫卫，估计食堂就没有饭了，于是她和卫卫打了声招呼，去旁边的校园超市买了两盒泡面。

大概是因为医学院义诊，今天超市里有好几位穿白大褂的同学。

安星允在泡面区站了一会儿，怀里抱着已经选好的经典红烧牛肉面。而卫卫最爱的是老坛酸菜面，安星允看了好一会儿，也没有找到，正犹豫替她选哪一款的时候，一个低沉好听的男声从她身后传来。

"泡面中蛋白质和纤维素含量太少，调味包中盐分太高。"

安星允回过头去，没看到那人的脸，只看到一个颀长高大的背影，穿着白大褂。

义诊的同学真是敬业，可她还是决定图个方便。

付了款，手里捧着两碗泡面的安星允选择了最短的一支队伍，排队的只有五个人，看了看卫卫的那队，已经长得看不到尾了……

李叙拿着能量棒往义诊区走，很远就看到了安星允，手里捧着两盒泡面，根本没把他的话当回事。

把买的能量棒分给同系的同学后，李叙拍了拍旁边那个男生的肩膀。

"李师兄？"

"方便的话，我们换着坐一会儿？"

那男生看看隔壁队伍，一水的女生，顿时了然："没问题，师兄，你坐。"

李叙点头道谢。

队伍最后的人并不知道前面的状况，好不容易排到的女生看着桌子上摆着的"李叙"的铭牌，那人却坐到了隔壁。

"李师兄，铭牌需要换一下吗？"男生问道。

"不用了，一会儿我就和你换回来。"那男生想了想，也就没再多问。

安星允正安静排队等着，忽然听到身后呼啦啦地响，一回头，发现自己所在的队伍变得超长！

嗯，可能是大家都吃完饭了……

很快就轮到了安星允。她将两桶泡面摆在腿上，避免泡面掉下来，坐得直直的，腿和腰身形成了标准的九十度角，像个听话的小学生。

她抬头，看到一个长得特别干净帅气的男生正靠在椅子上看着她。他身穿一件黑色的毛衣，白大褂穿在他身上，整个人显得严肃又好看。

桌上的铭牌上写着：吴韩。

原来他叫吴韩。

安星允自觉地抬起了右手，想将自己的袖子挽起来，却听到“吴韩”说：“天儿凉，不用了。”

好听的儿化音，浓浓的京腔。安星允愣神的片刻，男生便开始将袖带绕在她的手臂上，贴上听筒，听诊的样子十分专业……

大概是医学生的缘故，安星允觉得这男生的手修长白皙，骨节分明，动作利落。她的目光落在他的睫毛上，他的睫毛好长。她正琢磨着，那双黑亮的眼睛突然对上她的视线。她条件反射地想把手缩回来，却被他轻轻一按，老老实实地贴在了桌子上。

“低压62，高压92，血压有点偏低。”说着，他将袖带松开，收了听筒，“平时多吃些有营养的东西，多锻炼锻炼。”

就在安星允一样样记住准备道谢的时候，李叙继续说：“泡面留下当诊费吧。”

那声音听上去清清凉凉的，把安星允吓了一跳，膝盖上的两盒泡面因为她的动作，滚到了地上。

他是她在超市碰到的那个人？

她把泡面捡了起来，义正词严地问：“不是义诊吗？”

李叙突然靠近桌子，双手交叉握在一起：“不，我决定坐地起价。”

还有没有王法？不！还讲不讲道理？

秉承君子动口不动手的原则，安星允决定赶快闪人。桌子不宽，这支队伍又在末端，李叙伸手拦住了她。

“嗯？”安星允抱着泡面，面上很淡定。

李叙也没多余的话，就安安静静地看着她，眼睛漆黑，好像能看穿她的小心思，也回她一个字：“嗯？”

安星允一个学数学的，难得想起来化学系的一句名言，嘀咕了一句：“脱离剂量谈毒性，都是耍流氓。”吃一次不会怎么样的……

安星允的声音虽小，却被眼前的男生一字不漏地听到。李叙收回拦住她的手，带着丝丝清冷随意地靠回椅背上，没再看她。

安星允当然是抱着她的泡面快速溜了。

安星允走后，李叙拍了拍吴韩的肩膀：“我们换回来吧？”

吴韩看着一溜烟跑远的安星允，好奇地问了一句：“李师兄，你和刚才那个同学说什么了？我看她跑得好快。”

李叙整理了一下听筒，将血压计摆正，冷淡道：“我说她血压低，她说我在耍流氓。”

吴韩：“……”

安星允跑得太快，都忘了和卫卫打招呼。

她回到宿舍重新在教务系统把大学语文的课选上后，情绪有点低落，想到以后每周五都会多出来这么一节杀脑细胞的课，桌子上那盒泡面就让人没食欲了。

李叙和李辰逸他们义诊结束后天都黑了，低年级的医学生们将桌子椅子抬回指定位置，李叙他们这批高年级生负责将今天义诊收集的数据录入电脑，并将纸质材料整理好送到系里。

一切处理妥当后，忙了一天的医学生们又错过了食堂的饭点。有人起哄道：“今天这么辛苦，学长们请吃好吃的吧？”

大批的学弟还有几名学妹跟着附和，李辰逸一把搭上李叙的肩膀："李师兄，请个客呗？"

李叙看了他一眼，又看到大家满眼的期待，便道："你们李师兄李辰逸要请咱们吃夜宵，大家收拾收拾准备一下吧。"

李辰逸搭在李叙肩膀上的手慢慢滑了下来："你狠……老子恨死跟你一个姓了！"

李叙不慌不忙，一派温润如玉的样子，目光清亮地回他："选个地方吧，大伙都等着呢。"

李辰逸黑着脸，冲着一帮学弟学妹道："走吧，吃了我的饭，以后就是我的人了！"

这话一出，他本以为能镇住几个，没想到有几个脸皮厚的学弟贴上来，笑嘻嘻地说："好啊，逸哥哥，以后就靠你养我了。"

"去你的！"

众人离开的时候，李叙和李辰逸打了个招呼："我不去了，你们去吧。"

李辰逸道："宰都被宰了，又不差你一个。"

李叙微笑："我这不是心疼你吗？"

李辰逸："……"

几个小学妹听到李叙师兄不去，面上都带着失望的表情，低声议论说谁去劝劝，可是看着他身姿挺拔地站在凉凉的夜色中，便也不敢上前去扰了这番清净。

和众人分别后，李叙回宿舍歇了会儿，打开电脑，登录《征战》，之前发送的好友请求并没有得到回应。

他合上电脑，看了眼时间，食堂已经开始提供夜宵了，他便打算吃点什么。

一食堂的三楼每天营业到十一点半，每个窗口都还开放着。

李叙买了一小碗清粥，端着餐盘转身的时候看到了一个熟悉的人影。

安星允穿着一件湖蓝色的毛衣裙，头发披在肩上，露出巴掌大的小脸，加上她皮肤偏白，远远看上去有种楚楚可怜的感觉。她的餐盘上有一个很大的碗，她步子很慢，小心翼翼地端着，不用看都猜得出碗里的东西大概装得很满，为了保持平衡，她藕段似的细胳膊举得平平的。

李叙看着她左顾右盼，最终选了个靠窗户的位置，头还向外瞧了瞧，不知道看到了些什么有趣的风景。

李叙收回目光，刚要动身，听到有人叫他。

“李叙，吃夜宵吗？一起啊！”是一层宿舍的几个同学。

李叙摇了摇头：“谢谢，下回吧，走了。”接着，他在众人好奇的目光下往安星允的方向走去。

安星允不知道此时的情况。一小碗清粥突然出现在她眼前，她微微抬头，看到了一双笔直的长腿停在前方，接着，有人坐到了她对面。

她再抬头，是那张让人难忘的俊颜，最近她见到他的频率有点高呢……

安星允疑惑地向周围看了看，有很多空桌子。这人怎么偏和她坐在一起了？

安星允低头看着自己今天点的东西：一碗麻辣烫，还加了一份鸡蛋面。

李叙看了眼她的碗，安星允不知道这一眼是什么意思，是碗太大，还是食物有问题？

安星允小时候一直和安燃混，早就练就了一副内心波涛汹涌，面上平静无波的本领。

想到他“威胁”她留下泡面的样子，她心有戚戚却“淡定”地憋出一句：“清汤的。”这大概是她能找到的这碗麻辣烫的主要优点。

李叙说了两个字：“不错。”然后慢条斯理地喝他的粥。

什么意思？

安星允一时也不知道要说什么……敌不动，我不动。

李叙喝的是清粥，白白的粥配着绿色的葱粒，修长的手指捏着白色瓷勺。

安星允不知怎么的就联想到高中课文中提到的古代世家公子。

秋夜，外面的风吹得树叶飒飒作响，两个“陌生人”安静地吃着自己的夜宵。

李叙那一小碗粥还没吃完，他就看到还剩下大半碗麻辣烫的安星允端着餐盘“跑了”。他看着她的背影，嘴角带笑。

李叙吃完回到宿舍，一进屋，就发现李辰逸坐在自己的椅子上。

“你们回来得倒是快。”

李辰逸没接这个话茬，而是自顾自地道：“听说……”他故意卖了个关子，话说得极慢，还带着颤音。

李叙将李辰逸从自己的椅子上赶了起来：“一边儿去，我没听说。”

李辰逸靠过来：“我听隔壁寝室说，你今晚和一个姑娘一起吃饭了。”

李叙长得帅、成绩好，从来都是一副彬彬有礼的模样，很招女孩子喜欢。可是这人不懂利用资源，委婉地拒绝了各种女生的接近，今天是撞了大运让他们看见他和一位据说长得超好看的妹子一起吃饭。

李辰逸心里嘀咕，怪不得晚上他请客李叙也不给面子。他换了姿势，抓过另一把椅子，扬眉带笑地坐在李叙面前：“那人是谁啊？”

李叙回他：“不知道。”

李辰逸一个激灵：“啊，那你干吗和人家坐一起吃饭啊？”

李叙将电脑打开，不再看他，简单道：“只是想知道她吃的什么。”

李辰逸觉得自己应该学脑科，有助于他理解这话的奥义。

李叙开电脑登录了《征战》，之前发的好友请求仍旧没有回应。他点开了公会的对话框。里面一群人正在插科打诨，副会长貌似在召集人去做任务。李叙在公会活跃的成员那一列看到了正在线的“起名太随意”。

公会 -Raines：“@ 起名太随意。”

这一个符号加五个中文字符一出现，公屏上瞬间炸了！

公会 -BOBA TEA（珍珠奶茶）：“咦？！什么情况！”

公会－兔兔爱草：“Raines！什么意思？！”

公会－副会长－小恒：“我不去做任务了，先看热闹！”

公会－路人甲：“小板凳已摆好。”

安星允吃了夜宵回到宿舍，就去浴室洗澡了，游戏挂着机，回来的时候头发还湿漉漉的。她一边擦头发一边往自己的位置走，一坐下就发现满屏的“板凳”，动了动鼠标向上翻了几页，没翻到聊天记录的头，她也决定看个热闹。

公会－起名太随意：“板凳 +1。”

公会－兔兔爱草：“板凳你个大头鬼啊，随意君，Raines 点你的名了！”

安星允的心一抖……

没等众人口诛笔伐，Raines 发了简单的一句话。

公会 -Raines：“加好友。”

简洁到有些霸气的三个字……安星允这才去看通知箱，众多垃圾通知内确实有一个好友申请，来自——Raines。

安星允想着，她什么时候认识的他？她心有戚戚地点了接受。

密语 -Raines：“起名太随意？”

密语－起名太随意：“是我。”

就在安星允神游的时候，Raines 又发来一条私信。

密语 -Raines：“有空吗？”

安星允用手擦了擦头发，回他。

密语－起名太随意：“有。”

一秒后，电脑屏幕上推送了一条系统消息。

系统：“Raines 约战起名太随意，1VS1（一对一），欢迎围观。”

安星允：“……”她不欢迎围观好吗？！

另外，她什么时候招惹他的啊？第一次，就这么血腥吗！

# Chapter 02

## 我叫李叙。

炸了炸了！

杀戮榜上前三的大神单挑综榜上前十、操作彪悍的随意君。

安星允看着屏幕上刷过的一排排的“激动”“给跪”“坐等”，默默心累。

她给对方发了私信。

密语 - 起名太随意：“这是？”

密语 -Raines：“不是有空？随便打一局，你不要有什么心理压力。”

安星允叹了口气，还以为自己和他结了梁子。不过她一向来者不拒。输了又怎么样，她又不在乎什么面子。

她的头发还有些湿，便把毛巾扣在头上，利落地点了接受。

李叙坐在电脑前，看到对方接受了约战，嘴角微微上扬，比他想的更坦荡有趣。

很快，双方控制的人物便出现在战场上。

卫卫敷着面膜从洗手间出来，看到安星允的头发还滴着水，肩膀和后背已经湿了好大一片，可是对方只是随意地搭了条毛巾在头上。

“星星，你这样不擦干头发容易感冒。”

安星允“嗯”了一声：“等下就擦，这会儿有点忙。”

卫卫有些好奇，想看看她在忙什么，走到屏幕前，顿时觉得自己要被眼前的各种光闪瞎！

“你这是在和人打架吗？”

“嗯。一个高手。”

卫卫看不懂，只感觉屏幕在“颤抖”！

李叙感觉这个“起名太随意”真的打得很好，操作时每一步都准确精巧。忽然，他想到她端着那一大碗麻辣烫“逃走”的样子。

想到这里，李叙手一顿，安星允却没有放过任何一个机会，一个大招下来，Raines 的血量少了一半。

观战的人不由得感慨这两个人真是势均力敌，一个松懈都会送掉半条命！

李叙看了眼自己法师的 HP（血量），又看着一招接一招攻过来的“起名太随意”，忽然笑了。

李辰逸听到他的笑声，过来凑热闹：“你笑什么呢？哟，和人打游戏呢啊？”

李叙心情很好地回他：“嗯，快结束了。”

“又是你赢吧？没劲。”

“不是，我今天被虐。”

“啥？！”李辰逸以为自己听错了，回头看了眼屏幕，见到李叙控制的那个人物真的倒下了，周身燃起了白烟。

“死得这么惨，火葬啊！”

李叙没理他，李辰逸识趣地回到了自己的位置上。

观众们沉默了，那可是杀戮榜上前三的大神，胜率百分之九十八的高手，今天，竟然输给了胜率百分之七十五的综排高手？！可是，“起名太随意”的每一招都很犀利，赢得实至名归。

安星允放下鼠标，开始擦头发。她怎么觉得刚才 Raines 后面有意无意地在让她，还是她太敏感了？

她想了想，还是决定给对方发条私信。

密语 - 起名太随意：“承让了。”

密语 -Raines：“你打得很好。”

安星允看着他说得一本正经，觉得有些夸张了，毕竟他才是真正的高手。她正想回复点什么，对方又发来了新的消息。

密语 -Raines：“我一直想去刷 Seven（七）那个双人副本，没有合适的伙伴。不知道你感不感兴趣？”

Seven 副本是《征战》里一个难度极大的双人副本，以前公会的会长带着一个队友去打，刷到三分之一就死出来了。她曾经也想过去试试，但一直没时间，也没同伴。

所以他约战就是为了说这个？

安星允胡乱猜测着，想了想，回他。

密语 - 起名太随意：“可以啊！”

密语 -Raines：“那方便的话加个微信吧，我不是经常在线，你想去刷的时候请叫我一声。”说完，对方又发来一串数字。

安星允犹豫了一下，她并不想把二次元和三次元扯在一起，但想到那个副本不是一次能刷完的，并且她确实很少见 Raines 在线，便礼貌地在手机上输入了那串数字。

密语 - 起名太随意：“我加你了。”

很快，那边就通过了她的请求。

接着，《征战》上 Raines 亮着的头像迅速暗了下去。

而安星允在微信上收到了 Raines 的消息。

Raines："那有时间我们再约。"

安星允回了个"OK"的表情，然后对方就没了动静。

看着 Raines 头像用的那个纯蓝色的图，安星允觉得有点玄妙，她还是第一次加"网友"的微信。

李叙关了电脑，靠在椅背上，把玩了一会儿手机。

李辰逸悄悄地瞥了他两眼。

大神是不是从来没输过，输一次心情这么好吗……独孤求败吗？

每天课后，楚萧和都拉着安星允去训练，口口声声说她是"数学系之光"。总算是挨到了周五，安星允买了张高铁票准备去 S 市看安燃，主要是为了要一次"免费"的技术培训 。

安星允并没有告诉安燃她要去看他，一方面是想给他个惊喜，另一方面，以安燃的性格，肯定会直接给她买一张机票。

周五下午的第一堂大课便是大学语文，安星允背了一个粉色的小挎包，刚好放得下那本语文课本。

因为是插班到临床医学系的，为了避免和其他人交流，安星允早早地到了教室，找了最后那排挨着窗户的位置，然后拿出手机趴在桌上，百无聊赖地浏览着关于《DOTA2》的一些经典解说案例。

过了十几分钟，陆陆续续有学生进来，教室里慢慢热闹起来，安星允扫着手机，然后时不时地抬头看看老师来了没有。她趴在语文课本上，小脑袋歪着，有点瞌睡。预备铃响了起来，她揉了揉眼睛，坐直身子，目光刚清晰些，便看到一个身材颀长的男生正走进来。

隔着好多人，视线相撞，安星允迅速低下头去。

她怎么忘了，他就是临床医学系的学生，她还记得义诊时自己拿着泡面跑路的样子。

李叙看到安星允故意躲开他的视线，脚步有一瞬间的停顿。他忽然记起来，学委聊天的时候提到一个数学系的女生这学期要和他们一起修大学语文。

安星允装作没见到他。

李叙眼底浮现一抹笑意，慢慢地走到最后一排，同她相隔一个座位，淡定地坐了下来。

安星允目不斜视，没有要打招呼的意思。李叙也当作什么都没发生似的，拿出课本摆在桌上。

李辰逸是踩着上课铃声进来的，同他一起进来的还有语文老师。

老师指着他，把一摞作业递了过去："这位同学，你过来把作业发一下吧。"

李辰逸随手把书包递给了前排的一位同学，开始了苦差事。

"今天我们上课把上次的作业讲一下，很多同学的古文水平不太过关，看看你们自己的翻译，古人会那么说话吗？"

语文老师说的什么，安星允根本没留意，不远处坐了这么一尊大佛，她难以集中注意力。

李辰逸发到李叙的时候，突然看到了坐在角落的安星允："同学，你怎么在我们系上课？"

安星允挤出了一个略尴尬的笑容……

"快发作业，聊什么天。"语文老师看到李辰逸磨磨蹭蹭的样子，在讲台上说了一句。

这一句话引得好多同学侧目，大家突然发现教室角落里坐了一个不认识的同学，长得很漂亮，没见过！不是他们系的啊？！

打友谊赛的同学突然记起来，这不是那个数学系的大美女吗？！

安星允忽视那些视线，假装正经地看着教材。

突然，一根修长的手指在她面前的桌子上点了点，安星允偏头，接着一份字迹清隽的作业摆在了她和他中间的桌上。

“不看？”李叙靠在椅背上，漆黑的眼眸看着安星允，黑色的短发很清爽，语气清冷，可是她觉得里面有满满的威胁。

“谢……谢谢。”

看他没有移动的意思，两个人之间太远不方便看作业，安星允只好默默地站起身，将旁边的椅子拉开坐下。

安星允的这个举动和李叙的“默许”让本来已经平静的大众又八卦起来。

有人碰了碰李辰逸的胳膊，八卦意味很浓地道：“李叙认识那个女生？从来没见过李叙和女生坐在一起上课。”

李辰逸想了想回道：“应该只是一面之缘……”

这堂语文课安星允如坐针毡，身旁的人却好像坐在和煦的初春里，偶尔在安星允愣神的时候跟着老师的进度翻着作业。

终于挨到了下课，安星允起身的时候，对他说：“谢谢你的作业，吴韩。”

李叙也站了起来，听到她的话，微微挑了挑眉，指着作业上的那个名字，说道：“我叫李叙。”

上次义诊的时候，安星允明明看到他面前的铭牌上写的是“吴韩”。

安星允想着自己应该没有记错，就在她神游的时候，李辰逸凑了过来：“同学，还不知道你的名字呢，你怎么来我们班上大学语文啊？”

“我叫安星允，我是来重修的……”

李辰逸这才反应过来自己的问题有点尴尬，打了个哈哈，换了个话题：“那天看你去了电竞友谊赛，你喜欢打游戏？咱们学校女生本来就不多，打电脑游戏的女生更是少之又少。”

安星允并不擅长应对这样的情况，她和这人不熟，并不想多话，便简单说道："血泪教训。"

李辰逸"啊"了一声，没跟上她的思路。

安星允叹了口气："所以我来重修了……"

李辰逸听到这话，"扑哧"一声笑了出来，似乎还想说什么，就听到前面的人道："我这周末有点事，不在学校，先走了。"

李辰逸还没来得及回李叙，就听到安星允的声音："我也走了。"

李叙好像也听到了这句话，但没有任何停顿，接着在走廊拐角处消失了。

安星允回宿舍简单打包了睡衣还有一些洗漱用品，一个双肩包就都装下了。

不是什么节假日，高铁站的人没有想象中多。安星允的座位靠着窗户，她窝在座位里，戴着耳机，专注地看了一路《DOTA2》的视频。

安星允最近开始关注一个游戏解说，他名叫 D.Denny（迪．丹尼），技术很好，战术分析都有自己独到的见解，每次单排最后的战绩也很亮眼。在安星允看来，单排成绩好的人，靠的不仅是运气。

五个小时的车程，安星允到 S 市时已经是晚上了，她一边往出站口走一边给安燃发信息："哥，你在干吗？"

等了半天没人回，安星允想打车去他的公寓时，有电话打进来。

"喂，哥？"

"你好，是安星允吗？"

一个清冷的男声有些不确定地叫着她的名字，让安星允一怔，不是安燃的声音。她将手机举到眼前仔细地看了看，确实是安燃的手机号码。

"是我，安燃不在吗？"安星允问道。

安星允能听到电话那头轻轻推门的声音，好像是从某个空旷的地方传来的。

“你好，我是安总的特助，孙恒。”孙特助的声音很平稳，听不出来情绪，“是这样，安总胃炎复发，胃出血在住院，你有什么事请直接同我讲。”

“在哪家医院，我现在过去。”

孙特助看了一眼还在昏睡的安燃，冷静地问：“安小姐，你来S市了，是有什么急事吗？”

安星允把来意同孙特助讲了一下，有些后悔自己总是有麻烦的时候才会找安燃，对他的关心太少。

“安小姐，医院这边医生都在，你不要太担心。如果你想来的话，明天早上再过来吧，安总有我守着。医生刚才交代过了，安总只是需要静养，这会儿正在输液，已经睡着了。另外，关于你说的校园电竞比赛的事，我有一个很好的安排，今晚我会安排人过去带你休息。我们明天早上见。”孙特助说完便挂断了电话。

安星允一个人站在出站口，一盏盏灯照着陌生的街道，她的目光落在往来的行人身上。突然，有个瘦高的人影看着很眼熟。

安星允有心事，所以并没有将其放在心上。

她和孙特助约定的接头地点就在高铁站的麦当劳里。没一会儿，一个看上去十六七岁的男孩子走了进来。

许是他出色的外貌和银灰色的头发惹眼，安星允一下就看到了他。

他穿着灰色短袖和深色牛仔裤，带着青春的气息，一双丹凤眼，鼻梁高挺，笑起来脸颊上有浅浅的酒窝。他对着手机里的一张照片，扫了扫屋子里的人，走过去拉开安星允对面的椅子，笑呵呵地坐在她对面。

“哈喽，美女。”来人一开口，声音带着稚气，和他那银灰色头发形成了反差萌。

安星允觉得这人的样子有点像地痞流氓……她没吱声，默默地想用手机拨电话，那男生眼尖地注意到，玩笑适时停止。

“安星允，你犯不着报警吧？我长得这么纯良！我是领队派过来接你的。”

“哪个领队？”

“你不认识我们领队吗？”男生奇怪，“孙特助告诉我们领队让来接你的啊。”

“孙恒吗？”

“Bingo（对）！还能有谁？”男生看到安星允只有一个书包，伸手道，“得，我帮你拿包吧，领队交代让我把你接到W酒店去，他已经给你安排好房间了。今晚我们一队的队员都住那里，别人都还在训练，我偷懒溜达的时候被抓来接你了。”

安星允听出他话里的“不情愿”，可是“一队”是什么意思？刚才孙特助和她并没有详谈。

看安星允一脸愣怔，男生拉开椅子起身，微微低头问了一句：“不走吗？”

“走。”

男生看着她的表情，不由自主地笑了出来：“你这表情，不用这么视死如归吧，我又不是坏人。等着，我给领队打个电话。”

他在电话里报告人接到了，等会儿就送到酒店去安顿休息，末了，还让孙特助和安星允通话确认。

安星允这才放心地跟上去。

到了W酒店，安星允办理入住手续前，被这男生拦在了休息区的沙发上。他那双丹凤眼亮亮的，像闪着光。

“安星允。”

“嗯？”

“你是安燃的妹妹？”

“是。”

“哇！那你打游戏吗？”

这……好像查户口。安星允想了想道：“一点点吧。”

男生吹了声口哨：“哟，那你想不想去看看一队的训练？我替你开个后门。”他一脸仗义。

安星允终于问出憋了一晚上的话：“一队是什么队？”

男生一愣，随即笑了出来：“怪我，怪我，不接触电竞圈的人可能不清楚。可是你连你哥是做什么的都不知道吗？”

安星允简单说道：“他大概算是个做生意的吧？”

男生抚了抚额头，语气颇为无奈：“大小姐，你哥可是我们的金主爸爸。”

安星允大概捋顺了这其中的关系，随口纠正他道：“哦，那你可能叫错辈分了。”

男生：“……”

安星允在一旁嘀咕：“难道你没听出这是在开玩笑？”

男生：“……”

他抓了抓头发，对安星允道：“算了，你去办入住手续吧，周天我们打比赛，有兴趣你就过来看看。”说着他打了一个哈欠，往电梯间走去，“我先回去训练了，回见。”

安星允在沙发上发了一会儿呆，所以说她哥哥现在做的是电竞俱乐部？她以为他已经离开这个圈子了。

忽然，安星允好像看到了一道熟悉的身影。

一个高大的身影正抄手倚在台边，他一袭黑色的衬衫和休闲裤，脚边是一个 Supreme 的黑色行李箱，看着很昂贵。前台的工作人员好像在查询什么信息，他低着头，忽然抬头，就看到安星允背着书包走过来。

某些人，一旦相识，他出现在眼前的次数就会神奇地变多。也许，他们曾经也擦肩而过，只是那个时候彼此并不相识。

“李叙？”安星允开口叫李叙的名字，觉得不可思议，毕竟这里是远在一千公里外的 S 市。

“好巧，安星允。”他似乎不那么震惊，抑或他本就是一个时刻冷静的人。

安星允还没有从震惊中缓过来，就听到他声音清冷地对她说：“是要开房吗？”

这话为什么从他口中说出来，这么奇怪？关键她还回答：“是……”

“前台的服务人员刚好在接班，我也在等。”他说话的时候，眼睛弯弯的，分明带着笑意！

他是故意的！这人明明那么高冷，怎么这么喜欢逗她？

W 酒店的总统套房里七七八八地摆了好几张桌子，多台电脑主机风扇飞速地转着，敲键盘的声音此起彼伏，还有点击鼠标的声音、男孩子中气十足的喊声。

“我去，没打好，没打好。”

一分钟后，一个略暴躁的叫喊声响起：“一点钱都没有打到！”

Eel 回到总统套房里时，就看到有人在双排，有人在单排。教练车远和邓队来回走着，看大家的情况。见到 Eel 回来，邓队示意他过去。

“人已经回房间了？”

“嗯，都安顿妥了，您就甭操心了。”Eel 突然想起什么似的，问邓队，“那女孩真是安总的妹妹？看着挺小的啊。”

邓队瞥了他一眼，意思是不要花时间八卦，Eel 却自顾自地继续说：“不知道她打游戏的水平怎么样？毕竟她哥是个传奇。”

邓队摇摇头：“你这逻辑不对，我可是从来没听说过安总的妹妹也打游戏。”

“是吗？”Eel 摇着头，觉得邓队这话挺有道理，要是真的玩，不可能不知道圈里的事。

“Eel，过来单排。”车远教练一向严厉，看到Eel回来，立刻叫他去训练。

“啊啊啊，先让我喝瓶酸奶缓一缓！”

“过来！”

车远在屋子里扫了一圈，问邓队：“Lynn（林恩）呢，说出去抽根烟怎么半天都没见他回来？”

邓队看了眼表，已经夜里十一点了，这根烟确实抽得有点久。还没等他说什么，教练大概从邓队的表情中看出了Lynn并没有同他请假，略不满道：“去韩国集训回来后就这么不听话，以后还了得？真以为自己翅膀硬了。后天就比赛了，要是输了，我看他的脸往哪放！”

邓队拿起手机给Lynn打电话，结果桌子上有个手机一直在振动。出去的时候没带手机？那应该没走远。

Lynn确实是在抽烟，只不过不是一根，等人等着抽没了小半盒。

W酒店的室外林廊里，有漂亮的石桌，夜风吹得文竹的叶子飒飒作响。一个男人懒懒地靠在石桌上，手里的烟蒂星光明灭，身上带着浓浓的烟草味。黑暗中，另一个男人坐在石椅上，双手轻轻搭在一起，长腿修长笔直，看上去极有教养。

林曦佐递过去一支烟，声音有些喑哑：“你真不要？”

李叙没有接：“谢谢，我不吸烟。”

“怕呛？”林曦佐言语中带着调笑，自己又点了一支。

李叙淡淡回应：“只是想多活几年。”

林曦佐鼻音浓重地“哼”了一声：“李医生，您不知道吗？毛爷爷抽烟活到八十三岁，张学良抽烟活到一百零三岁。”

李叙：“你的历史倒是还可以。”接着他语调平静地转移了话题，“你去韩国训练半年了，听说你回国了，就来看看你。”

林曦佐眼睛往四处扫了扫，吐了个烟圈：“你自己来的？”

李叙看着他：“不然？”

林曦佐“哼”了一声：“没劲。”接着他从衣袋里拿出一张票，“周末的比赛，VIP 最前排，看完了再走。”

李叙摆了摆手，从钱夹里拿出一张票：“谢谢，我自己买好了，也是 VIP。那张票你就留给别人吧。”

“我没人给。”说着，林曦佐硬是把票塞进李叙手里，掐了烟，用脚尖轻轻一踬，那火光便灭了。

“不说了，我忙得很，回去训练了。”

李叙也没有再客气，将两张票都收好：“周末比赛结束后见，祝你好运。”他拍了拍林曦佐的肩膀，便往酒店的方向走去。

第二天一早安星允便赶到了医院，安燃的病房里很安静。一进去，她就发现一个身穿职业套装的女生正靠在墙上假寐，黑色的长发绾成了精致的发髻，脸上带着淡妆，看上去是一夜没睡。

安燃已经醒了，手上还输着液，眉目英俊却也难掩苍白。他看到安星允进来，轻轻对她比了个噤声的手势。

安星允忽然记起来，眼前这个女生叫梁姝。

“哥，你还好吧？”安星允低声问。

安燃轻轻“嗯”了一声。

忽地，墙边那个女生微微动了动，接着睁开了眼。她抚了抚额头，有些头痛的样子，一抬头，发现安燃已经醒了。她起身，黑色的高跟鞋一下子将她整个人衬得纤细窈窕。

“你醒了。”她声音不高，安燃听到了却没有回她。

安星允站在安燃的床边，转头礼貌地自我介绍：“你好，我是安星允，安燃的妹妹。”虽然不知道她哥和眼前这个女生的具体关系，但她还是决定把自己的身份说清楚。

“你好，我是梁姝。”也许是因为没有睡好，梁姝面色有些憔悴。她捡起地上的包，拿出手机看了眼时间。

全程安燃都没有看她，而是看着窗外。输液管里的液体一滴一滴地落下。

“你多保重，我先走了。”说着，梁姝提着包，手指轻轻按了按眉峰欲转身出去。

就在她即将踏出门的那一刻，一直保持沉默的安燃突然对安星允说道：“星星，替我送客。”

“不用，你留步。”梁姝拒绝得很干脆，一时间，安星允也不知道是送还是不送。

安星允看了眼安燃，他坐在床上没有动，她却明显感觉到了他的低气压。

唉……安星允默默叹了口气，随着梁姝走出了房间。

“没事，我就陪你坐电梯到楼下吧？”

两个人站在电梯口等着电梯，安星允不知道说什么。她见过这个女生的照片，大概八年了。不过，梁姝的模样并没有多少变化，只是曾经扎着的马尾现在绾成了发髻，以前干净的素颜上现在有了恰到好处的妆容。

“他现在的身体这么差吗？”梁姝终究还是开了口。

“可能是工作忙，没注意，有了这次的教训，他会留心的。”

电梯来了，安星允看到梁姝的嘴唇动了动，一副欲言又止的模样，最后对方只是简单地说了句：“安星允，你留步吧，再见。”

安星允也不强求，送走了梁姝，回到房间的时候，发现安燃披着外套，手上还输着液，俊朗高大的身形沾染着孤寂，立在窗户前，向外看着。

安星允笑着说：“舍不得干吗不自己去送？”

安燃看到安星允回来，收了目光，回到床上，嘴上说道：“我是病号。”言外之意，他是病号，自然不方便送人。

安星允看到安燃目光里那抹深意，便也不再提这话题，而是关心了一下他的病情，安燃回答得很简略，安星允见状也不好再多问。

“我看了孙恒发的信息，你是为了你那个校园电竞赛而来。”

安星允笑了笑：“教教我吧。”

安燃挑眉：“教你什么？教什么我现在都不方便吧。”

嗯……确实是大实话。

安星允问：“那怎么办？我最近看了很多视频，可是实战不行，另外我是新手，英雄池太浅。不教我几招吗？”

安燃却回她：“我已经退役很多年了，并不是教你的最好人选。”

安星允感觉到安燃从刚才就有些不对，虽然他什么都没说，但她总觉得和刚刚离开的那位姐姐有关。

安星允把自己单排的录像用手机给安燃看了后，略紧张地问了一句：“怎么样？”

安燃坐在病床上，竟然把她的录像看完了，然后只说了两个字：“太差。”

听到安燃这样说，安星允默默地坐在他床边不说话，安燃又摆弄了一会儿手机，挑了几个典型的操作，然后拨了一个电话。

“喂，是我。我妹想打比赛，一队明天不是有比赛吗，在哪进行赛前训练呢？”

电话那边的邓队听到这话一愣，隔了好几秒才说：“就在 W 酒店这边的总统套房啊。”

邓队并不知道孙特助还没有全部汇报比赛的事，毕竟病人刚刚醒来。

“有多余的机器吗？”

“没有……”

“那让她过去坐板凳吧。”

“这样不好吧？”

“没什么不好的，她自己想不开，非要打比赛，我们就给她提供一个学习的机会。”

邓队心里腹诽，这种事，看不会吧，是亲哥吗？

邓队挂了安燃的电话，实在搞不懂他的心思，从来没听他说过他妹妹也打游戏，还参加比赛！目前也就听说密语有一个中单是女生。

难不成他妹妹这次来S市是专门来学习的？可是他们平时管得很严，连要采访的记者都是挑着答应的。

这会儿，队员们大部分还在睡觉，邓队去练习区溜达了一下，发现Eel一边吃着巧克力，一边睡眼惺忪地做着直播。

“领队早啊。”

“你还真是敬业，这么早起来做直播。”

“我不做你们就扣我工资，我能不做吗？这都月底了！”

他们每个人每个月都分配了直播时间，Eel之前懒，没做，一到月底，他就开始了“吃播播主的身份”。

他一边吃着，一边对着镜头说：“这个牌子的巧克力真的没有给我赞助，但是味道超赞，我必须推荐给大家！”

邓队想了想，安燃的妹妹应该是等会儿到，怕待会儿那帮小子穿着大短裤就出来晃悠，便进套间里面想稍微提前点叫醒他们。因为知道明天有比赛，昨天大家最晚也就练到一点，不算太晚，这会儿也睡得差不多了。

过了大概半个小时，有敲门声传来。客厅里还只有Eel一个人，他已经吃完了一袋巧克力，正准备打开一袋薯片。

他放下手里的东西，想着可能是哪个队员早上出去了，也没关摄像头，趿着拖鞋就过去开门，一开门，他便愣在了原地。

“啊，你怎么来了？”他的声音不大不小，加上有些距离，看直播的粉丝们并没有听清楚。

安星允温婉地笑着说：“我来学习。”

Eel挠了挠头，真的假的啊？他扯着嗓门喊了一句：“邓队！”

可能是隔音效果太好，里面并没有动静。

“你先进来吧，大家都还没起呢。”说到这里，Eel 才发现自己还在直播，赶紧跑过去捂住摄像头。

早上看直播的人本来就不多，这会儿却刷出来一列列的“美女，美女，美女”。

“心碎！这难道是谁的女朋友吗？”

“Eel 快点交代，这是谁啊？”

“难道是新的女队员吗？！”

虽然不能完全看清她的脸，但是那轮廓和纤瘦的身影已经让大家看出这是一位大美女。

Eel 看着屏幕，对着直播说了一句：“一位阿姨，我先下了，各位拜拜。”

说着他退出了直播，忽略掉屏幕上瞬间刷出来的那几句：“你当我们眼瞎吗，那么年轻，怎么可能是阿姨？！”

“骗人，骗人，骗人！”

“Eel，你以前多奶多听话，怎么开始忽悠我们了，心碎！”

Eel 看了安星允一眼，决定还是把邓队叫来。

“你在沙发上坐着等一会儿吧，我去找领队过来。”说着他便开了门闪进了里间。

安星允坐了一会儿，觉得有点无聊便站到大大的落地窗前看风景。秋天来了，满地金黄。大概是周六的原因，进进出出的住客也多，酒店下面的花园里，有年轻的妈妈带着小朋友在拍照。

套间里面有人推门出来，个子高大，英气俊朗，穿着白色的短袖，好像刚睡醒。他径直拐进了厨房，倒了杯牛奶往客厅的方向走去。

安星允见他忽略了自己，也不知道要不要打招呼。

林曦佐快走到自己的桌前时，一抬头，猛地看见一个穿着浅粉色 T 恤、浅蓝色牛仔裤的漂亮女生正站在自己面前。

两人四目相交，安星允正想打破沉默介绍一下自己的时候，林曦佐却先开口问道：“你要喝牛奶吗？”

这个对话展开和她想的不太一样。安星允摇了摇头，还是别说话了。

林曦佐也不客气地打量了她一眼，说了句：“你可以多喝点牛奶——长个。”

安星允：“……”

# Chapter 03

## 好巧啊，李叙。

林曦佐一边开电脑一边喝他的牛奶。

看到他没有再说话的意思，安星允很自觉地坐到了沙发上。她坐得直直的，不看手机，也没有东张西望，就乖乖地坐在那里，美好得如同一幅油墨画。

林曦佐很快就将牛奶喝完了，看她百无聊赖的样子，指着自己身旁的一台电脑：“你会打游戏吗？”

听到对方和自己说话，安星允回答道：“一点点吧。”

林曦佐继续问：“会玩《DOTA2》吗？”

安星允想了想，很认真地回复：“一点点……”

“那登录游戏吧，我们双排。”

“好。”这毕竟是一个极好的学习机会，她和职业选手一起双排的机会。

安星允老实地坐在了林曦佐身旁的椅子上，开了游戏，登录了自己《DOTA2》的账号。

林曦佐扫了一眼她的名字，“起名太随意”，是挺随意的。熟练地开了游戏，这会儿纯粹是为了打发时间，林曦佐便选了一个自己不是那么熟的英雄——黑贤（黑暗贤者依什卡菲尔）。他最早练单的时候练过一段时间，这个英雄虽然强劲但是林曦佐不在乎，反正用得也不多。

他回神，发现她选了冰女（水晶室女），她打辅助？

安星允看了看局势，发现这局他们这队有四个高大威猛的英雄，宙斯、潮汐、黑贤还有船长。她刚才看到这个 ID 名为“Lynn”的男生选了黑贤，之前小娜迦、船长、黑贤有一个很变态的用法，不过他们这局并没有小娜迦，所以她也不知道最终结果会怎么样，不过基本等于一个四保一的组合。但是她不知道身旁有一个职业电竞圈里的人气王。

秉着学习的态度，安星允很认真地开局，已经做好了牺牲自己，任劳任怨，做好辅助的觉悟。

Eel 找到邓队的时候，他正在角落里接电话，摆了摆手，示意 Eel 先不要打扰他。Eel 站着等了一会儿，邓队才挂了电话。

“邓队，有个女生来找咱们，就是昨天你让我去接的那个安总的妹妹。”

“对，就是她。”

“她来干吗……参观吗？”

“用安总的原话说是坐板凳。”

看着 Eel 一脸无语的样子，邓队吩咐他：“把大家都叫起来吧，吃了饭下午练练手，明天还有比赛。”

“哦，那个女生就不管她了？这感觉好奇怪啊，过来参观看看还好，说是坐板凳，难道这姑娘也想打职业，咱们俱乐部开始招女队员了？”

“具体我也不清楚，安总只说了，她想不开非要打比赛。”

“想不开……”说完，Eel 便进去叫人了，邓队从里间出来的时候，被眼前的一幕震惊到了。

他们的主 C 位选手和安燃的妹妹正在双排。邓队过去看了看，她打的辅助位，操作看上去不赖。虽然和职业选手水平还有差距，但是如果他知道她打《DOTA2》才几个星期的时间，一定会十分震惊。

队员们陆陆续续出来后，也同样有些吃惊地看着眼前的两个人。

因为这局还没结束，安星允也不好站起来和大家一一打招呼。身后渐渐围了好几个人，她却一直看着屏幕，补刀的操作牛得完全看不出来是个新手。

最后他们高分拿下这局的时候，站在后面看的几名 COD（追梦）的队员不由自主地给他们鼓了鼓掌，当然，是为了给女生面子。

使用冰女最重要的一点就是意识，这女孩的操作确实不俗。

Eel 嘀咕了一句：“这就是她说的会一点点吗？”

安星允表明了自己的来意后，大家都对她很客气。吃饭的时候，邓队挽留了好一会儿，说和他们一同去酒店的餐厅吃饭，安星允还是不好意思，决定一个人去酒店餐厅的自助区随便吃点什么 。

说是吃饭，实际上邓队和营养师已经提前和酒店打好招呼了，队员们长期熬夜，按照他们的身体情况定制的餐食，已经在餐厅里为他们摆好了。

因为 COD 一向待遇很好，粉丝都说俱乐部是在养亲儿子。

安星允走后，有人问邓队：“咱们俱乐部招女生的话，刚才那个女生可以来啊，好好培养一下，觉得会很厉害。”

邓队想了想，回答道：“应该不会。”

林曦佐没有插话，她的操作确实可以，只不过不清楚她的英雄池多深。

他不知道安星允的英雄池浅到松鼠可以过河。

林曦佐靠在桌边听着他们闲聊，手里刷着手机。

有人插嘴问道：“怎么不可能呢？”

邓队说："舍不得吧。"

"啊，什么舍不得？"

"她哥舍不得她来打职业吧。训练枯燥没意思，还整天熬夜，比赛压力又大，再加上身边一群臭男人。"

大家忽略了"臭男人"这三个字，重点放在了"她哥"上。

"她哥，是谁啊？"

没等邓队回答，Eel 接过话茬道："你没听她说她叫安星允吗？她哥是安燃啊！安总，咱们俱乐部的金主，曾经的传奇 DOTA 职业选手 Fire An，你以为谁都能进来学习啊？！"

一时间空气都变得安静了。

林曦佐收了手机，这八卦突然变了味，他烟瘾又犯了，转身去了厨房。

如果 DOTA 圈有过什么传说，人们想到的第一个 ID 肯定会是 Fire An。鼎盛时期的 Fire An，就是胜利的代名词。可是，就是这么传奇的一个人物，在他的黄金时期闪电般宣布了退役，没人知道原因。

安星允到了餐厅的自助区，端着餐盘，却没想好要吃什么。

忽然，一个人影闯进了她的视线。那人一身简洁的休闲装，背影清瘦而挺拔，随着他不经意的转身，轮廓渐渐清晰。

两人的视线在空中相遇，安星允礼貌地打了个招呼。

"好巧啊，李叙。"

他似乎也没料到在这里又能见到她："很巧。"

安星允呼了一口气，决定先不吃了……她总感觉和这个人一张桌子吃饭压力很大。

她还没把餐盘放下，就听到他平淡的声音带着不容拒绝的口吻道："那一起吃饭吧。"

于是，安星允乖乖地跟在李叙的身后，看着他都拿了些什么菜品，做个参考。

李叙挑了些肉和青菜，又盛了一碗松茸汤，端着餐盘找了处靠窗的位置坐了下来。他没有动筷，明显是等着安星允。

安星允拿了和他一样的菜，只是汤换成了玉米浓汤。

李叙淡淡扫过安星允的餐盘，总结道："没想到我们的饮食习惯这么像。"

安星允只是赔笑，没有接这话茬。

看李叙吃饭是一种享受，他拿筷子的模样温文尔雅，白净的手指架着双漆木筷子，让安星允觉得有种看水彩泼墨画的感觉。

安星允吃了几口，感觉并不是很紧张，于是挑了个话题。

"你怎么周末过来S市这边呢，过来玩吗？"

"我是过来看一场比赛。"李叙说着问她，"你明天什么安排？"

安星允是去坐板凳学习的，一队明天有比赛，她这会儿大概也买不到票，黄牛票又太贵，想找安燃走后门的事还没开口，所以一时不知道怎么回答。

看到她犹豫的模样，李叙从钱夹里拿出了两张票。

"送你一张，明天CDT比赛的票，如果有时间并且感兴趣的话可以去看看，忙的话就算了，我手里多了一张。"

安星允拿过票，才看明白CDT原来是China DOTA2 Tournament（中国DOTA2锦标赛）的缩写，这不就是明天一队要参加的那个比赛吗？

李叙竟然给的是这个比赛的票，她感觉自己撞大运了。

"真的送我吗？不然我从你这原价买吧。我本来就想去看这场比赛，奈何票都售光了，黄牛票我又买不起……"

她话没说完，看到了票根上印着闪亮的三个字母——VIP。她刚才说了什么，原价买吗？据说VIP的票早就炒到了五千多元一张……

李叙看着安星允原本伸出来的手慢慢缩了回去，于是将票塞到了她手上。

“别人送我的，我也用不上。授人玫瑰，手留余香，你不用不好意思，拿着就好。”

安星允想了想，说道：“那我回头请你吃饭吧。”

“泡面或是麻辣烫吗？”

这人记忆力太好……

安星允补充了一句：“选你喜欢吃的……”

COD的队员们在餐厅吃饭，林曦佐是背靠着李叙和安星允那一侧，Eel坐在他对面，调侃道：“哎，那边不是安总他妹妹吗？怪不得不和咱们一起吃饭，原来是有约了。”

林曦佐回头，发现安星允对面那人的身形有些像李叙。安星允手上拿着筷子，眼睛亮晶晶地和对面的人说着什么，那人微微侧身时，林曦佐认出那确实是李叙。

呵，有意思。

林曦佐对着队友们说了一句：“我的熟人，过去打个招呼。”

Eel：“给你打过一局辅助就变成你的熟人了！”

林曦佐睨他一眼：“我说的是那男的。”说着，他大步流星往那边走去。

林曦佐走到李叙身后，微微弓身，手揽在李叙的椅背上，带着点轻佻道：“巧啊，吃个饭也能碰见。”

安星允觉得奇怪，他怎么突然跑这边来了？COD那圈人坐得挺远呢，这话听着不像是对自己说的。

李叙身形未动，没有回头，只是答了句：“你吃饱了？”

你吃饱了……撑的？安星允自动将这句话脑补全了。

林曦佐看了眼安星允，手从椅背上挪到了李叙的肩头。李叙这大少爷从来不和姑娘单独在一起，从小无数的妹子前仆后继，没一个成功的，今天他见到了，怎么也得来问候一声。

他的话露骨而直接："你女朋友？"

这话一出，安星允刚想张口解释，就听到李叙温和地开口："还不是。"

安星允惊讶地看着李叙，什么叫"还不是啊"？

林曦佐挑挑眉毛："那我就不耽误二位吃午餐了。"

说完他将头偏向安星允："那下午训练再见了，我先撤了。"

安星允好想喊住他：你别走，把话问清楚啊，我不敢问……

李叙云淡风轻地看着安星允，问了她一句："你认识林曦佐？"

安星允按捺住自己想问他那句"还不是"的心情，回复李叙："林曦佐，你指 Lynn？"

李叙"嗯"了一声，深沉的眼眸看着她，没有任何"压迫感"。

"我和他不熟啊……"

安星允语调中带着点无辜："我就和他打过一局游戏。"就在几十分钟前……

李叙放下了筷子，没有再吃下去的意思。

"所以，你来 S 市不是为了看比赛，而是为了偷师？"聪明如李叙，从安星允和林曦佐的几句话中便听出了她的意图。

接着，安星允将自己来 S 市的目的简单概括了一下。

"嗯，那校园比赛，"他顿了顿，嘴角带着浅笑，"你要加油了。"

同李叙分道扬镳后，安星允回到了总统套房，发现大家都已经进入了训练模式。为了不打扰人家训练，她安安静静地搬了把椅子坐在 Lynn 的身后，看他的操作。

原来这人在队内负责 C 位，安星允看了好一会儿，觉得自己的眼睛有点跟不上了。他放技能和买药加水的速度都极快，脑子里哪些英雄配合哪些大招都一清二楚，

安星允想着自己这次在校内比赛也只是打辅助，便决定直接去看辅助位的操作。她起身的时候，林曦佐用余光淡淡扫了她一眼，接着一个补刀，

将对面冲过来的人砍死。

“看我们家 Lynn 这小暴脾气。”

说话的是 Eel，他这局里就是用萨尔，而安星允这会儿正把椅子搬到他身后。

“你别说话，会打扰到我。”Eel 对安星允说。

安星允默，她还什么都没说。

Eel 打游戏的时候就是一个话痨，嘴里没闲过，队友们貌似都习惯了，没人搭理他。不过，安星允看着他的操作和全程的奶妈奉献精神，觉得人不可貌相。

训练一直持续到晚上，安星允在椅子上坐久了有点累，看到大家仍旧聚精会神地一局接一局，她想着，会场上那一幕幕精彩的厮杀背后是多么不容易。

晚上八点半的时候，突然有人推开了套房的门。来人瘦瘦高高的，穿一件长款的驼色大衣和一条黑色的西裤，衬得他整个人修长挺拔。

队员们刚结束一局在做技术总结，这会儿都随着开门声望了过去。

大家都还没反应过来的时候，邓队立即起身迎了上去：“安总，你怎么来了？”

安燃点点头：“赛前看看大家，训练得怎么样了？”

“很好，大家的状态都保持得不错。”

安燃对屋内的队员们点了点头：“各位辛苦了，我在滕王水阁为大家定了餐，我们去吃些东西，然后今天早点休息，希望大家明天的比赛能取得让人满意的成绩。”

老庄捅了捅身边的辉仔，用四川话道：“可以咯，滕王水阁，贵得很！”

Eel 扔了耳机，看着背后的安星允搬着椅子放回原处，他两手搭在桌子上，想了想，滑着椅子凑到了林曦佐旁边，靠在他的肩膀上，声音压得低低的。

“看见没，我们是捡便宜了。”

林曦佐没答话，Eel 瞟了瞟安星允的方向：“安总心疼妹妹，我们是跟着蹭饭的。”

林曦佐一下子站了起来，害得靠在他身上的 Eel 一下子失了平衡，差点跌在地上。

Eel 凶起来：“你干吗？”

林曦佐回他：“你太沉了。”

Eel 感觉有些心碎……

人群咋咋呼呼地下了楼，安星允走在最后面，安燃示意秘书先走，慢慢和安星允步调一致。

安燃问她：“有明天看比赛的票吗？”

安星允从包里拿出李叙给的那张 VIP 票：“朋友送的。”

安燃拿过她的票，看了一眼，VIP，队内的号……是哪个队员给她的？她才刚来一天。

安燃敛了目光：“那你明天去长长见识吧。”

晚饭后安星允祝大家好运后便离开了。临走的时候，Eel 问她：“你有明天比赛的票吗？如果你没有的话，我们队员每人都分了一张 VIP 的票可以给家人或朋友，我考虑低价给你。”

一旁的林曦佐“哼”了一声：“你的票不是早就高价卖出去了？”

Eel 瞪了他一眼，林曦佐知道他心里指不定打谁的票的主意。

安星允礼貌地摇摇头：“谢谢，明天我会去看你们的比赛的，大家加油！”

安星允走后，Eel 气得瞪林曦佐，林曦佐自动屏蔽了他的目光，语调轻松道：“奶凶什么，完全没震慑力。还不如在左右脸颊上各画三道杠。”

“什么意思？”

“装个胡子。”

“你死开！”

大赛是下午两点开始，安星允同李叙一起搭了车去会场，外面已人山人海，粉丝举着手牌和横幅为自己支持的选手打气。

两人排队入场前，媒体记者在会场外做报道，随机采访粉丝。

李叙和安星允站在一起，十分养眼，两个人手里也没有拿手牌，让人不知道是哪家的粉丝。

Salala（莎啦啦）直播平台是国内各大直播平台中很关注电竞赛事的一个，也是和CDT比赛官方合作的直播平台，采访的记者瞄到了这样一对俊男美女，便过去采访。

“你们好，我们是Salala直播平台的记者，可以采访一下你们吗？”女记者举着话筒。

“抱歉，不方便。”

“可以。”

两个声音同时传出来，李叙扫了安星允一眼，神态略高冷。

安星允尴尬地转过头去，然后笑笑，看着女记者，觉得还是替他打个圆场比较好：“他怕生，你问我好了。”

李叙睨了她一眼，没有答话，她那样子，机灵、小巧。

摄像大哥扛着镜头“扑哧”笑了出来，女记者也笑了，这女孩子又漂亮又乖巧：“现在喜欢打《DOTA2》的女孩子越来越多了，你这次来看比赛是支持哪一队呢？”

安星允秒答：“我支持COD。”

她说到COD的时候，李叙低眸看向了她。

女记者继续问：“COD的女粉果然很多，不过，我们COD队不仅颜值高，技术也是一流的，队员里，你最喜欢哪位选手呢？”

安星允想了想，和她说过话的不外乎Lynn和Eel，看到她犹豫，女记者换了个说法：“或者说，比赛前，你有想对哪个选手说‘加油’的吗？”

选手入场通道里，墙壁上悬挂的小电视正在进行直播转播，Eel 穿着队服，看到画面里的安星允，拉过林曦佐的肩膀：“看，我们的预备役小姐姐。”

林曦佐定住脚步，站在安星允身旁的不是别人，正是李叙。

安星允扫了扫周围的粉丝，见好多人都拿着 Lynn 的手牌，便随口对着镜头说：“Lynn，加油！”她和他一起打过一局游戏，算不算有革命友谊？

这话说出口后，李叙和林曦佐的目光都停留在她脸上。

她不是和林曦佐不熟，对他说“加油”？

Lynn 压低了帽子，不再看向直播的屏幕。呵，他当然会赢。

安星允的位置和李叙的并没挨着，进场后，不知道李叙同安星允身边的人说了什么，竟然坐到了她身边。

比赛正式开始，双方在第一局就高下立判，COD 战队可谓虐惨了 BUG（臭虫）。台下的车远教练却锁着眉头，脸上看不出一点喜悦。

“车教练，BUG 今天上场的队员除了 Kimj（金吉），其余的好像都是二队的。”邓队站在一旁，手里拿着平板，上面是 BUG 成员的信息。

“没错，他们队上个赛季表现突出的阿绫和知了，根本就没有参加比赛。”车远也陷入了深思。

COD 作为明星队伍，轻松地拿下了比赛，因为 Salala 直播平台是官方直播平台，所以得到了一个特别的专访时间。

林曦佐刚进采访间，就收到了李叙的消息。

李叙：“回酒店等你，我走之前，再见一面。”

采访的内容太无聊，无非问在韩国的训练情况，还有对后面比赛的想法。

结束了采访，林曦佐同 Eel 他们一起回了酒店。

这场比赛赢得太轻松，教练在一旁进行总结，林曦佐听着觉得困意都来了，打了个招呼，出去抽根烟。

车远瞪了他一眼，林曦佐只是笑笑，根本不当回事。

酒店大厅里，林曦佐坐在沙发上，摸出手机，给李叙发信息。

“在哪呢，叙爷要不要请我去喝一杯？我在大厅这等你。”说着，林曦佐百无聊赖地仰在沙发上，准备发一条微博描述一下自己现在的心情。

他偏头，就看见一个窈窕的身影在旋转门那边。那人一双漂亮的腿修长白皙，穿了件呢子料的小洋裙、红色的小靴头，显得有些俏皮，黑发披在肩上，戴了个渔夫帽，远远看过去，十足的背影杀。

没想到她这样看着还不矮。林曦佐伸手拍了张她的侧影，光影交错，看不清脸。他嘴角上扬，长腿一收，站了起来。

安星允走到电梯间，拿出钱包正翻房卡，突然有只胳膊搭在了她的肩上。她抬头，看到了电梯门上映出来的人影。林曦佐？

“起名太随意吧？”

确实是林曦佐，可是，安星允搞不清这人要做什么，看着电梯的数字逐渐跳近一层，她应道：“是我的游戏 ID。”

林曦佐想笑，看安星允回答得一本正经，想起来她来看他们训练的原因，对她说：“就学了那么一会儿，没用的。”电梯门开了，他继续道，“有空吗？我教你。”

安星允经不起林曦佐这么问，拍拍林曦佐搭在自己肩上的手，示意他挪开：“谢谢，先不用了。”

林曦佐抬头，却看到李叙正站在她对面。李叙神色淡然，目光沉沉，漆黑的眸子里闪过一丝情绪，然后拉过安星允的手腕，将她护在自己身后。

林曦佐手臂下一空，他顺势收回手来，刚想同李叙打招呼，便听到李叙说了句：“她没空。”接着，李叙把她拉进电梯，果断地关了电梯门。

林曦佐笑，他明明是下楼来找李叙的。

安星允有点蒙，这么巧？她想了想觉得有趣，问李叙：“你怎么知道我没空？”

他已经松开她的手腕，恢复了以往的模样 ：“你不是要请我吃夜宵？”

她什么时候说的？

没等她反应过来。李叙一语惊人：“到我房间来。”

她冷静下来问他：“吃什么？”

李叙回答得理所当然：“柜子上有两桶泡面。”

所以，李医生是被她带坏了吗？

林曦佐就这样被李叙放了鸽子，回到套房，排了两局便准备睡觉。睡前他翻了翻手机，给李叙发的信息，那家伙一条都没回。他心情大好，躺在床上，不紧不慢地编辑了一条微博，附上了那张侧影照。

文字只有一行：“是夜，寂寞。”

第二天中午林曦佐刚起床，Eel 就从对面的床爬过来，他嫌弃地看了 Eel 一眼：“起开，别往我床上跑。”

Eel 却拿着手机，指着屏幕上那条评论上万的微博，一脸吃惊：“这是谁啊？”

林曦佐简单地说道：“就昨天在酒店大厅碰到的。”他没说是安星允。

“那你配那四个字干吗？”Eel 指着微博热评给他看，“你瞧瞧，都是说你有女朋友了的。”

“我是那么随便的人吗？”说着，林曦佐将趴在被子上的 Eel 一把扯开，“别耽误我去洗澡。”然后他便去了浴室。

回校的高铁上，安星允坐在李叙身边，看着他闭目养神，一想到这几天同他的接触，她就有些躁动不安。

比如，那句“还不是”；比如，他在林曦佐面前“解救”她。她觉得两个人本来不熟，为什么现在是曾经一起坐在床边吃泡面的关系了？

回学校的这一周，安星允过得忙碌且充实。去上大学语文的时候，如果远远见到李叙，她必定换条路线，或者磨磨蹭蹭地把一分钟的路走成五分钟那么长，要么就是不得不碰面的时候，同他说个“嘿。”

李辰逸悄悄地问李叙：“你什么时候惹到安星允了，我怎么觉得她总是绕着你走？”

李叙则回答他：“也许她只是想多走两步，锻炼锻炼。”

李辰逸：“……”

一个星期前，安星允觉得校园电竞大赛准备起来还有时间，谁知道一个星期很快就过完了。因为周末就要比赛了，她更是加班加点地被拉着开始团战。

基础数学系自习室里，几个男生大眼瞪小眼地看着楚萧和。

“可以啊……平时看你打游戏没觉得你这么厉害……”班长拍了拍楚萧和的肩膀。

楚萧和耸耸肩，无辜道：“不是我教的啊……”

安星允选的仍旧是冰女，打的辅助位，一局下来，不管是走位还是操作，在一众男生间非但不逊色，反而在内行人看来，是他们这些人中打得最好的。他们的C位几乎每次在被干掉的前一秒都被救了回来。

几局游戏结束后，基础数学系的队员们打算去食堂吃点消夜。

一食堂三楼这会儿人正多，大家留班长占桌子，安星允端着餐盘，想起上次被自己抛弃的那碗麻辣烫，又去点了一碗。

安星允回到座位的时候，却发现数学系的同学旁边多了好几个人，大家说说笑笑的，不知道在聊什么。她走过去一看，竟然是临床医学那几位和自己系打过友谊赛的同学。而李叙坐在最边上，没有插话，白瓷勺摆在餐盘里。

安星允瞬间低下了头，为什么遇到李叙的时候她点的都是麻辣烫？

同系的同学招呼安星允过去坐，全桌就她一个女生，她被招呼着坐到了李叙对面。

班长和外系同学侃侃而谈之时，安星允完全没心思动她面前的吃的。

李叙慢条斯理地开始用白色瓷勺搅动清粥，大概是粥有些烫吧。

安星允盯着他的手看了好一会儿，每次近看她都觉得漂亮极了，修长而又骨节分明，还白皙透亮。

有人问她："安星允，你怎么不吃？"

"哦，还有些烫……"

突然，那双安星允盯着看了好久的手将那碗粥轻轻推了过来，顺手过来拿走了她面前的麻辣烫："这个不烫，可以吃。"

安星允抬头，对面的人却一脸平淡，微微向后靠在椅子上，双手交叠在腿上，没有动筷的意思。

大家的目光一下扫了过来。

李叙的目光却停留在安星允身上，而且气场有点强大……

这是什么情况？没人敢说话！面对医学院的院草、全校G奖获得者的学霸，没人敢说话啊。

这时，安星允慢悠悠地问李叙："你要和我换？"

李叙看着她："不然呢？"

安星允的心跳漏了一拍，觉得对方有点不好惹，可是她还是忍不住想要回自己那份麻辣烫，这不是十五块钱和五块钱的差距，而是她根本不想吃他的白粥啊！

她面无表情地抵抗了一下："那你为什么不吃？"

李叙的回答不能更简单了："烫。"

安星允："……"

安星允就这样在众人各种探究的目光中艰难地将那碗清粥喝完了。

从一食堂往外走时，安星允步子极快地走在了最前面，看她"跑"得那么快，李叙目光一沉，没再多说一句话。

医学院的某男小声和他身边的同学嘀咕："咱们是不是见到了什么了

不得的事？”

那同学摇摇头，表示不清楚，大概是两人的交谈声音有些大，被听到了。

李叙也没什么脾气，缓缓地说了一句：“晚上十点后进食，胃的负担太大。”接着他挑了挑眉，俊颜上完全看不出任何深意，“作为医学生，夜宵吃什么才健康，应该懂吧？”

“懂……”

这话就到此为止，事后很久某男才反应过来，所以说……他们医学院的准医生是在关心一位普通的大学同学吗？

因为这顿饭，安星允在临床医学系的知名度大幅提升。

周五去上课的时候，安星允同上次一样坐在最后一排靠窗户的位子上，陆陆续续走进来的学生看到最后一排的她开始窃窃私语。

“听说了吗？那个女生其实是李叙的女朋友。”

“心碎……什么时候的事？”

“就是这周二啊，咱们系不是有几个男生要参加学校的电竞比赛吗？和基础数学系的同学一起吃饭看到的。”

“看到什么了？”

“说是李叙喂这女生吃了碗白粥！”

她们说话的声音不大，安星允在神游，根本没有注意到。

离上课还有十分钟时，李辰逸踩着风一般的步子直奔最后一排。他想了想，犹豫了一下，坐到了安星允的前桌：“嘿，安大美女。”

安星允也有气无力地“嘿”了一声。

周末就开始比赛了，她现在头脑里全是之前看过的各种视频，李辰逸见她兴致缺缺，道：“马上就打比赛了，你们系第一轮抽中的是生物系，你去看吗？”

“嗯。”

“哇！那给我透露透露，你们系都有谁啊？”李辰逸一看安星允对这个话题有回应，决定多聊一会儿。

安星允无心聊下去，于是回他："我们系有狄利克雷、诺依曼和罗宾。"

李辰逸听得有点愣……ID 都这么洋气吗？

不知道什么时候，李叙走了进来，径直走向最后一排，在看到李辰逸别着脑袋说话的时候，脚步一顿，坐到了李辰逸的旁边——安星允的右前方。

李辰逸看到李叙，献宝似的对李叙说："他们基础数学系打 DOTA 的同学 ID 巨帅，叫什么来着？狄利克雷、诺依曼、罗宾。"

接着他又对安星允说："还少两个人啊？"

李叙看了安星允一眼，她乖巧地坐在那，脸上带着浅浅的笑，回应李辰逸："还有 PDE（偏微分方程），ODE（常微分方程）。"

她说到这里，李辰逸才反应过来，叫了一声："方程啊……"他琢磨一下，觉得蹊跷，又问了一句，"那三个名字又是什么意思呢？"

安星允淡淡地回答："边界条件。"

李叙听出安星允无意和李辰逸周旋，便说了一句："快上课了。"

李辰逸看到李叙在自己身边，小声问："你坐……这吗？"

李叙睨了他一眼："那我应该坐哪？"

"呵呵，您坐……"李辰逸只是想不明白，这位主角怎么没和"绯闻女主角"坐一起？

安星允上课的时候一直在走神，她对语文真是没有爱。

李叙全程听得很认真，安星允偶尔能看到他利落的短发和白皙的颈部，一个男生长这么好看，也是没天理。想着想着，她就想玩手机。

突然，有人叫她的名字。

李辰逸看到语文老师点安星允的名字回答问题，而她连个反应都没有，赶紧回身敲了敲她的桌子。

安星允茫然地站了起来。

语文老师推了推眼镜："安星允，你来回答一下吧？"

安星允沉默，她连是什么问题都不知道……

这位语文老师颇有大师风骨，上课不用课件，平时也不写板书，讲课授业全靠一张嘴。这会儿，黑板上干干净净的。

聚集过来的视线越来越多，就在安星允窘迫悔恨自己不好好听课的时候，坐在她前排的某个人突然站了起来。

她好想捂着脸跑路啊，这教室里谁站起来都好啊……为什么偏偏是她最近最不敢招惹的李叙啊？

安星允看着李叙的背影，还有众人各种八卦的目光，脸不能更红了。

李叙很冷静，忽略了所有人的好奇，甚至还有老师眼里的探究，道："我亦且如常日醉，莫教弦管作离声。出自欧阳修的《别滁》，您要求补充的前两句是——" 他的声调不低不高，好听的男声读起古诗词来颇有一番韵律，他慢慢道，"花光浓烂求清明，酌酒花前送我行。"

那从容的模样只有自幼浸在这种经典文化的环境中，才能一言一行都这么儒雅。

全班同学倒吸了一口凉气，不仅是感叹李叙强大的记忆力，而且一向淡漠的他此时出手帮眼前站着的这个外系女生化解了尴尬。

他个子高高的，安星允被他挡在了身后，好似他在护着她。

这画面，看得一众见血不眨眼的医学生少女心泛滥。

老师满意地挥挥手，让李叙同安星允都坐下。

"有些同学基础薄弱，就要好好努力，我平时强调的重点要认真对待，这样才能顺利通过这门课的考试。"

安星允微微低着头，心里有只小鹿在上蹿下跳，不知道是因为老师的话，还是因为某个人为她挺身而出。

下课后，安星允收拾东西收拾得很慢，李叙回头看了她一眼，没有说话，向教室外走去。

“李叙……”安星允轻柔地叫他。

这么多天来，这是她第一次主动叫他。

李叙停住脚步，看了她几秒：“有事？”

安星允摇摇头……步伐很慢地走近他，想着怎么都应该说声谢谢。

她的表现很明显就是因为刚才回答问题的事。

李叙身姿挺拔，目光深邃。下午的阳光透过玻璃窗洒了一地，走廊里传来窸窣的脚步声，远处似乎还有风吹树叶的声音。

他那双漂亮的手轻轻放在安星允的头上揉了揉，语调中完全听不出情绪。

“好好学习。”说完，他将手放到裤袋里，离开了教室。

在门口等李叙的李辰逸一偏头竟然看到这一幕，张大了嘴巴无声地“尖叫”！

安星允则低下头，佯装整理头发。可是，这记“摸头杀”好像真的撩到了她……她的心情起起伏伏，有种奇妙的感觉悄然酝酿。

李辰逸一路上真不知道要开口问还是沉默，可是，一向对女生敬而远之的李叙为什么突然对安星允如此亲近？看得他心脏都要从胸膛里飞出来了！

李叙偏头看了他一眼：“你明天不是有比赛？”

回过神来的李辰逸这才想起来今天晚上还要去训练，明天就开始小组赛了，然后迅速闪人。

李叙见时间还早，便回了实验室。

晚上，安星允躺在床上翻来覆去睡不着，卫卫忍不住说了一句：“睡不着就下来和姐姐一起看剧。”

安星允说了句：“不了，谢谢。”

卫卫按了暂停，撕了脸上的面膜，来到安星允的床边，趴在护栏边问她：“你是不是紧张啊？”

安星允嘴硬："没有，只是心烦。"

卫卫却笑了起来，声音里是满满的轻快："安美女，一开始大家让你去就是为了要那个奖励的加分，别这么大压力。另外，咱们系那些男生，就算是过了小组赛这关，进了淘汰赛也是很快被刷下来的货。高手都在计算机系还有机械系那边呢，他们那种人口大系，不是咱们这种小组织比得了的，你紧张什么？再说，就算输了，大家也不会怨你的。"

安星允安安静静地听着卫卫讲完了她的理论，将被子翻起来，把自己裹得更严。

"谢谢卫卫。"

卫卫伸手刮了一下安星允小巧秀气的鼻梁，回身的时候，好像隐约听到一句话。

"不行，我要赢。"

小组赛是早上十点开始。今天是周六，一食堂前的广场上又支起了好几顶太阳伞，下面摆好了桌子，布置好电脑，连接好网线，有几个志愿者引导着其他同学落座。

旭安科大这种学风极好的学校一向不重视文体活动，外联部拉来的赞助也不是很给力，就零零星星几张桌子，还有为选手准备的椅子，在广场竖了一个大屏幕，投出来的就是比赛的分镜画面。

第一场比赛是基础数学系对战生物系，因为这一轮没有轮到临床医学系，所以李辰逸和他们队里的辅助位一起准备去看基础数学系的比赛。

比赛快开始前，基础数学系的同学背着书包进了赛场。安星允走在最后面，戴着一顶粉色的棒球帽，长发今天披在肩上，帽檐遮住了她的面庞，不过李辰逸还是一眼就认出了她。

他震惊之余，才反应过来，原来那时候她去看比赛不是为了当啦啦队，她竟然是选手！

双方落座，李辰逸本想去打个招呼，还没走近，就看到安星允将棒球帽反扣在头上。不知为何，这么简单的一个动作，却显得利落帅气。没有了帽檐的遮挡，那张美丽的面庞就在太阳的照耀下，明亮动人地闯进在场人群的视线中。

安星允一边整理书包，一边同系里的同学低语了几句，然后就收起了往日里平和的微笑，那张素净却极其精致的脸上再没有多余的表情，一股气势悄然散开。

李辰逸看得有点愣，安星允也有这么酷的时候吗？她给人的感觉可一直像只暖暖的小白兔。

李辰逸的肩膀被人轻轻点了一下，他转头发现竟然是李叙。

李叙一身清爽的白色毛衣，站在李辰逸身边，显得格外出挑。

比赛开始！

大屏幕上出现了双方所选的英雄。

李辰逸也不打算去打招呼了，而是和李叙一起，在大屏幕前观看比赛。

突然，有一个 ID 让站在广场上的李辰逸驻足。

“起名太随意”这个在网游《征战》中如雷贯耳的名字，竟然出现在他们旭安科大的电竞比赛屏幕上！

这重名率不会那么高吧？细思恐极，要炸啊！

安星允选了冰女，基础数学系的同学早就和安星允联排过很多次了，这个平时爱逃课、文科类课程会挂科的数学大神早就不是他们期待的那个加分选项了，而是他们的大招！

有了安星允，他们觉得挺进大赛前几名是很有希望的。本来看到安星允的实力后，班长大人一个劲地建议安星允选择 Carry（是 DOTA 中以物理攻击为主，并且可以独立与几个人抗衡的英雄。），谁知道她笑着摇了摇头，回答他：“我扛不动。”

哎……虽然是字面的意思，但是为什么听着这么怪怪的……

李辰逸站在广场上，一阵激动，看到“起名太随意”操作的冰女，好想吐槽他们外联部。就不能找个有点钱的赞助商，给建个拿得出手的场子？！这么酷炫的比赛，不能瞎啊！

想到这里，李辰逸灵光一闪，拿出了手机，这么精彩的比赛，他得录下来。

基础数学系的Carry太脆，前期就险死好几次。可是，辅助是真心给力，走位简直堪称模范，一身基础装，不仅自己打得很好，还把C位的经济给喂了起来，满满的奉献精神。

李辰逸在大屏幕前看得有点呆，问李叙：“那个‘起名太随意’是哪位仁兄啊？基础数学系还有这么厉害的人，之前友谊赛的时候没看出来啊？！”

李叙淡淡地回答：“是，她没有上场。”

李辰逸完全不掩饰自己的欣赏之情：“虽然是前期，但我怎么感觉他们一号位还不如那个辅助。你看啊，那一号位的反应，那小兵马上就挂了，就是最后一刀的事，他怎么没有反应过来？这水平真是够了，不过，辅助这位兄弟有点秀啊。”

李叙没接话，李辰逸自顾自地“解说”了一会儿，突然想起来，问道：“刚才介绍选手人物的时候，我没有听清楚，安星允的ID是哪个啊？”

李叙看着坐在远处那个反戴棒球帽的女生，平静地回答他：“起名太随意。”

李辰逸差点跳起来：“什么，起名太随意！”

李辰逸几乎要晕厥过去，目光隔着人墙，落到安星允的脸上。安星允的脸被电脑屏幕挡住了大部分，他却觉得她浑身散发着光芒。

# Chapter 04

## 起名太随意，决赛见。

就在李辰逸感叹安星允实力惊人的时候，李叙却准备转身离开。

李辰逸一把拉住他："你去哪？这局结束就轮到咱们系了。"

李叙看看他，补了一句："嗯，加油。"

这话说得不能更敷衍了。

"这场你不看完吗？"李辰逸想着李叙不给自己捧场，也不给"摸头杀"过的妹子捧个场吗？明明他们之间的气氛那么微妙！

李叙看着大屏幕上同步投影的画面，又瞄了眼坐在太阳伞底下的人，淡淡地说："没悬念，我先走了。"

李辰逸无奈了，为什么这话里是对基础数学系满满的自信，那句"加油"是对他们临床医学系实力的不肯定吗？

是的，毫无悬念，基础数学系首战告捷。人群中爆发出掌声！

外联部决定拿着屏幕录像去找更多的钱，决赛一定要办得高端大气！

起立致敬握手的时候，人们忽然看到基础数学系有个女生。她戴着粉色的棒球帽，完全看不清模样，身姿窈窕，背着一个书包，走在队伍的最后面，看着一点都不像是选手。

因为是小组赛，没有 MVP（最优秀选手）的说法。可是，那场比赛后，旭安科大《DOTA2》圈里忽然多出一个名字——起名太随意。大家不知道这个随意的 ID 是哪位仁兄的代号，只知道这人来自基础数学系。

一时之间，一向低调靠着证明题横扫旭安科大的数学系变得异常受关注。

赛后班长找到安星允："我说安同学，你平时逃课都是打游戏去了吧？"

安星允面不改色地说道："睡过头了。"

下午三点的课也能睡过吗？又不是早上八点！

班长苦口婆心道："你也看到你的实力了，帮助咱们分分钟秒了生物系。我们几个都商量了，你来 C 位，五号位辅助让楚萧和来，怎么样？"

安星允沉默了一会儿，摇了摇头。

班长却坚持道："我觉得咱们进淘汰赛是板上钉钉的事了，搏一把，说不定咱们系就冠军了呢？！"

安星允坚持自己的想法，她之前很认真地研究过那几个辅助英雄的打法技能，搭配什么大概也了解过。但是，C 位的英雄，她没有上心练过，怕是不会比现在好。

位置，不是想换就换得走的。

这么骚的话是她哥说的。

安星允轻轻安慰道："班长，咱们知足常乐。"

那天晚上回到宿舍，安星允躺在床上，听着卫卫和另外两个室友在狂吹她的“英雄事迹”。

唾沫横飞中，卫卫中气十足道：“我和你们说啊，安星允简直太帅了，那操作，那鼠标点的！”

突然，手机有信息提醒，是微信。

安星允随手滑开。

“起名太随意，决赛见。”

看到发信的人，安星允从床上弹坐了起来。发信人——Raines！

安星允因为懒得想名字，就把自己网游里面的名字放到了《DOTA2》里，想起来今天在小组赛中的表现，她忽然觉得后背有些凉。

所以说，Raines 也是旭安科大的学生，他看到了她的比赛？不会这么巧的吧……

再者，他怎么就能这么确定这个“起名太随意”和《征战》里的是同一个人？

安星允装傻：“你说什么决赛？”

负隅抵抗？李叙坐在椅子里，嘴角微扬，不疾不徐地回复：“旭安科大电竞大赛决赛见。”

安星允哀号！被她猜中了吗？

上来就说决赛，她可是一个连淘汰赛都不知道能走到哪一步的小白菜。看到这句话，她心里痒痒的，Raines 所在的院系也必定是高手云集，好焦急！她不会是要见网友的节奏吧？

抵抗无效，安星允决定装傻到底：“哈哈，早点休息啊。”

那边过了好一会儿才回复了消息，竟然是条语音信息。

“好，晚安。”

清冷的声音，低沉而有磁性，好听得让安星允觉得 Raines 是播音系的，但转念一想，他们学校没有这个系……

安星允怎么忽然觉得，这声音很耳熟呢？！可是他说得太少了，才三个字！这条语音她放在耳边听了好几遍，就是想不出来这是谁。

安星允心跳得更快了，这个 Raines 不仅是旭安科大的学生，好像还是她认识的人！要死了，要死了……

李辰逸同李叙背靠背地坐着，听到李叙发语音，调侃地问了一句："你这大半夜的给哪个妹子发语音说晚安呢？"

李叙笑了笑，起身去洗漱，还不忘拍了拍李辰逸的肩膀。

"随意。"

"哦哦，这个妹子我不认识……"话还没说完，他就噎住了……随意？起名太随意，安星允，李叙在给安星允发语音？！

旭安科大某个男同学晚上登录《征战》，激动得不行。

公会－叫我大爷："今天我见到'起名太随意'了！"

公会－路人甲："啥，什么意思？"

公会－路人乙："搬个板凳看热闹！"

公会－叫我大爷："今天我们学校电竞大赛《DOTA2》小组赛，我看到了随意君，是同一个 ID 没错，就是这个名字，操作太牛了！"

接着，他丢了一个链接上去。

公会－叫我大爷："我上传到论坛里了，你们快去看看，这波操作八九不离十是随意君本人。"

公会－兔兔爱草："@会长，你见过随意君没啊？组织线下活动的时候，谁见过随意君啊？"

公会－会长："没人吧，随意君从来没参加过。"

公会－路人甲："我去，那个操作！说真的，走位太准。不过话说回来，大爷，看不出来，你是名校出身啊？！旭安科大，学霸啊！"

公会－叫我大爷："别……我现在已经在学渣的道路上一去不复返了。重点别搞错了啊，这个应该就是咱们公会的'起名太随意'吧？"

公会－兔兔爱草：“说不准，但是感觉实力水平是同一个人，没想到随意君玩《DOTA2》还这么厉害。不过，你当时见到随意君了吗？他长什么样子啊？是不是‘小奶狗’类型的？比心，我觉得现实中随意君一定是那种帅帅的男生！”

公会－叫我大爷：“没呢，我等着下次有他们系的小组赛去看呢。”

公会－路人乙：“@起名太随意。”

公会－路人甲：“他最近很久没上线了，说不定真的在准备你们学校的这个比赛呢。”

公会－会长：“可以啊，名侦探甲甲啊！”

公会－兔兔爱草：“大家，我忽然有一个预感，我觉得 Raines 认识随意君……”

公会－众人：“……”

于是，叫我大爷得到了一个重要的任务，在接下来的比赛中，寻找“起名太随意”。

安星允晚上没有睡好，也许是因为第二天的比赛而有些紧张，也许是因为 Raines 的那句话。

“决赛见。”

小组赛周日就都比完了，当天晚上便会出淘汰赛的名单。

唉，她好像还没对什么事这么上心过。

第二天的小组赛是下午三点开始，早上九点左右，安星允就和基础数学系的另外四名同学在自习室联排了好一会儿。到中午的时候，明媚的太阳却突然躲了起来，转而乌云密布，大雨滂沱！

一食堂外的广场上几顶太阳伞被风雨吹打得摇摇晃晃，学生会的同学急急忙忙把电子设备都收了起来。

看着窗外的大雨，大家都在想比赛会不会延期。

果不其然，班长在下午一点的时候接到了负责同学的电话。

“比赛由露天改为室内了，可是场地一时没有租到合适的。咱们今天有两场，分别是对化学系和海洋科学系，所以学生会那边会派两个同学过来记分。刚才我和另外三个系的同学商量了，因为实在没有合适的地方，就租借了化学系的物品准备室，那边的同学正帮忙把东西撤走，咱们系最好也过去帮帮忙。”说完，班长看着安星允，“你就别去了，体力活女孩子干不了。”

安星允看着窗外的大雨，想了想便同意了。大家约定好时间在物品准备室集合，比赛是三点开始，提前半小时到。

等男生们把东西都收拾好，赛场的电脑和桌椅也摆好后，参赛的同学开始陆陆续续地落座。

一个漂亮的姑娘披着厚重的雨衣，怀里抱着一堆小山似的不明物体，走了进来。

选手们的目光都投了过去，雨很大，她的头发和裤脚都被打湿了，一张小脸素净却灵气逼人，漆黑的眸子亮亮的，朝数学系的方向走去。

人家还有这么好看的姑娘给当后勤，差距啊！

在别家选手艳羡的目光中，班长和楚萧和起身帮忙接过女生怀里的东西，原来是好几杯热乎乎的奶茶，正适合这样的下雨天！

安星允脱了雨衣，小心翼翼地将其挂在了门口的架子上，然后回到了同系同学的旁边，打开自己的书包，拿出鼠标、键盘、耳麦，动作利落。

其他人有点傻眼，原来她是选手……

没一会儿，屏幕上数学系这边多了一名英雄，那英雄的ID——起名太随意！

那姑娘竟然是起名太随意！

窗外下着大雨，水汽太大，像是起了雾，屋子里有些闷热，大概是太过紧张的关系。

安星允这局仍旧是辅助，这场基础数学系对战的是海洋科学系，化学系的同学在一旁观战，唏嘘不已。

“我觉得基础数学系的大哥能走到现在，就是靠那个‘起名太随意’，她的走位简直良心！”化学系的队长说了一句。

有人附和道：“真的打得很好，感觉好好练练，是可以进职业队的。”

没有太多悬念，基础数学队战胜了海洋科学队。

众人起身致谢的时候，有人问安星允的名字，基础数学系的班长像老母鸡护着小鸡仔似的，摆摆手：“我们谢绝骚扰还有挖墙脚啊！”

安星允笑笑没有说话。那男生碰了壁，也不好意思多问。

休息时间，学生会的人一边统计分数，一边将对战视频保存到硬盘里。

下一场是由获胜的队伍基础数学系对战化学系。比赛前，原本坐在一旁的楚萧和上场了，替下了另一名同学。

安星允就坐在楚萧和旁边，她看了他一眼，想说什么，楚萧和轻轻拍了拍她的肩膀。她叹了口气，然后看向屏幕，没再说话。

比赛开始，化学系有点傻眼——对方的辅助这局变成了中单！

因为基础数学系有一位女生参加，拿到了加分，再加上他们小组赛赢了两场，这会儿已经确认会进入淘汰赛了。所以第三场，基础数学系的班长有了一个大胆的想法，让他们的安星允从五号位换到二号位，由楚萧和担任五号位辅助，安星允去中路。

窗外的大雨没有停的意思，雨点噼噼啪啪地敲打着玻璃窗，同屋外的阴冷不同，室内一片火热！

在一旁观看比赛的同学都不由自主地为基础数学系的中单惊呼！

犀利，太有侵略性了，这女生好强！

之前起名太随意一直打的是辅助，经济都是让她身边的大哥先来，操作好也是从一些正补走位看出来的，全局策略和辅助意识高于常人。这一局，她自己单扛中路，和对面的中单单挑，更看得出实力超群。

对面的中单和她根本不是一个级别，她的手速和正补的准确率真是吓人，整场比赛的速度因为她而加快了一个等级，她的操作太凶了！有些同学拿出手机偷偷拍了几张照片。没想到旭安科大还有这种打游戏的姑娘。

化学系的中单有点想哭，冲上去就是送人头，不冲的话，怎么担得了中单？要命！

化学系的基地被推平的那一刻，安星允获得了全场的掌声。

“赢得漂亮！”就连化学系来观看比赛的同学都不由自主地发出了感叹。

安星允摘了耳麦，微微松了一口气，还好没失误。毕竟这是她第一次在比赛中担任中单，怕自己打得不好影响全队。

一开始班长提出这个建议的时候，她是拒绝的，但拧不过他，好在最后赢了。队友们都克制着激动的心情，只是拍了拍她的肩膀，毕竟这么好看的一个女孩子，冲上去拥抱不太好。

安星允礼貌地同大家都握了手。收拾东西的时候，有人开门进来，是学生会的人。

负责这边计分的同学和来者打招呼：“你们那边这么快？”

那人点点头，语气里透着些炫耀的意味：“遇到大神了。”

计分的同学笑了：“这么夸张？我们这边至少还有一场比赛。不过，基础数学系也有一个很厉害的同学。”

那人摇摇头，一副厉害不过他遇到的大神的样子：“决赛你就能见识到了，肯定不是一个级别的。”

计分的同学也不再说什么，转头看到数学系那边的人已收拾了东西，转移到了场下。

李辰逸坐在椅子上，不能站起来。他可以说他腿软了吗？！

如果今天不是江大齐软磨硬泡让李叙上场，李辰逸大概不会知道，李叙简直不是人！

登着江大齐的账号，上场的却是李叙！而且，他竟然不知道，李叙一直在替补名单上。

“你不走吗？”李叙看着大家都收拾东西离开了，只有李辰逸一个人僵坐在原地，没有要动的意思。

“李叙，你不是人！”

李叙挑了挑眉，手叩在桌子上，目光中透着淡淡的凉意，说话的语气却是温和的：“我确定我们的生理构造是相同的。”

李辰逸知道他拐着弯地损自己，如果他不是人，那自己也不是。

李辰逸站起来：“不够兄弟，我都不知道你打《DOTA2》，还这么强，变态啊！”

李叙直起身子，笔直的背脊透着些冷漠和贵气，嘴边的话听起来很欠揍：“怎么办？你不知道的事还很多。”

李辰逸说：“你怎么突然想上场，都不和我们说一声，大家没配合过，万一输了呢？”

李叙淡淡地回答他：“你单排的时候难道认识其他人？”

单排的时候，都是随机分配队友，看实力说话，所以说单排不好打。不过，李叙这话背后却透露着对自己实力的自信。

太可怕了……这人实在太可怕了！

李辰逸仍旧在回味刚才的胜利，推塔推得那叫一个爽，快得简直让人不敢相信！仔细想来，李叙这种实力……别说是校园比赛了，就是和职业选手打，也能叫上一板吧？

李辰逸瞟了一眼李叙，他已经装好包了，有其他同学在门口催他们一起去吃东西。

“李叙，你还没回我，怎么突然想来参加比赛呢？”

李叙看了李辰逸一眼，目光中闪过某种情绪。

“我和人约好了。”

李辰逸没有听懂，就看到李叙留给了他一个背影。

“约好什么了？”李辰逸追问。

李叙的步子慢了下来，走廊里有同学获胜后喜悦的聊天声，远处，有滂沱大雨敲打窗子的声音，他回头的瞬间，嘴角带着不易察觉的微笑。

“约好了决赛见。”

安星允这周过得异常煎熬，每天除了上课的时间，她都和系里那几个男生一起联排、一起在食堂吃饭、一起上课、一起逃课……

淘汰赛的名单出来了，李叙看着基础数学系的位置，心中思忖，看来，不到决赛就要碰到了。

虽然安星允也是一心想帮助集体赢得比赛，可是，她一开始真的没想在队伍里担任中单。她想着做辅助就好，不抢资源，不抢资源，不抢资源……全局真的是包鸡包眼支援全队。

谁知道小组赛的最后一场试水后，班长就不允许她再打辅助了。

唉，她偷师学艺的时候没认真学习中单的路数，现有的招数都是以前从她哥那看来的。

忽然，她想起有个人曾经揉着她的头发“嘱咐”她好好学习。

说来也是奇怪，李叙那个人有时候看着不怎么搭理人，怎么让她有种错觉，他总是对她很上心呢？她觉得李叙对她好像有意思……

一周的时间过得太快，让安星允从本质上认识到了时间的重要性，她现在恨不得把自己掰成两个人，一个睡觉，一个干活……

男孩子的体力真的不是女孩子赶得上的。午休时间被联排取代后，安星允整个下午都浑浑噩噩的。好在一上游戏，她就会被队友大老爷们儿的高音吼清醒……

周五下午的大学语文，对安星允来说是补觉的绝佳时刻。只不过上次被老师点名的她，心有余悸，于是在桌子上摞了好几本书，躲在后面。

为了避免自己的“宝座”被别人抢去，安星允早早来到教室，然后趴在桌子上打算小憩一会儿。

李叙同李辰逸一起进教室的时候，一眼就看到了趴在桌子上的安星允。已经是秋天了，教室窗户微微敞着，窗户上挂着的遮光窗帘随着微风轻轻摆动着，浅蓝色的窗帘无意地扫过安星允的手臂。她睡得很熟，看得出很疲倦。

李叙目光微动，然后走到安星允旁边，将自己的课本放在邻桌上。怕吵醒她，他就站在她身侧，弓起身子，伸手向前把那扇没有关好的窗户轻轻合上。因为安星允坐在最里面，他的动作就像是护在她身上，小心翼翼，温柔得像洒在玻璃房内的阳光，暖暖的。

李辰逸看到此情此景，不由得啧啧嘴，虽然李叙待人一向谦和有礼，但是一直同人保持距离。

李辰逸一直以为李叙是清心寡欲，直到他看到李叙对待安星允的态度，才觉得自己不够了解李叙。

上课铃响后，老师缓慢地进了教室。她年纪大了，换季染上了风寒，嗓子哑得说不出话，却仍然坚持来上课。由于身体不适，原本的诗词赏析课，改成了播放一位诗人的纪录片。

教室里暗了下来，电影的声音低沉而缓慢，安星允就在这样的环境里安静地睡着。李叙坐在她身旁，偶尔看一眼手机，又偏头看她一眼，神色如常，好像他身边坐着的是某个不熟悉的人。

一节课很快就结束了，学生们收拾东西离开教室，声音有些大，吵醒了安星允。

她伸了伸懒腰，又揉了揉自己的脸，一侧身，发现李叙在她身边正用手机回复短信。

见她醒了，他简单地和她打了个招呼。

安星允点点头，尴尬地说了声“嘿”。

李叙却说了一句话：“刚才老师看你睡得熟没有叫你。”

安星允：“……”完了，又要跪。

李叙继续道：“不过这节课老师嗓子不舒服，播放了一部纪录片给我们看 。鉴于你睡过去了，她让你把这纪录片看完写一篇观后感补上。”

安星允崩溃：“这……还得写观后感？”天知道她的作文有多烂！

李叙道：“她说你也可以找个班里的同学证明你看过。”

安星允不再说话，静静地想了想，目光最终落在了李叙身上。他一副云淡风轻的模样，语气不紧不慢，看着不是骗人。

安星允却觉得这人是在诓她。

李辰逸不可思议地看着李叙一脸平静地忽悠安星允。

安星允突然心生一计，一本正经地回答他：“那我们在哪里看？”她看他怎么收场，哼！

李叙：“电影院。”

安星允：“……”

李辰逸：“……”

安星允腹诽，这算是被倒打一耙吗？

李辰逸则是感叹，这套路太深了……

李叙却像没事人似的：“那我们电话联系吧，时间你来定就好。”说着，他将自己的手机号写给了安星允。

李辰逸快速跟上，两个人一起出了教室。他实在忍不住，开口问李叙：“你就这么约妹子看电影？”

李叙也不否认，只是“嗯”了一声。

李辰逸还是疑惑：“可是，你这骗人的话编得也太假了，我听着都不像真的，安星允会去吗？你还让她定时间。”

李叙不紧不慢道："她自己问的在哪看，当然是要她来收场。来，是她说到做到；不来，她大概也会不好意思，会知会我一声。"

李辰逸觉得一番话听下来真是长知识："她告诉你她不去，你不就没约到？"

李叙也不在意，恣意的模样让李辰逸叹服："那她欠我的，有一天我会提醒她还我。"

李辰逸唏嘘："李叙，你太阴险了……"

周五过后，接下来就是淘汰赛了。可是周五晚上，李叙接到了林曦佐的电话。

"气死我了！"

李叙将手机拿得稍微远些才问他："怎么回事？"

林曦佐觉得自己的肝都被气疼了。他人正躺在医院里，右手臂打了石膏，左手握着手机，戴着耳机，火气大得能点燃一山的干草。

"有人阴我们！"林曦佐说话一向有点痞气。

"你受伤了？"李叙听出了他话里的意思。

"是啊，右臂骨折了，周日的比赛根本就上不了！你心疼不？"林曦佐看着自己胳膊上的石膏，真想把它打碎！

"具体是怎么回事？"李叙严肃地问他。

"我们今天下午比赛后要回酒店，有两辆保姆车送我们，分别送一队和二队的人。因为二队的一号位是我在带，路上还有一段时间，我们就和二队的人在车上聊天，他们明天约了 S 市一个俱乐部打友谊赛。谁知道路上突然有人恶意撞我们！"林曦佐一说到这就满腔怒火。

"你知道有人恶意撞你们？"李叙问。

"当时司机就说有两辆车很奇怪，一辆在我们前面晃，一辆在我们右边，他想换道却被夹在中间，那会儿他正说着什么，然后我们就听到'砰'

的一声！气死老子了！”

李叙大概听明白了：“你的伤势如何，严重吗？”

“这个赛季是报废了，后天的比赛，一队就剩下三个人了。老庄和我当时在二队的保姆车里，老庄肩膀伤了，之前一队有替补，但是跳槽到别的俱乐部了。本来就是要在这次友谊赛后挑几个二队的来一队候补，现在好了，二队的队员们多多少少也都受了伤，只剩下青训队的那帮毛孩子，顶个屁用，我们缺两个人！”

李叙安静地听完了他所有的怨气：“所以你给我打电话，想要我做什么？”

说到这，林曦佐的火气小了不少，他加重了语气道：“敬爱的李医生……”

李叙打断他：“好好说话。”

林曦佐言辞简短却掷地有声：“来替我赢了这个赛季，拿下CDT的冠军，教训一下那些龟孙子。”

李叙收回目光，天色已晚，图书馆的走廊里，有学生陆陆续续地离开，他站在图书馆三楼的回廊里，答道：“这事不是你说了算。”

林曦佐也不示弱：“我不是大佬，但也不是小喽啰，你什么水平我也知道。”

李叙想起陈年往事，当年他们一个选择了电竞，一个选择了学业，如今看来都是适合自己的选择。他的语气平淡温和：“你比我更适合这条路。”

林曦佐不依不饶：“俱乐部那边我会说，你舍得看我们明年的邀请赛资格都拿不到？”

李叙回答他：“之后又不是没有机会。”

林曦佐有点火，这火气本是因为他意外受伤比赛泡汤，却撒在了李叙身上。

“你知道一年的时间对电竞选手意味着什么吗？别让我再废话，这个位置你得替我守住。”

李叙明白林曦佐这话是什么意思，当年林曦佐拿着与旭安科大齐名的A大王牌专业录取通知书，却和他爸妈说要打电竞，差点没把他爸爸气得背过气去。那会儿在李叙看来，他的实力虽然好，但算不上顶尖，可宁愿头破血流也要选择这条路。

林曦佐同他说，书可以再读，可是十几岁到二十岁出头的这几年过了，电竞圈就可望而不可即了。李叙当时没有反驳他，毕竟读书，也要在黄金时间。可是，人想把最青春的年纪花在哪里要看他自己。

图书馆的中庭里有一棵很高很大的树，叶子繁密得都伸到了回廊里，几乎是触手可及。李叙站在那，风一吹，叶子摇曳好似在向他挥手。

李叙开口：“你打什么位置，老庄的位置有人补吗？”

林曦佐听出李叙话里的意思，松了一口气，他本来就拿不准李叙：“我打一号位，老庄是二号位。估计队里会调整让辉仔去打中路。”

李叙最后答了一句：“好，我明天飞过去。”便收了线。

挂了电话，林曦佐的病床前有同样紧张的一个人看着他：“怎么样？”

林曦佐点了点头。

邓队舒了口气，他看过林曦佐给他的视频，那个人的操作确实了得：“这次排布和战术要好好研究一下了，中单的位子不然就让辉仔来补，辅助的话从二队调一个人过来应该可以。主要是C位，目前他们几个的实力确实和你差距有些大，希望你的这个朋友扛得起来，合同我等会儿就去安排。”

林曦佐闭上眼，他就这样逼着李叙来代替他，会不会太残忍？算了，回头任他宰吧。

淘汰赛的阵仗和小组赛就是不同，外联部制作了巨幅海报贴在了食堂旁的布告栏上，不知道是哪位仁兄抓拍的，海报一角竟然有安星允戴着耳麦打游戏的镜头。

这天露天广场上搭起了巨大的台子，两队十把椅子，投影幕布也拉得齐齐的，因为淘汰赛会在一天比完，所以分成了上午场、下午场，和夜场。

上、下午场分别会产生决赛的队伍，在夜场进行决赛。

虽然赛程紧凑但是大家都干劲十足。安星允所在的组是上午场，上、下午场分别有八支队伍，意味着要想走到决赛，他们上午就必须连赢三场。

上午场九点半开始，人一开始并不多。八支队伍落座，安星允入场的时候发现临床医学系那边竟然有李叙的身影。

临床医学系的学生都穿着简单的白色T恤和黑色外套，李叙也是，他坐在那安静地看着手机，黑发衬着他白皙的皮肤，身上有种贵气。安星允看到李辰逸坐在他身边，在他耳畔低语了几句，然后神色突变，带着失望的神色转移了视线，却发现安星允正在看他们那边。

安星允也不扭捏，动作幅度很小地摆了摆手，同他们打招呼。基础数学系是二号，临床医学系是八号，所以，他们如果遇到的话，就是决赛前的那一场。

临床医学系的学生终于看到了传说中的“起名太随意”，竟然是个女生！这位看上去温柔可人的大美女竟然是他们队的中单。

李叙眼眸深邃，看着安星允选好人，戴了耳麦。比赛倒计时的时候，她往台下看了一眼，发现人越聚越多，她深深地吸了口气，闭了闭眼，然后再睁开的时候，李叙好像能感觉到她目光中的冷冽之意。

楚萧和打野区，在三号位，安星允用的则是女王。

比赛初期，基础数学系的中单就碾压了全场，对方的中单根本无力招架。李辰逸看着“起名太随意”操作的女王，轻叹：“我记得她之前打的是辅助位，那会儿觉得她的意识走位都不错，没想到我还是小瞧她了。这手速和正补率，简直就是无解肥，经济起来得太快了。”

李叙“嗯”了一声，没有多说。

李辰逸突然问了一句：“你觉得咱们系的中单 1VS1 打得过她吗？”

李叙几乎是秒答：“打不过。”

原本李叙以为安星允只是喜欢打游戏，他看过《征战》里面“起名太随意”的数据，很不错，不像是靠时间磨上去的等级。

让他觉得略感惊讶的是她入手《DOTA2》的速度。自从上次在游戏里留了联系方式后，她就没有再登录过《征战》，她应该就是那时候开始准备这次电竞大赛的吧？

一个月不到，她打得了辅助，担得了中单。虽然其他同学和她的实力有差距，但是在这种校园比赛里，她算出类拔萃了。不，如果好好培养一下……

李叙没有继续想下去，就看着安星允拿了First Blood（第一滴血）。

台下爆发出了掌声，有的男生吹起了口哨。

和起名太随意同帮会的 ID 是“叫我大爷”的那位男同学此时激动得恨不得马上就登录《征战》为他们的随意君打 Call（喝彩），“起名太随意”竟然是个妹子，还是这么漂亮的妹子，这是校花级别的吧？！

她戴着耳麦看着屏幕的样子太撩人了！

炸了，炸了！

毫无悬念，基础数学系拿下了第一局，是第一支进入校内八强的队伍！

聚集在广场上的人越来越多，为比赛欢呼的声音形成了声浪。

卫卫起来晚了，赶来的时候，已经没法和选手区的同学打招呼了。她看到安星允坐在男生中间说着什么，随口问了身边的人关于他们系的情况。

“同学，基础数学系比过了吗，被淘汰了吗？”

那人笑了：“同学，你才来吧？”

卫卫答道：“是啊。来晚了。”

那人一脸崇拜的表情：“别说被淘汰了，数学系这把估计要火了，他们的中单简直跟开挂了似的，肯定能进决赛。”

卫卫一脸茫然：“中单是啥，谁是中单啊？”

这位同学耐心地和她说：“中单就是打中路的那个人，因为通常是一个人走中路，所以叫中单，数学系的中单就是坐在那里的那个女生。”

卫卫的嘴张大得可以放下一颗鸡蛋。

那不是她们家安星允吗？！太长脸了！

虽然知道安星允喜欢打游戏，但是卫卫没有想到她会这么厉害。

突然全场发出了尖叫，卫卫才注意到，是她男神！！！医学院的大神——李叙！！！

他什么时候也参加了这个比赛？早知道她一定场场不错过。

安星允下场，看到李叙同临床医学系的同学上了台，她突然心跳得很快。他在位置上坐定的时候，眼睛往下面扫了扫，找到了她。

他同她对视的那几秒，安星允总觉得有什么事要发生，脑海中有一个声音似乎要喊出来。

双方登录游戏，选择英雄。瞬间，好像有一双巨手攫住了她的喉咙，连呼吸都好似停滞了。

屏幕上的那个 ID 那么眼熟，又那么陌生。

Raines！

难道是《征战》里面的 Raines？！所以说，他之前给她发短信说——决赛见。Raines 是李叙？！真的是要死了……

临床医学系帅哥众多，上场后，场下观众的热情堪比看到了明星。安星允看到 Raines 选择了敌法师，C 位！

果然，她想抵赖也没用了，装不认识这条路肯定行不通了。

“叫我大爷”在看到 Raines 这个 ID 后，几乎晕厥过去。

所以说，Raines 和随意君是老早就认识的？！然后一起玩《征战》？他不敢相信游戏里杀伐果决的 Raines，现实中竟然是医学院救死扶伤的大神。这世界有点玄幻啊……

比赛开始，台下的观众不管是来看技术的，还是来看颜值的，都得到了巨大的满足。医学系的整体实力比其他院系高了不止一个等级。Raines前期虽然脆，但是基本功真硬，和他同路的辅助，经济一点都没吃到，奉献得极其到家。Raines补刀就没有丢过钱，装备齐了之后，显而易见——见佛杀佛，见魔杀魔。

台下的观众随着一波波的操作而发出阵阵惊呼，这比赛真的是碾压性的胜利！

安星允坐在一旁，后背渐渐发凉，Raines这个水平，让她想起了在S市见到的那些职业选手。

一场结束，掌声雷动。

李叙摘下耳麦，目光同安星允的视线在空中交会，他微不可察地点了点头，安星允却触电般移开了视线。

李叙也没再看她，而是同队友一起回到了候场区。

女孩们的尖叫随着李叙的接近愈加疯狂。李辰逸拍了拍李叙的肩膀，挑了挑俊秀的眉毛，说："你约在决赛见的那个人是谁啊？"

李叙没有回答他的问题，而是开始利落地收拾东西。

"这么快就走吗？下一场是安星允他们系八进四的比赛。"

李叙听到这话停顿了一秒，看了眼手机，接着将包放了下来。他靠在椅背上，向安星允的方向看过去。虽然他希望她能进入下面的比赛，但是看到刚才物理系的表现，和她的队员们的情况，恐怕下一局安星允他们会很艰难。

安星允再次上场，周遭的掌声仿佛变成了遥远的背景音，听起来缥缈不实，她上台后，视线总是不自觉地向李叙的方向飘。

他太厉害了……刚才的操作才配得上这样的掌声，她忽然想起她哥哥。

那时候她还在念中学，安燃在队中打的就是中单，自己这几场比赛用的无非那时候学过来的皮毛，可是她看到的李叙不是。他的操作、基本功、策略、战术意识，都和她大相径庭。他的比赛思路——和她哥哥那些职业选手一样。

想到这，安星允便觉得头有些昏昏的，就这样按照计划选了英雄，开了局。

基础数学系开局，中路仍旧强势，上路的三号位却遭遇了物理系三位英雄的围剿。“起名太随意”过去解救的时候，又因为自己队伍的Carry位前期太脆，辅助得又不到位，对抗不过对面的三号位，数学系的大哥送出了一血。

观众席上发出了唏嘘声。

安星允有点慌，她想推进，却发现自己分身乏术，结果便是基础数学系遭遇了滑铁卢。

看着这样的结果，李辰逸不禁为安星允惋惜：“安美女自己实力强悍，奈何队友太坑。”他转身，却发现李叙已经背着包站了起来。

“你现在就要走了吗？”李辰逸问他。

“是，得去机场了。”李叙一边说一边通过侧面的路离开候场区。

李辰逸想要跟上，却见他摆了摆手。

安星允随着基础数学系的同学下了场，班长在一旁痛心疾首道：“你们几个啊，就知道拖后腿！”

“班长大人，咱们除了安星允，别人的实力都不行啊，走到这里已经很不容易了。物理系的那几个瘦猴子一看就是常年玩游戏的人，可以了，可以了，不遗憾，不遗憾。”

“唉……”班长叹了口气，想到安星允那么强的实力止步于此，正要安慰安慰她，却发现她拿着手机走了出去。

食堂门口的广告栏前，李叙手插着裤袋，一派闲适，根本不像急着赶飞机的人。

看着安星允走过来，神情中带着点纠结，他眼中含笑，一派清朗。

“Raines？”安星允的手机里是 Raines 发来的那条微信。她从未想过他们会是同一个人。

他同她打招呼，像是之前不认识一样。

“你好，起名太随意。”

听到这话，安星允有些羞赧。她在游戏里一直“假装”是个男生，一时觉得窘迫和良心不安。

她第二句便是道歉：“不好意思，我没有告诉你我是个女生。”

李叙将她的神态收入眼底，平静地回复道：“是，我知道。”

听了这句话，安星允的脸一下子红了，她微微低下头，好像没听到似的，问道：“你叫我过来有什么事？”

李叙也不着急：“和你打个招呼。”

至于吗……不知道距离产生美吗？为什么非得在这么多人的注视下这会儿把她叫过来？好像他们很熟一样。

“不能决赛见了。”李叙对她讲。

“是，希望你们医学系能拿冠军吧。”她们数学系刚刚被淘汰，自然不能和他在决赛碰面了。

李叙却补充了一句：“我要去 S 市，等下一点半的飞机。”

S 市，他突然去 S 市做什么？

李叙见安星允眼里写满了疑惑，却一直保持着沉默，继续说道：“我可能要很久才回来。”

见他说这话的时候，不苟言笑，又想到他刚刚打游戏时的表现，一个大胆的猜测涌上安星允的心头。

“你去 S 市是有什么重要的事吗？”安星允说这话的时候眼睛向边上望去，就是不肯也不敢看他。

李叙一米八七的身高比安星允高出了许多，看着她闪躲的视线，他微微弓起身子，视线与她在同一水平线上，让她无法再逃避。

他的话简短却掷地有声：“CDT。”

真的是她心中所想！

安星允重复了一遍，像是不相信：“CDT？”

很久后才回来？所以，李叙是要去打职业赛？这个消息真的太突然，安星允一时很难消化。

李叙直起身子，安星允袅袅婷婷地站在自己面前，清瘦的她瞬间被笼罩在他的身影下。他的音声低沉而又好听：“你还没告诉我什么时候去看电影？”

# Chapter 05

## 他怎么会突然走这条路？

安星允一愣，是周五那天的梗。她也不再闪躲，直言问道：“那你的学业怎么办？”

“暂时请假。”他没有时间对她解释太多关于COD还有林曦佐的事，语气淡淡的，看着她的眼睛，“我走了。”

见他快离开，安星允脱口而出：“还是Raines吗？”

她这话说得没头没脑，但李叙听懂了。她是在问他参加CDT的ID。

李叙很想过去抱抱她，但他忍住了，目光温和地答她：“是。”

安星允真诚地对他说了句：“加油！”

“好。”

恍惚间，安星允觉得脑子里只剩下自己那句“加油”。她站在食堂门口，一直看着李叙的背影被人海湮没，倏地又记起他同她打招呼的样子。

一个贵气十足、风度翩翩的男生微微弯腰，同她对视，那张俊颜离她那么近……想到这里，她的脸一下红了。

特意发微信叫她过来就是为了告诉她，他要去打职业赛了，一时半会儿回不了学校……他是不是在撩她？

那天下午场的比赛、决赛，安星允都没有再看。她有些神不守舍地回了宿舍，躺在床上想让自己睡一会儿，连续几天都没有休息好的她，这会儿疲倦得像是一摊死水，谁都搅不起一丝波澜。可是她躺在床上翻来覆去，脑子里仍旧是李叙那简单的几句话。

CDT 啊，他怎么会突然走这条路？

晚上决赛后的颁奖典礼，安星允缺席！

这边班长大人急得像是热锅上的蚂蚁，打电话，发信息，安星允就是不理他。最后他派了卫卫去宿舍看，传来的消息是，安星允太累了，在宿舍睡着了。

班长想了想，还是大发慈悲，毕竟这一轮的分赚到了，年底综评能大大地加上一笔。

颁奖典礼就是在露天的这个台子上。医学院竟然超越计算机系，一骑绝尘拿到了冠军。

李辰逸在台上笑得一脸得意。

来看颁奖典礼的同学不少，大概是白天听到了风声，校草级人物李叙也参加了比赛，并且据说大神带着队伍秒了对方，只上了一场人便走了，简直有格调。

也有很多人来看——起名太随意，听说是一个强悍的中单。

于是一晚上，班长被人问得最多的一个问题就是：“同学，你们系的‘起名太随意’是哪位啊？”

班长委实装了一把：“她有事没来，有什么事找我吧。”

这边，飞机平稳降落S市。

李叙只有一个简单的书包，装了笔记本电脑和一些生活必需品。是邓队来接机的，虽然林曦佐之前给他看过李叙的照片，但是在机场看到本人的时候，邓队还是不自主地感叹了一下。

这位如果真的成为他们的队员，不管从官宣还是广告等多方面来看，都会令COD的整体水平提升一个等级。

“你好，我是领队邓队。”邓队举着接机牌，上面是打印出来的“李叙”二字。

“你好，我是李叙。”

两人简短地介绍后，便乘车往医院的方向赶。

林曦佐和二队的队员们大多还在医院里住院，一队的成员们已经回去训练了。看到躺在病床上闭目养神的林曦佐，李叙在床边站了一会儿，也不想打扰他休息，便跟邓队说：“看完了，我们走吧。”

邓队略惊讶，这么快？他都不等人醒了打个招呼吗？

邓队本想着兄弟情深，怎么也得说些体己的话，结果李叙一句话不说就想走。林曦佐突然睁开假寐的眼睛：“喂，李叙，站住。”

“嗯。”李叙停住步子，回头。

“你就这么走了，连句话都不说，也不问问我伤得怎么样？”林曦佐住的是双人间，旁边的病床上也是一个手臂骨折的病人，此时已经睡了。

李叙扫了他一眼：“看你挺有精神的，估计没大碍。”

林曦佐怒了，一把抓过头下靠着的枕头扔了过去，李叙一个闪身，枕头直直地砸中了邓队。

“邓队，赖他。”林曦佐“哼”了一声。

邓队也是好脾气，只是笑笑。

李叙端详了林曦佐几秒道：“没病就快点好，有病就快点治。”

林曦佐从小就呛不过李叙，伸了伸手，意思是把枕头还给他，李叙没有再理他，先出了门。

邓队帮林曦佐把枕头放好："我先带他去安顿了，你今天好好休息吧，明天可能带他见一下安总，后天的比赛就听命吧。你好好养身体，大晚上的少动怒，睡吧。"说完了，他就出了病房。

林曦佐知道李叙一向沉稳内敛，大概也是看了他的状态，放心了，却不肯多说一个字。

邓队带着李叙到了 W 酒店，因为两名主力还有二队的队员受伤，一队的队员在训练室也很压抑。

因为李叙刚到，为了让他慢慢适应团队，邓队本来将他安排到了一个单独的房间，但是他提出没有关系，最后便将他和 Eel 分到了一个房间。

顶着一头银灰色的骚气发型，一边吃东西一边看视频的 Eel 被邓队叫住，回头却被惊艳到了。

以前他觉得林曦佐那样的眉眼才算得上是英俊帅气，不易接近，有点距离感，说话行事总有股冷漠和傲娇的感觉，这会儿，眼前这位背着背包，一头黑发，利落却带着男性特有的魅力，瞳孔深幽，通彻中带着沉着，那张脸，连 Eel 这样在乎外表喜欢照镜子的男生也挑不出毛病来。

如果能换就好了！

邓队给他们简单介绍了一下："这位是 Eel，队里的辅助，这位是代替受伤的 Lynn 的……"

没等邓队说完，李叙接了话："Raines。"

"Raines？"Eel 在脑子里迅速搜索了他知道的所有 R 字开头的玩家，如果是厉害的选手，再加上这副外表，他肯定会有所耳闻。

看出 Eel 的疑惑，邓队拍了拍李叙的肩膀："他算是 Lynn 请来的外援，之前不是圈里的人。"

"哦。"Eel 应了一声，继续吃他的零食。

邓队继续道："Raines 是你的新室友，在 S 市的这几天，先和你一起住。”

“行，那我带你去看看房间吧，辉仔和晒伯刚双排完，去外面买吃的了，和教练请假了，应该马上就回来了。

“好，谢谢。”

Eel 注意到，这个 Raines 说话的感觉很温和，看上去彬彬有礼，和外表那种高冷截然不同。

“咱们这几天就在这个套房里训练，之前我和 Lynn 睡一个房间，这张就是他的床。”Eel 指了指林曦佐的床，上面胡乱扔了几件 T 恤，也许是这人给他的感觉太矜贵，总觉得他像是出身世家，Eel 上前把 T 恤揽起来一股脑地扔到了房间角落的脏衣筐里，然后看了看自己的床，好在一床大大的被子把里面的杂乱都成功遮掩了。

看到 Raines 没有说什么，Eel 问道：“你之前是打什么位子？”

李叙放下包，从包里面拿出电脑，摆在床头柜上，顺口回答：“什么位置都简单地玩过。”

事后，Eel 才反应过来，人家说的“简单玩玩”是什么意思。

他发现这位新队员是话不多的类型，也只能尬笑……

李叙察觉到他的不自然，但是没有接话，扫到桌子上摆的一些胃药，还有对方杯子里剩下一半的咖啡，才平淡地说了一句：“你胃不好的话还是少喝咖啡比较好。”

Eel 愣了一下，这人怎么看出来的？转念，他有点怀疑地问道：“Raines，你来之前是干吗的啊，不会是江湖郎中吧？”

李叙淡淡地回答：“我大概算是学院派。”

Eel 默默在心里“呀”了一声。这位小爷跨界玩得有点大发啊！

校园大赛结束后的一周，卫卫明显感觉到了不同。

虽然平时她跟安美女一起活动，回头率总是不少，但是这一周，高得有点夸张。有意思的是，他们数分这么无聊的课，旁听的人一下子多了不少。

安星允大概是这些日子没有休息好，整个人一直有点萎靡不振，上课的时候也是困得趴在桌子上，全程没有看过老师。

之前总是揪着查她出勤的班长，这会儿也没说什么。

不过今天不知道刮了什么妖风，一向人称Nice（好极了）的数分老爷爷突然搞起了小测。投影仪上只有一道题，台下却一片哀号，尤其苦了那些来“蹭课”的人。

卫卫轻轻捅了捅安星允的胳膊肘：“起来做题了……”

安星允只带了一支笔过来，本来是准备签到用的，这会儿向卫卫借了一张纸，读了读大屏幕上的题，便开始动笔“唰唰”地写起来。

卫卫叹了口气，她还是不要计较这种聪明人还喜欢偷懒的事了。

安星允写完了答案，坐在椅子上发了一会儿呆，抬头竟然和数分老爷爷对视了。

呃……老爷爷冲她点了点头，这是什么意思？

安星允从来不喜欢出风头做提前交卷这种事，看了一眼身旁的卫卫，她好像还要写好一会儿。

这时候老爷爷竟然走到了安星允身边。

“你写完了？”

安星允回答了一声：“是。”

老爷爷随手拿起安星允的答题纸看了看，好像很满意，接着就把答题纸拿走了。

就这么收卷了？

安星允在座位上坐了一会儿，突然听到老爷爷在讲台上说：“交了小测的同学可以走了。”

安星允起身的时候和卫卫简单打了个招呼，便拿着自己的笔从后门闪了出去。

错开了下课的点，食堂的人并不多，安星允排队准备打饭，突然听见有人叫了一声她十分熟稔的名字。

“起名太随意？”

这么一个非正常的名字，在大庭广众下被叫出来，总感觉怪怪的。安星允觉得自己还是不要回头的好，认识她的人肯定会叫她安星允。

可是那人又坚持不懈地喊了她几嗓子。

安星允无奈地回头，一个男生正在冲她招手。应该不是他们系的，他们系的人还在教室里吧……

某男一头短短的头发，晒得黝黑的皮肤，看上去典型的一个阳光理工男，一手拿着餐盘，硬生生地折到了她的旁边。

看他这么激动，安星允好怕他餐盘里的饭菜洒出来……

“随意君，是我啊。我是‘叫我大爷’，咱们在《征战》上一个公会的。你对我可能没啥印象，有一次，咱们刷副本的时候，还一队过呢。”

安星允想了想，确实有这么个人，礼貌地对他说了一句：“你好。”

正好轮到安星允打饭，她跟食堂师傅说了一句：“您好，我要一份苦瓜煎蛋。”

大概是“起名太随意”这个名字太奇怪，很多人投来了目光，安星允神态自若地端着餐盘往就餐区走，这位同学则走在她身边，一副很熟的样子，然后找了个空座就坐了下来。

“叫我大爷”哈哈笑了两声：“你最近可真是火了，你知道吗？”

“啊？”安星允不解。

他把手机拿出来，打开了校园BBS（论坛），热门帖子里竟然有一条是：“我旭安科大《DOTA2》女神，实力颜值为我科大代言！”他继续道，“校内论坛上这样的帖子多了去了，好多人看了电竞大赛后都在感叹你的操作！不过，没想到你和Raines竟然也认识。Raines是不是打游戏巨厉害啊？我看他《征战》的杀戮榜上的战绩能吓死人！那天，他就打了一局，然后就没再上场。当时那操作就独领风骚！不过临床医学系的实力确实强，就算 Raines 不上场他们也是稳赢……”

安星允不知道要怎么接这个话题……

看着她餐盘里营养的黄色和绿色，“叫我大爷”说了一句：“这菜我一次都没买过，太苦，你这吃得可真健康啊。”

安星允“嗯”了一声：“这个菜降火……”

“叫我大爷”口若悬河地说了好长一段，安星允默默地听着，心里却有些叫惨，她真没想到会有这么多人关注这个校园比赛……不过好在因为这个事，《征战》里的朋友们都知道她是女生了，也省得她再多解释了。

看着安星允有些漫不经心地吃着苦瓜，好像没听到自己的话，“叫我大爷”又问了一遍：“你和 Raines 之前就认识吗，你们是一起报的咱们学校的电竞大赛吗？”

安星允摇摇头：“我和他不算熟。”

叫我大爷：“哦，是吗？”看起来完全不信的样子。

“之前看他在公会里点你的名，感觉你们应该经常一起玩吧？”

“其实不太经常……”

于是，在“叫我大爷”的强烈要求下，两个人加了微信。

周五去临床医学系上大学语文的安星允，一进教室，便被在里面守株待兔的李辰逸逮住。

李辰逸：“安星允同学，你打游戏这么厉害，要不要找时间，和我双排啊？”

安星允摇摇头：“不用了，谢谢。”

李辰逸叹了口气：“不用拒绝得这么干脆吧？”

安星允没再应他，只是眼睛时不时瞄瞄前门和后门，直到快上课了，也没看到李叙的身影。大概是知道了他就是 Raines，她心里总不自觉地想着，游戏中的大神，现实生活中竟然离自己这么近。

整堂课，李叙都没有出现。想到他说去打 CDT，安星允心里有点五味杂陈，一下课便拦住了李辰逸。

“李辰逸，怎么没看到李叙呢？”

提到李叙，李辰逸目光一闪，某种情绪蔓延开来，似乎是充满了不理解，声音也低了下来：“他办了休学，暂时不会回学校了。”

“休学吗？”安星允没想到李叙是来真的。

李叙就是那种人，不管什么样的惊涛骇浪，他都面色沉着地应对，自己想好的路，便会冷静地走下去，看来他是在参加 CDT 前，就想好了要走。

李辰逸话中带着惋惜：“他可是院里有名的高才生，咱们学校一年也就那么一个人因为学术成就高拿 G 奖，听说他是给辅导员直接打电话提出休学申请的。好像辅导员已经和他家里的人沟通了，他家人竟然没有表示阻拦。真是想不通，就算对方俱乐部能给他开个天价合同，又能怎么样，李叙也不差钱啊。”

“哦，这样。”安星允听着有些走神，李叙去了 COD，真的去打 CDT 了。虽然他实力很强，可是有那么多厉害的职业选手，他选择电竞这条路真的比名校医学生这条路好吗？

秋夜总是凉气袭人，安星允在图书馆看了一会书，便到中庭去散了一会儿步。环形的走廊中心是一棵树，树叶茂密，枝丫都伸进了廊内，一伸手便触摸得到。

安星允给李叙发了条微信。

“听说你休学了，比赛那边还好吗？”安星允语气轻快，尽量让自己的问话显得不那么突兀。

过了一会儿，李叙回复了她：“提交了休学申请，院系那边还没有正式批下来。你在忙吗？”

安星允靠在走廊的石墙上：“没有在忙。”

隔了几秒，一个电话便打了过来，来电显示上清楚的显示着“李叙”。

他还真是干脆利落。

李叙的声音透过电话传来，好像多了一些喑哑。

“你在做什么呢？”他刚和队友们联排结束，起身去厨房倒了一杯水。

看着他的背影，Eel 戳了戳辉仔的背：“啧啧， 咱们家的新 C 位操作走位太骚气了，有没有？上一轮赢得 STR 战队的人都咬牙切齿了，和 Lynn 完全不同的风格啊，赢了也没有多余的话，着实一朵高岭之花啊。我怎么感觉 Lynn 和他打，也会是一场鏖战？”

辉仔赞同道：“实力确实强，但是他之前好像没怎么打过团队赛，我们都有点跟不上他的节奏，这种风格相对于C位来说我感觉他更适合中单。”接着，他话锋一转，“但是，队上定了就定了，咱们配合好，拿下比赛，为兄弟们争口气才是正道。”

一直在边上没说话的晒伯突然开了口：“不知道 Lynn 和老庄啥时候回归，唉。”

提到还在住院的两位队友，大家突然沉默了下来。

李叙则坐在厨房的餐桌旁，和安星允讲电话。

“你真的要休学吗？我今天遇到李辰逸了，他和我简单说了说你的情况。”安星允问道。

“我的事，你大可以直接问我，不需要通过别人知道。”李叙喝了一口水，慢条斯理地回复安星允。

安星允：“嗯……你比赛怎么样了？”

李叙：“还好，地区预选赛刚开始，这周末比完会出结果。”

安星允：“哦……”她其实有很多问题想问他，一时之间却不知道如何开口。

李叙想了想，决定将林曦佐的事告诉她：“Lynn 受伤了，我是替他的。”

“什么？”

李叙简单介绍了队伍的情况，然后将有人恶意伤害队员的事说得轻描淡写，但安星允还是听出了这话的严重性。她想着，大概李叙也不知道具体的情况，不知道作恶的人抓到了没有？COD，正是她哥俱乐部的队伍。想到这，她便有些担心安燃。

正想着找安燃仔细问问情况的安星允被李叙拉回了思绪："地区预选赛过后，你有时间吗？"

安星允一愣："嗯？"

电话里也听不出李叙的情绪，却叫安星允心头一紧。

李叙："我会回一趟学校，处理一下休学的事。"

安星允："所以呢……"

李叙："你约过我看电影。"

安星允："……"她那哪里是约他？！

安星允决定打个哈哈转移话题："挺晚了，练习完就早点睡吧，我也没别的事。"

李叙语气平和，说出来的话却让安星允心惊肉跳："没事就不给我打电话了？"

安星允也是个聪明人，不好答的问题她就装傻："那比赛加油，我挂了。"

"这么一句'加油'就算了？"

"啊？"

李叙的声音轻轻凉凉的："不是想我才发信息的吗？"

安星允脸红，接不上话来。

李叙继续道："周末我有比赛，来现场吧。身份证号发我，帮你定票。"

安星允缓过神来："不用，不用，我自己定就好。"

"那定好了信息转发我。"

"哦，好……"

接着，两人便挂了电话，安星允茫然地拿着手机，怎么回事，她怎么就答应去 S 市了呢？

忙音传来，李叙也收了线，嘴角微微上扬。他端着水杯回到电脑旁，问 Eel：“下一局？”

Eel 正在吃薯片，用纸巾擦了擦手：“你可真是精力充沛，喝个水就歇好了，要不要吃点东西？”

李叙摇摇头，摆好键盘和鼠标。

“不用，刚吃了糖。”

Eel 就奇怪了，餐厅里没有糖啊？而且李叙这人生活异常健康，烟、酒、糖、茶一样不沾，哪来的糖？

周五下午上完了大学语文，安星允就跑去火车站坐动车，手里捏着浅蓝色的车票，觉得有些玄幻。她伸手敲了敲自己的脑袋，怎么就稀里糊涂地答应来看他的比赛了呢？

安星允窝在座位里，想着李叙同她说过的话，想着想着，脸就有些红。他们的对话什么时候变得这么自然，这么亲近了……

安星允坐了好几个小时的车，刚一下车，李叙的电话就打了过来。

“到站了吧，你在哪呢？”

秋天的风有些凉，S 市的温度比旭安市要低一些，安星允背着一个双肩包正从车厢里出来，打了个喷嚏，回道：“嗯，我刚下车，往出站口走呢。”

“好，我在那等你。”

啊，他来接她了？

“不用接我的！”

李叙站在出站口，好像隔着电话，都能感觉到安星允慌张摆手的样子。很快，他就在出站口看到了她。长长的头发披在她肩上，一件白色的 T 恤外面搭了件黑色的外套，深蓝色牛仔裤，白色帆布鞋，模样干干净净，步履轻快又充满着青春的气息。

“李叙，麻烦你了。”

她微微点头的空当，就被他拿去了自己肩上的书包。

“不麻烦。”想到她电话里那一声喷嚏，李叙突然拉过她的手腕，将她整个人往自己怀里扣了扣。

出站口人流拥挤，再加上晚上天也有些黑，没人注意到他们。

属于男孩子的体温一下子就温暖了安星允，他这算抱她吗？

李叙一手绕过安星允的肩膀，揽住她，另一边肩膀则挎着她的书包。

“还冷吗？”好听的男声这么近地传过来，安星允使劲摇头，表示不冷了，可身体太诚实，她还是打了个喷嚏。

“看来暖和得不够。”

“够！”说着，安星允一个下蹲，钻出了他的怀抱。看着她临阵逃跑的样子，李叙笑着走在她身后。

两人坐着出租车一起往W酒店走，安星允怀里抱着书包，显得有些拘谨，她找了个话题：“你比赛准备得怎么样了，不好意思还让你来接我。”

李叙手撑着下巴，看着安星允，答道：“应该的。”

什么应该的……

安星允怕麻烦李叙，自己在W酒店定好了房间，办理入住手续的时候，他站在她后面，她才发现他也为她定了房间。

于是，李叙谦和地让前台将安星允定的那个房间退掉了。

“真的不用了，我自己来就行。”

他的话不多，只是轻轻提过她的行李，拿过房卡，另一只手摸了摸她的头发，浅浅道：“听话。”

安星允觉得她如果不听话，会有更“可怕”的事发生……

送安星允回房间安顿好，李叙抄手倚在门口：“有什么事给我发信息或者打电话。”

安星允乖巧地点头，他看着她，眼里带着笑意：“不请我进去坐坐？”

安星允往后退了一步，手紧紧握着门把手。看她紧张的样子，李叙也不再逗她："明天的比赛，我们早上十点出发，你到时候到一楼大厅和我们一起集合。"

安星允回答他："没事，我自己买票进去看就好了。"

"帮你准备了随团的工作证，还没送到我手上，明早给你，我先走了。"

她随团，以什么身份啊？安星允没好意思问……

和李叙分开后，安星允不知怎么忽然有了好奇心，在微博上搜了 Raines 的名字。

没想到有几条 COD 的官博，@的就是 Raines，转发点赞竟然上万！果然颜值即是正义吗？

COD 官博声明由于意外事故，这个赛季，主力 Lynn 和老庄因伤不能继续参加，新成员 Raines 和二队成员 Tree（树）将作为首发继续比赛。

微博配图是 Raines 穿着 COD 战队夏季短袖队服的照片。照片上，李叙双手插兜，高挑的个子，让人无法忽略他那修长笔直的大长腿。

他没有笑，玉面如光，眉眼英俊，黑色的眼睛注视前方，整个人散发一股清傲贵气。这种学院派的帅，很难同打电竞的人联系起来。

第一条微博，好多人被他的颜圈了粉。也有人在底下评论吐酸水，说大概是个绣花枕头，中看不中用。

安星允点进了 Raines 的主页，发微博数是零，但是粉丝已经涨到了十五万。

安星允不由自主地轻轻感叹了一下，发现 COD 官方第二条关于 Raines 的微博，发出了 Raines 作为 COD 成员的首战战绩。他是 C 位，全场人头数最多……

安星允点进评论看了看，好几条热评看得她的心一阵狂跳。

有人吃惊地说，这是旭安科大的 G 奖男神，然后将 G 奖的获得难度简单地科普了一下，这条评论的点赞竟然也上千。

另外几条来自业内人士的评论，中肯地评价了Raines在比赛中的操作，有灵性，是一位典型的天才型选手，很惊讶现在才被发掘，但似乎欠缺大赛经验，和二队升上来的年轻选手Tree在下路的配合不尽如人意。

安星允感慨了一下，以李叙的能力，明天的比赛也不会有什么大问题，COD肯定能进入全国淘汰赛。

已是深夜，安燃和车远还在会议室开会，桌子上铺散着队员们的各项数据及教练组专业的分析报告。

几场小组赛下来，COD的优缺点显而易见。新来的C位Raines，实力完全不逊于Lynn，甚至可以说比Lynn的综合水平还要高。辉仔代替了老庄走中路，晒伯顶上路，Eel辅助水平一直不错，放在四号或者五号位都可以，但是新上来的Tree，就没那么容易跟上团队了。

按照Tree目前的情况，怕是到淘汰赛便会成为众矢之的。

会议开到一半，车远出去吸烟，休息一下。此时孙特助送来了一个U盘，因为队内缺人手，安燃便让孙特助吩咐俱乐部内的经纪人们试着接触一些有转会意向的选手，而这个U盘，是其中一位经纪人推荐的最近网上很火的几个校园比赛视频。

投影仪在幕布上投出了画面，上面的侧脸让安燃顿住了。

光线略暗，孙恒并没有注意到安燃脸上细微的变化，如实汇报着。

“肖经纪说这是最近网上很受关注的几个校园比赛的视频，据说旭安科大外联部那边有录制比赛，但是目前还没有联系上，所以资料大多是从网友手里收集起来的。有两位参赛选手表现极为突出。很巧的是，刚入队的Raines就是其中之一。另一位，虽然他们队整体表现弱了些，但是肖经纪的意思是很有潜力，他认为我们可以同这人接触一下。”

画面切换，出现的正是安星允戴着耳麦的侧颜。

很快，外面有人敲门，秘书低语：“这是肖经纪刚传过来的文件。”接着，他递上来一摞A4纸，上面是Raines和起名太随意的资料。

安燃接过资料，快速地翻阅着。

Raines，本名李叙，旭安科大的高才生，听邓队讲，是因为林曦佐的一句话就跑来打职业比赛了。

该说他鲁莽还是重义气？

李叙这人睿智冷静，刚进入团队没几天，就听教练和领队反映，已经和大家相处得很好了，话不多，但好像队员们对他的接受度都很高。

不管他来打职业赛是什么理由，李叙的操作都让安燃眼睛一亮，从他的行事风格上，安燃多多少少看到了过去的自己。

视频分两部分，一部分是Raines的，另外一部分，是起名太随意的。

看到自己妹妹这么个随便的ID， 安燃说不上是想笑还是无奈，会议室的灯再次暗了下来，车远教练已经回了会议室，在他身旁落座。

安燃对车远说："这个'起名太随意'的操作，你来看一下吧，是肖经纪推荐的人。"

车远心里一顿，这是要为队里招新人吗，还是个女生？

画面播着，车远时不时在纸上记着什么。

安燃靠在椅子上，心思渐沉。他前一阵子见安星允，她刚入手《DOTA2》，那会儿虽然觉得她意识不错，但是对英雄的熟悉程度以及操作和现在画面上播放的水平相差甚远，这种进步速度算得上是可怕了。

多年前，自己还窝在家里打游戏的时候，她总是乖乖地拿着水果，在自己身后，坐得不近也不远，一副不会打扰他的样子，陪伴他日日夜夜，同他一起度过最艰难的时光。

家人不理解他，他也不在乎，但是，瘦瘦小小的她总是坐在自己身后，也不评论，只是安静地看。偶尔他心情好，还会带着她双排。

那会儿安燃感觉到了妹妹的聪明，因为他家里就没出过笨的人。后来她因为奥赛被保送到了旭安科大，不然，她那么偏科，怕是会被耽误。

安燃抚了抚眉角，侧过脸，看到车远正在聚精会神地看着屏幕，双手扣在一起，眉峰稍高，像在慎重思考。

比赛的录像不多，纵然不连贯，但也有足够的信息，让经验老到的车远做出判断。

“这位选手，打了多久的《DOTA2》？安总，你了解吗？”

“真正上手大概个把月吧？”

车远停顿了好一会儿，然后回答安燃：“是个好苗子。”他看了眼安燃，看不出他是什么态度。

“如果是短时间的练习就到了这个水平，很有天分。但是，训练赛和专业比赛不同，强度上来了，不知道高压下，她会有什么样的发挥。另外，我建议如果邀请到我们俱乐部，可能要从青训队开始练。”

黑暗中，仅有大屏幕是亮着光的，安燃继续问：“她这样的，适合什么位置？”

车远听出了安燃的意思：“仅有这么几场比赛，目前看来她打辅助更合适些。不过，作为中单的时候，gank（趁机攻击）节奏也不错。”

见安燃没应声，他继续道：“等以后过了青训，进了二队，自然是每个位置都会尝试，然后看一下发挥，再定位置。”

暗淡光线中，安燃那张瘦削而英俊的脸上闪过一丝浅笑。

“青训队，她的年龄已经过了。二队？怕是没那个时间。我决定让她空降一队。”

车远震惊地站了起来，会议室的椅子在地板上划出了声音。

“安总，这太草率了！”

安燃眼睛深邃，周身有股迫人的气势，话语带着不容置疑的语气。

“她从小和我一起打游戏，就算操作实战还不够多，当年也看我玩过无数场。”

车远瞠目结舌。

所以说……这个“起名太随意”是？

安燃回头，目光锁住车远："她是我妹妹，亲妹妹——安星允。"

车远在业内也是有头有脸的教练，虽然大老板是曾经叱咤风云的职业选手，但是并没有他这样丰富的执教经验。那小姑娘的操作纵然扎眼，但他不能拿国际大赛的机会开玩笑。

沉默过后，看安燃没有开口的意思，车远沉声道："空降我也不可能让她首发，除非……"

他顿了顿，大概也是碍于安燃的面子："除非她能比现在的五位首发成员更适合。"

安燃一直敛着的神色悄然舒展开来："可以，那就用结果来说话吧。"

车远心里明白，这个"除非"是不公平的，现在正是赛季，队员们都是最佳状态，让她一个没有经过专业训练的人来和这群人比，再有天分，大概也没什么胜算。

从比赛录像上来看，那个"起名太随意"的意识和走位都远比现在的五号位强，可是新手毕竟是新手，一旦对方教练和队长在B/P（禁用／选择）战术上做好了准备，她就会成为全队最大的弱点。想要消除这个弱点，就需要时间让她熟悉所有的英雄，培养自己的操作体系。

想到队里的Tree，车远心神一晃，又马上否定了自己，如果Tree真的被PK下去了，只能说二队和青训队的训练体系还不到位。

第二天，周六。

安星允一大早就被李叙的电话吵醒了，她还睡得迷迷糊糊的，李叙的声音就不切实际地飘在耳边。

"怕你没时间吃早饭，这会儿起来和我们一起到餐厅吃一些，我到你的房门口去找你。"

"我不饿……"安星允的眼睛还是闭着的，说了这句，电话都没挂，她很快就再次入睡了。

听筒里传来均匀而绵长的呼吸声，李叙叹了口气，拿起队服外套就往外走。

邓队叫住他：“Raines，你去哪？马上吃了饭就要出发了。”

李叙步子没停：“接一个小姑娘。”

邓队一愣，小姑娘？！

李叙很快就到了安星允的房门口，敲了敲门，第一次没回应，他再次大力地敲了敲，里面很快传来窸窸窣窣的声音。

安星允穿着小熊睡裙，头发胡乱地披散着。她明明挂了免清理的牌子在门外，怎么清洁阿姨还是来了呢？

她透过门镜看了一眼，整个人瞬间就精神了。“嗒嗒嗒”地趿着拖鞋往屋里跑，一边跑一边用手捋了捋头发，跑到柜子前把自己带来的夹克外套搭在身上，扣好扣子赶过去开门。

李叙在门口等上了一小会儿，看到安星允一脸慌乱的模样，同她衣服上的小熊一样可爱美好。他站在原地，看着她的模样，忍不住嘴角上扬。

“刚起吗？”

“……”

不明显吗？！

安星允“嗯”了一声。

看样子是有点起床气。李叙低头看了眼手表：“九点吃早餐，十点准时出发去会场，安同学，你还有十五分钟时间，整理好同我们一起去吃早饭。”

安星允反抗：“我不饿……不用吃，真的……”末了的那“真的”两个字声音小却切实。

李叙只是淡淡地说：“那我陪你。”

安星允看着李叙，想起了江湖上传说的那种杀人在瞬息之间的大魔头……

她能让一个下午要比赛的人不吃饭吗？如果他饿晕在赛场上，他们COD的粉丝会不会想凌迟处死她？

“等我一会儿……”安星允留着门，去房间里拿了衣服就跑进了浴室。

“哗哗”的水声透过门缝传来，李叙看着酒店房间里的被罩被单都被换成了她自己带来的一套暖黄色床上用品，愈加觉得她可爱。

安星允用了自己大一军训那会儿的速度收拾好了自己。她一身简单的天蓝色连衣裙，外面搭了件格子的呢子大衣，基本和裙子一个长度。

李叙打量了她一会儿：“你的小书包能装的东西还不少。”

安星允偏过脸，不接话，拿着房卡拎着小包便往外走。

她的包包里就塞了这么两套衣服，不就是怕这位爷心血来潮让她在S市就陪他看电影吗？！

两人到了餐厅，众人有点傻眼。

Eel看着安星允：“阿姨，你怎么来了……”

林曦佐看了看安星允还有走在她旁边的李叙，对Eel说，“你要是这么叫她的话，怕是要叫Raines叔叔了。”

Eel：“……”

邓队算是看明白怎么回事了，将李叙要的那张工作证递给安星允：“安星允吧，你下次要是想来看比赛，直接找我就行。”

言下之意，不用麻烦李叙大费周折要工作证，这还不就是他一句话的事？

李叙顺势将安星允带到自己的座位边，接过话茬：“她怕是会不好意思开口。”

你们别说了……

于是，饭后，安星允跟着COD的保姆车一起前往会场。到了现场，人山人海中，她戴着工作证往里面走，觉得整个人都带着风，有一种被大佬罩着的感觉！

和工作人员坐在一起，安星允得到了观赛的最佳视角，看到整场比赛COD势如破竹，结果完全没有悬念。

当晚，安星允跟着大部队一起回了酒店。

Eel吃惊地发现："小姐姐，你连住都是和我们住在一起啊！"

话不能这么说啊，小伙子，用词要准确啊……

第二天早上本想着在S市逛逛街周一再返校的安星允突然接到了安燃的电话。

"星星，人在哪？"

"哥，我在S市……"

安燃有些吃惊，安星允将整个事件同他捋了一遍，只是这中间，尽力隐去了李叙的存在。

"那好，正方便，我去接你，和我吃个早饭。"

为什么她哥和李叙都这么纠结于吃早饭啊？！她喜欢赖床，早上的课好多是爬起来就去听，根本来不及去食堂吃饭，时间久了，也就没了吃早餐的习惯。

安星允弱弱地答道："我不饿……"

电话那头却是安燃清冷而果断的声音："吃饱了，才有力气打仗。"

安星允一愣，心里一沉，嘴上道："我还不知道我在S市和谁有过节……"

安燃解释得简单粗暴："我替你结的梁子。"

"……"

安燃敲门进入总统套房的时候，队员们正在和教练进行小结，见到他的时候，大家忙起身打招呼。

看到他身后那人的时候，Eel不由自主地惊呼："小姐姐，你怎么回来了？"

他这一嗓子，让众人的目光成功地转移到了安星允身上。

站在最里面的李叙此时正靠在桌子上，修长的腿交叠在一起，本是凝神想着什么，却在这一刻将视线投到了安星允身上。

李叙想着今天开了会后便约安星允出去，本想让她多睡一会儿晚些再联系她，没想到人这会儿被领了回来，真是兜兜转转离他不远。

站在门口的安星允，瞬间看到了不远处那张熟悉的面庞。

许是因为屋内的热气，他穿着白色T恤衫，一条黑色休闲裤，精瘦结实的手臂露在外面，手里正拿着教练组整理出来的数据。他抬头看她，似乎轻轻点了点头，一派清冷贵气。

她在期待什么……他又不可能专门过来和自己打个招呼，多尴尬。

车远从座位上站了起来，他不到四十岁，有些显老，额头的皱纹如同沟壑，犁出了条条岁月，眉毛黢黑笔直，看上去有点凶神恶煞。

安星允觉得自己好像被他瞪了一眼，站在哥哥的身侧同大家打招呼。

“大家好。”

“安总好。”

“各位客气了，今天给大家介绍一位……”他顿了不过一秒，“非职业选手。”

听着他的话，在场的几位都竖起了耳朵。

李叙看着安星允，她面上无波无澜，笔直地站在安燃旁边，藕段似的胳膊随意搭在身侧，只是那轻轻敲击大腿的手指泄露了她的情绪。

车远也不动声色，等着安燃继续说。

“她叫安星允，今晚来这里，要分别占用各位一些时间。”

他这话一出，安星允的心“咯噔”一下，她哥给她结下的是什么梁子啊？

“希望在座的五位分别同她进行位置PK。”

屋子里突然静了下来，安星允的心像是猛地被一双大手攫住，让她瞬间呼吸不畅。所以她哥哥是准备让她进COD，打职业赛？

“嘘——”长长的一声口哨，是Eel吹的，太有意思了好吗？！

安星允偏头，瞪了安燃一眼，“不”字还没说出口，安燃就大手一挥：“那就从辅助位开始吧，Eel，你先来。”

呃……早知道他不吹口哨了。再说了，怎么不从一号位打，从辅助位开始，岂不是越往后胜算越小？

Eel也痛快，利索地坐到了电脑前：“怎么玩，分别站对位吗？”

“是。”

车远和剩下的几人也没有说话，安燃的话不容人拒绝，那是老板下的命令，硬着头皮也得上。屋内，只有那个柔弱的小姑娘，倔强地站在那里。

“安燃，这不公平。”

安星允从听到安燃宣布决定开始，就思量着该如何解决。他想让她来打职业赛，难道不应该问问她的意思？先不说自己的实力还远远不够，再者，他凭什么决定什么就是什么？

见过队员们的训练状态后，安星允深深地敬佩他们，也因为李叙加入了COD，她曾经问自己，到底什么是她真正想要的。可是，她就算想来打职业赛，也要她自己想清楚，而不是他来规划她的路。

在场的人都知道安星允是安燃的妹妹，这会儿大概知道安燃是有心将安星允推入他们这个俱乐部。

她此刻没有叫他“哥哥”，直呼姓名，显得生分又透着不满。

其实走后门没人拦得住，关键安燃这个前世界冠军，竟然摆出一副要“以理服人”的样子。

安燃也不气，语气平和：“不公平，那你想怎么比？”

说白了，她怎么都逃不过要比试这条路。

安星允气结，看着安燃那副准备看戏的样子，知道他在故意激她，她理智地说道：“两轮，第一轮，六个人一起比APM（手速），第二轮，随机三人组队一局。”

她想过，按体力自己根本撑不过五个人一对一的位置对决，再者自己会的英雄有限，《DOTA2》又是一个团队游戏，她必须充分利用自己熟悉的英雄。

车远看着眼前的小姑娘，眉目疏淡，不慌不忙，语气听起来没有多大火气。他猜测她之前并不知情，短短的时间内想出来的比赛方法，竟然是她自己在不利的情形下最有利的解决方法。她定的两轮比赛偏偏比的就是游戏中起着重要作用的两种流派，意识流还有手速流。

车远心中暗暗感叹这个姑娘真聪明。

李叙看着安星允坚定的模样，第一个应道："我没问题。"说着他也坐到了电脑前。

看了看周围，Eel 也说道："我也 OK 啊！"

辉仔和晒伯相视一笑，大概觉得这也挺有意思的，受人挑战，大老爷们儿自然不能扭捏："行啊。"

Tree 也点点头，坐在他的位子上。

安星允径直走到电脑前，拉开了座椅，第一轮，用大家经常测手速的软件，开始了 APM 的测试。

安燃站在车远和邓队的身旁，也不说话，面上也没什么笑意，只是单纯地看着他们的测试。

安星允的表现和这五个职业选手比，不占上风，但也没有落下。

很快，结果出来了。她低于李叙和辉仔，排在第三位。

这个结果，显然出乎车远及他人意料。

"哟哟哟。"Eel 见安星允甩了甩手，那精致的面容上没什么胜利的喜悦或者一丁点的骄傲。

安星允回头，发现 Eel 正在看她，只是点了点头。

喀喀……他怎么觉得小姐姐的气息有点冻人呢？

休息几分钟后，接下来就是组队对抗。

车远看向安燃，安燃摸着下巴眼睛黑得像墨水，他大概也没有想到安星允的 APM 竟然仅次于两位职业选手。先不说 Raines 的领先优势，同辉仔相差仅有 10。

队员们起身活动，有的去了洗手间，有的则去厨房拿水喝。李叙开了冰箱，从里面拿了一瓶矿泉水，安星允正巧也有些口渴。他随手递给她一瓶，她接过来道了声谢。

他漫不经心地问："你想打职业赛？"

安星允苦笑道："你看我像吗？"

李叙也不评价，只是将瓶中的水慢条斯理地饮了一半。

"等会儿组队，可以选我。"他随手一扔，动作利落地将空瓶扔到了垃圾桶里，惹得安星允抬眸对上他的视线。

"选你会怎么样，带我躺赢？"安星允半开玩笑道。

见安星允并没有当回事，李叙挑挑眉，让人听不出来他话里的意思："不会怎样，大概不会输得很惨。"

安星允看着他的背影，没有多想，便回到了"战区"。

组队选人由安星允和 Tree 分别来选，大概考虑到他们算是"实力相当"。安星允是女生，可以优先选一人，然后 Tree 选一人，再由安星允选择。

李叙站在桌边，看到 Tree 明显要比安星允紧张。刚休息的那几分钟，他好像去洗手间洗了把脸，还有小而晶莹的水珠挂在鬓角。

安星允想过，如果自己不选李叙，那他肯定会被 Tree 选走，他实力比其他几个人都强出好大一截，有很大的优势。可是，安星允犹豫了，感觉选了李叙后就像是"欺负"其他人似的……

还没等安星允开口，李叙就跨了一步，站到安星允身旁，那动作昭示着他在她这一队。

安燃轻哼了一声，微不可闻。

李叙却淡定地说了一句："她选了我。"顿了顿他又道，"在厨房时。"

Tree 一愣，很显然，是个人都知道要把李叙选走，可是他心上一紧，然后考虑自己也是辅助位，便立刻选了辉仔。

辉仔摆摆手，一副可以的样子，然后站到了 Tree 的旁边。

Eel 则开玩笑地冲晒伯说：“哎，看看咱们命苦的人，都没人要。”

晒伯笑着拍开他的手：“别算上我。”然后他笑眯眯地扫了扫眼前的组队情况。

跟着李叙赢面大，但是谁都不知道这个没有经验的小姑娘打得怎么样。另外，网络随机的还有两个人，这游戏又不是一个人 carry 就行了。

安星允之前在和 Lynn 一起打的那局是辅助位，这事 Eel 记得很清楚。大概她不会选自己的，他正想着，却在这时候听到安星允叫自己的名字。

哈？

Eel“哟”了一声，往安星允身边走：“小姑娘，有眼光啊，哥哥绝对给你奶到位。”安星允没接话，而是轻轻指了指安燃，意思她哥哥在那。

Eel 噤声……

众人很快落座开始游戏，车远、邓队，还有安燃及孙特助都站在了他们后面。

比赛的阵容，顿时让人沉默了。

安燃的嘴角突然勾起一抹笑，那笑容，透着了然和冷傲。

Eel 和晒伯不约而同“噢”了一声，怪不得她选 Eel 不选晒伯，因为这个看着温柔可人的小姑娘是 Solo（单挑）。

于是 Raines 和 Eel 在下路，上路和野区是网上的两名玩家，安星允顶着“起名太随意”的 ID，一路凶狠地带节奏。

Eel 在语音里调侃道：“哎，我怎么有一种被包养的感觉呢……”

上路的三号位 ID“三三”，听到这话，不由自主地笑了，看着中单 gank（抓人）很带劲，可是冷不丁地看到“起名太随意”觉得这名字有点娘。玩游戏，也没那么认真，不知道这两队的人在某种程度上是在进行一场“生死战”，他带着点痞气在频道里问："起名太随意，有点秀啊，你是男的还是女的啊？"

突然，一直没有说话的Raines在频道里打了一句话："少说废话。"

三三一下子来劲了，刚准备说点什么，便看到屏幕上出现一句话。

起名太随意："是你爹。"

队里的五人："……"

Eel偏头看了一眼安星允，面不红心不跳，该杀就杀，绝没留情。他心里一颤，真是人不可貌相。

安星允这队中路带得比对方快，很快他们的大哥经济就起来了，辉仔心里也是沉沉的，这个女生比他想象中打得要好。

他们这队中单是辉仔，晒伯照旧打三号位，而Tree打五号位，大哥根本扶不起来。和起名太随意在中路交手，辉仔发现自己并没有占上什么上风。而对方的C位是Raines，丝毫没有手下留情。看着他们彪悍的操作，那个三三没再说过话。

很快，这局便没有了悬念。

结束后，大家摘了耳机，车远则是从一开始的震惊到现在的沉默。他抱着双臂，眼睛看着屏幕的方向，却又没有聚焦在他们任何一个人身上。

安星允第一次同李叙一个队，终于感受到有一个靠谱的C位，真的是有种被大神罩着的感觉。

比赛结束后，大家坐在厅里，鸦雀无声。

安燃安排了孙特助出去，不知道是准备什么去了。他眼神清冷，神色如常，沉声道："各位，我现在要宣布一件事。"

没人接话，车远大概已经猜到了。

"我决定，让她空降一队，刚才她的实力你们也已经看到了，有什么异议吗？"

"我不同意。"安星允第一个抗议。

“你刚才比赛了，我以为你是愿意的。”

“我不愿意。”安星允每一个字都说得慢而清晰，音量不高却极坚定。

安燃冷笑一声：“不愿意你为什么比？”

安星允知道她哥心里打的什么算盘，虽然她反应过来的时候为时已晚：“刚刚如果我输了会怎么样？”

“仍然空降一队，只不过——”他卖了个关子似的，“不能服众而已。”

安星允瞪了他一眼，她不喜欢自己的事情被他人决定。

这个时候，一直没说话的车远教练开了口：“安星允是吧。”

安星允点点头。

车远沉了沉语气，刚才安星允操作的每一幕都在刺激着他的神经，只是几天的工夫，她的水平又有了提升，大概是遇强则强的类型，有着 Raines 在侧做 C 位，她中单突破得更勇敢。

“如果你来一队，这次的赛季，只可以作为替补留在场上。”他的声音醇厚而透着沧桑和阅历。

安燃瞟了车远一眼，车远却坚持自己的看法，安星允就算是来，也不可能马上首发。

出于团队的考虑，他继续道：“我们的二队和一队两位主力全部受伤了，现在替补位空了，一旦发生点什么问题，连排兵布阵都会受到影响。你在，确实会给我们提供一些多的可能性。当然，如果你不愿意，我也不会强求。”

他指了指站在边上的李叙：“Raines 也是在校生，因为 Lynn 受伤而来增援，我们和他目前只签了一个赛季的合同，不知道你了不了解我们队名 COD 的含义？”

安星允摇摇头，屋子里很安静，只有车远一个人沙哑的嗓音像是讲述着一个遥远的传说。

“COD，chase our dream（追逐我们的梦想）。我们是要拿下世界冠军的队伍，不会收留一个弱者，也不会放弃一个未来的强者。安小姐，去或留，你自己决定。”

这话给足了安星允面子，陈述的也是简单又残忍的事实。

安星允抬眼，安燃一副吃定她的样子。

此刻，安星允的心情是复杂而激动的。她是喜欢打游戏，但是没有到沉迷的地步，也从来没有想过要像她哥哥一样，把这个当成事业。

可是，她不明白，李叙这么优秀的一个人，将来是要成为一名医生的，这个时候真的是为了朋友两肋插刀来比赛？

她沉默的时候扫到了安燃的手。那双手瘦得骨节分明，长而有力。此时，他的手指轻按着眉心，他一向不轻易向人低头，也从不开口求人。

安星允偏头看向李叙，他不知道什么时候已经坐下了，安静地喝着一杯清水，没有看向她。

空气中好像悬了一根极细的钢丝，轻轻一碰，便会折断。

“我想想，明天回复你们。大家早点休息，我先告辞了。”安星允说着，便往门边走去。

人走到了门边，却突然停下来，她转身冲里面道：“李叙，你出来。”

这话简洁，却带着不容拒绝的口吻。

安燃一愣，Eel 一愣，车远教练一愣，屋子里的人面面相觑……

李叙并没有显示出多么惊讶，缓缓起身，抓起桌子上的手机对教练说：“抱歉，我出去一下。”

安燃看着安星允有些气呼呼的样子，欲上前，却被安星允喊住：“我没叫你。”然后，她直接关上了门。

Eel 心里惊叹：这就是所谓的气场迫人吧？

安燃想着这两人是校友，大概之前有些交情，想着他妹妹的犟脾气，就也没再多说什么，接着嘱咐孙特助把开好的房间钥匙替他转交给安星允。

李叙走在安星允的身后，身形颀长，玉树临风，也不说话，就安静地跟在她后面。

突然，安星允转身，黑漆漆的眼睛里透着光：“李叙，看电影的事还算不算数？”

他嘴角微微扬起一抹弧度：“我说话一向算数。”

“走吧，我现在要去看电影。”

“可以，只不过那纪录片，现在没有。”

安星允睨了他一眼：“看什么都行。”

他轻轻一迈步，同她并排：“那我来挑？”

于是安星允就放心让李叙去买了票。夜场，人不多，他选了《安娜贝尔 2》。

“《安娜贝尔 2》？”安星允听都没听过，“这是个什么鬼？”

李叙眼底潜着笑意，回答得一本正经：“大概是个美国鬼。”

电影开演，差点没给安星允吓出心脏病，整个过程，一半都低着头，听着左右的人发出各种尖叫。

电影都没人吓人！！！

李叙则拿着爆米花，神色淡然地问安星允：“你吃吗？”

“谢谢，不吃。”

李叙全程面不改色，安星允偶尔瞥他一眼，微弱的光线打在他的侧颜上，好像真的微微发着光。

“你不吃吗？”

“不吃……”

她看着他喉结微动的样子，有那么一丝丝走神。

医学生都这么大胆吗？整个观影过程，他都表现得好像看的不是恐怖片。

出了电影院，安星允问李叙：“你不怕吗？”

“你怕了？”

“……”

她想了下，问他：“你没认真看吧？”

李叙回答得简洁利落：“是啊，有人比电影更好看。”

安星允：“……”应该说的不是她。

从电影院出来，已经是深夜了，安星允和李叙坐在影院门口等出租。安星允看他手里还捧着那桶半满的爆米花，身姿卓越，感觉很不搭，于是开口问：“要不然，我帮你拿着吧？”

李叙看了她一眼：“你饿了？”

说到这，安星允好像确实有些饿，便想去抓几粒爆米花，可是李叙一动身子，便挡住了安星允的动作。

安星允：“……”

李叙看了眼手表，语气平和：“太晚了，回去喝杯牛奶，这个就别吃了。”

安星允却趁着李叙不注意，把爆米花桶抢了过来。

“天冷，我取取暖。”说着，她把爆米花桶抱在了怀里。

李叙微微蹙眉，伸手，安星允一个趔趄跌进他怀里，李叙的声音从她身后传来：“给你暖暖。”

安星允本就因为她哥哥的事而烦躁不安，此刻，李叙特有的那股清冽气息将她环绕。说来也神奇，他好像有着安定的作用，她焦躁的情绪慢慢缓和。她舍不得挪动步子，身后的人也只是轻轻拥着她，手里托着那份爆米花，温暖的体温源源不断地传递给她。

李叙不说话，安星允也没动，终于叫的车到了，她道了谢便上了车。

后座上，安星允问李叙：“你这个赛季结束后会回学校吗？”

李叙正看着窗外闪过的霓虹灯，回答得随意：“也许吧。”

安星允继续问：“你不会真的想一辈子打职业赛吧，不读书了？”

李叙因为这句话转过来，锁住她的目光：“这个打不了一辈子吧，到了时间自然会退役，至于读书，可能会暂时休学。”

安星允摇摇头，显然是不赞同李叙的想法：“这个年纪不读书，不觉得遗憾吗？”

李叙眼神忽然冷下来，没有直接回答她的问题：“人各有志，什么时间做什么事，要自己决定。”

他顿了顿，说了一件安星允从不知道的事：“你知道 Lynn 高考考上的是什么学校吗？A 大航院！然后他干吗了？来打游戏了，是他胸无大志还是脑子进水了？我觉得这件事，不是三言两语可以评价的，所以遗憾不遗憾也不是我一句话可以概括的。”

气氛陡然冷了下来。

安星允偏头不再看他，看着掠过的盏盏路灯，想着来 S 市发生的所有事情。安燃从来不是强人所难之人，可是，为什么这次这么执着？

她虽然好玩，但没有想过暂停自己的学业。

接着两人相对无言地回到了 W 酒店。

下车的时候，李叙说了一句：“你来或不来，”安星允因为这句话仰头看他，“我们都不会在原地等你。”说着，他留下了一个萧索而高大的背影。

直到再看不见李叙，安星允才转开目光。

李叙的话，平淡中透着自信。他还有整个 COD 的人，不在乎她来不来一队做替补。来，他们会赢；不来，他们也要赢。

安星允摆弄了几下手机，然后给安燃打了个电话。

“哥，我回学校了。”

“现在，你知道多晚了吗？”

“刚改签好，明天的飞机。你们比赛加油。”

电话那头的安燃沉默了好一会儿，然后什么都没说，直接挂掉了电话。

# Chapter 06

## 李叙真的去打职业赛了！

安星允从 S 市返回学校后，就没再联系过安燃，这期间也没有观看任何一场 CDT 的比赛。生活仿佛又回归平静，没有游戏，只有每天按部就班地上课学习。

直到这天大学语文下课，李辰逸拿着手机冲了过来，这闲适的生活因他的一句话而再起了波澜。

“安星允，安星允，你先别走。”李辰逸大声叫住了安星允。

“怎么了？”安星允停住步子，娴静地等他过来。

“李叙真的去打职业赛了！你看，这是 COD 最近的战报。”李辰逸说着便把手机递了过去。

安星允却轻轻摆手，“哦”了一声，显然兴致缺缺。

李辰逸摸不着头脑，她不感兴趣？可是，李叙走之前，明明嘱咐过他要记得在大学语文课上“照顾”安星允。

“谢谢，我和他不熟，也不是很关心你说的那个 COD。”

李辰逸在嘴边的话，不由自主地收住了，他本想说看她游戏打得那么好，以为她会很关注这个。转而，他仍旧态度亲和地说道：“哦，那没什么事，我就是看到新闻说 COD 因为队员们的车祸而步履维艰地从小组赛出线，觉得李叙最近的日子大概挺苦的，才想和你聊聊。那行，我先走了。”说着，他却又收住步子，转头说了一句，“李叙下周一会回来学校办理休学手续。”

李辰逸偷瞄了一眼安星允的表情，看不出喜悦或者任何期待，李辰逸有些失望，却也不好再说什么，打了句哈哈：“大家伙有空出来吃个饭，就之前校园比赛那会儿熟悉的同学，我到时候联系你啊。”说着，他也没有等安星允回复同意与否，便闪人了。

安星允抱着课本，在大教室里安静地站了好一会儿，心里想的却是——他要休学，自然是随他。她干吗要纠结这个？！

这时候的安星允还没有意识到，此刻的心烦有很大程度是因为李叙不在她身边。

周末安星允浑浑噩噩地在《征战》中度过，好久没有登录游戏，一上线就收到了信息轰炸。

各种询问关于她和 Raines 的消息接踵而来，还有大家都在打听这个 Raines 是不是最近 CDT 里面 COD 战队的 C 位，她都以不太了解为托词马上下了线。

游戏打不下去，她打算回寝室睡觉，却接到了一个陌生的电话。

“喂，你好。”

“你好，是安星允吗？”

“是我，请问你是哪位？”

“我是梁姝。”

安星允反应过来，几年前换过手机，早就没了梁姝的号码。

安星允这几天在生安燃的气，也猜到了梁姝打电话过来多半是和安燃有关。她有点不想再说下去，可又觉得自己这样太小家子气，于是等着对方继续说。

“我出差，正好到了旭安科大这边，安星允，你方便出来见一面吗？”

她的语气淡淡的，安星允的心一下静了下来：“姐姐，你有什么事吗？”

梁姝顿了顿，回答安星允：“我有一样东西，想让你帮我交给安燃。”

校园内的樱花咖啡馆人并不多，安星允约了梁姝在这里见面。她穿着款式简单的毛衣还有牛仔裤，点了一杯热巧克力，坐在角落里，眼神空洞地看着手机。

梁姝踩着黑色的高跟鞋，一身干练的高级灰西装，衬得她高挑而典雅。她的发盘了起来，几缕碎发搭在额前，看上去温柔中带着干练。

“安星允。”梁姝轻唤安星允的名字。

“你好，请坐吧，想喝点什么？我去点。”

“一杯柠檬水就好，我不会耽误你太久，一会儿就走。谢谢。”

很快，安星允就将水端了过来。

梁姝小小地抿了一口，接着将包里一个包装精致的盒子放在桌子上，轻轻推到安星允面前。

“麻烦你帮我把这个转交给安燃。”

安星允看着盒子的包装，一时猜不出是什么，又想到这几天和安燃有点冷战，便问她：“你为什么不直接给他呢？”

梁姝叹了口气，眼里满是落寞：“我给的话，他大概不会要。”

安星允深深地看向梁姝，仿佛她这句话有一本小说那么长。

安星允也没有再问，将盒子往自己这边拉了拉，然后摆在了手边。反倒是梁姝，欲言又止，终是没有忍住。

“安星允，如果可以的话，希望你能督促他好好使用这里面的药。”她的声音里透着担心，“拜托你了。”

安星允的眼睛突然暗了下来，安燃有伤？

“我哥他……是什么伤？”

梁姝看到她眼里的沉重，心上一紧，看来安燃从来没有告诉过家里人。

“是很严重的手伤……后来他退役就是因为这个问题。”梁姝喝了口水，回忆起那段时间是多么痛苦，“他没法训练，时间一长，手腕就疼痛难耐，再后来只能靠止疼药，有比赛的时候就吃双倍。没有的时候，就正常吃，每天吃，后来医生说他不能继续职业生涯了。他现在应该也没有办法长时间使用电脑，手稍稍用力，就会很疼。他可能从来没有对你们说过……”

梁姝三言两语却如同一把锋利的钩子，一下子勾住了安星允的心，然后狠狠地拎了起来，血淋淋的！

“所以，这就是他突然退役的原因吗？”

安星允问的时候，语气平淡而和缓，听不出任何起伏。

“是，其间他们教练联系了我一次，那会儿我在美国念书，他问我那边有没有什么办法，我建议安燃休息一段时间治疗。那时正值国际大赛的决赛，他没有来。”她仰了仰头，仿佛眼睛里进了沙子，“再后来，我从新闻里得知，那次他们拿了世界冠军，紧接着他宣布退役……”

“我知道，这个决定对他来说是多么艰难又无奈……”梁姝的话还在继续，声音却渐渐缥缈。

安星允觉得眼睛有点酸涩，她们坐在角落里，靠着一扇窗子，窗外不知道怎么阴了天，风开始呼呼地刮，有树叶凌乱地敲打在玻璃上，安星允薄唇微动：“所以，后来，他的手也没有好，是吗？”

梁姝点点头，指了指那盒药：“我希望你能让他好好使用这些药，这是我去西藏的时候，遇到的一位很有声望的藏医做的药，不知道有没有效，但我还是想让他试试……”

安星允点了点头，没有再说话。空气在浓浓的巧克力热气中凝滞，梁姝起身道谢，只留安星允一个人坐在那，热巧克力凉了，浓郁的香气沉了下去，再也闻不到了。

世间所有的争斗，最痛苦的并不是失败之际，而是承认失败之时。

这是安星允记得不多的别人讲得有道理的话。

可是，比这更痛苦的事大概是，明知道自己可以赢别人，却赢不了自己。

安星允想给安燃打电话，那个熟悉的号码却一直拨不出去。

安星允浑浑噩噩地回了宿舍，睡了醒，醒了睡，可是，她听到的这段话怎么都忘不了。

周一去上课，她跟在卫卫身后，沉默不语。整堂课，她都认真地看着黑板，同往常大不相同。卫卫觉得她有些奇怪，但是又说不出是哪里奇怪，大概是她上课的态度比之前要认真很多。

课后，班长拦住了安星允和卫卫。

“两位美女，晚上赏个面子呗，临床医学、海洋还有机械系那边张罗之前电竞比赛的同学们吃个饭。”

他特意指了指安星允：“上次颁奖的时候你就没去，这次怎么也得给个面子。另外，就她一个女性选手，所以卫卫大美女，大家都想让你也和安星允一起去，赏个脸，晚上男生请客，你们只管出席就好。”

卫卫一听有好吃的就爽快地点头答应了。

安星允呆呆的没有说话，班长就当她答应了，屁颠屁颠地通知别人去了。

晚上，卫卫特意换上了一席蓝色长裙，安星允则在书桌前托着腮发呆，看着快到时间了，她就催促安星允赶紧换衣服。正巧班长打电话给她，她便交代安星允赶快下楼，就先下去了。

宿舍除了安星允，再无他人，她趴在桌子上，脸埋在了臂弯里，眼泪顺着脸颊，润湿了袖口。

她哥哥的手永远好不了了吗？这么多年，他就自己忍着痛，还笑着让她注意身体。那是他的理想吧？放弃了学业，背弃了父母对他的期待，独自一人，孤独不在乎他人的眼光坚持自己的路，最终放弃的时候，他是不是恨死了他自己……

她一直哭，哭得停不下来。

就像一个森林里，他无助地站在中间，周遭都是野兽的狂吼和下一秒会撕裂他的危险，他面对她的时候，却只字不提。

那些质疑、怒骂，围绕了他多年。后来他退役了，这件事也仍是很多亲朋的谈资，不管在另一个世界他是多么受人尊敬。

安星允的手机响了，她却任由它在那响。

一遍、两遍、三遍……她没有抬头，接通了电话。

一道清晰而低缓的男声透过电话传了过来："下楼吧，我来接你了。"

安星允猛地坐起来，吸了吸鼻子，那两个字在屏幕上清楚简洁。

正在通话中——李叙。

李叙长身立于女生宿舍的花坛旁，已是深秋，穿了一件白色的衬衫，随意却讲究的款式，一条黑色长裤，整个人修长而挺拔，来来往往的女生都往他站立的地方看。

安星允趿着拖鞋就急急忙忙地下了楼，单薄的睡衣外面套了一件小衫，披着头发，眼睛还有点红肿。

安星允看到夜色中的李叙，俊逸却瘦削的身影，在暗黄的灯光下等她，心弦好像被轻轻拨动。

看到她穿着拖鞋和薄薄的衣物，李叙垂眸问安星允："你不冷吗？"

安星允摇摇头："没事，我很快就上去了，那个饭局我不太想去，所以过来和你说一下，辛苦你跑一趟来接我。"

李叙却好像没听懂她的拒绝，而是说了一句："那你回去换下衣服吧，我在这里等你。"

安星允愣怔了一下："我说今晚我就不去了……"

李叙看着安星允的目光没有变，只是夜风吹得那件白衬衫在他的胸前飘动。

安星允感觉到一股冷意，看着李叙没有离开的意思，便迅速跑上了楼，临走的时候还嘀咕了一句："分明是欺负我心软……"

李叙也没作声，就等着安星允换好衣服下楼。

安星允穿了件简单的鹅黄色圆领毛衣，外面套了一件深蓝色的牛仔服，一双棕色渐变的小皮鞋，下了楼，手里还抱着一个精致的盒子。

李叙也没问她怀中的是什么，便同她一起往校外走。

很快，二人便到达了聚餐地点。在市中心的繁华地段，一家客满为患的串串店，二人进去的时候，众人正招呼着烤好的肉怎么分，一提提的绿瓶子啤酒摆得满桌都是。

果然就卫卫一个女生在，她的脸大概是因为这热烈的气氛和酒精而微微发红。看到安星允和李叙进来，她便使劲地冲安星允招手。

"安星允，过来这边坐！"说着卫卫戳了戳旁边基础数学系的同学，"给安星允让个地儿，你到边上去。"

那位置前的桌面上已经摆了不少竹扦，男孩子撸串的速度当然不是她一个女生比得了的，卫卫一边嫌弃，一边开始收拾，打算为安星允腾一方干净的地方。

李叙同安星允一起走了过来，他用杯子一扫，利落地将竹扦扫到了一侧，然后用湿巾和纸巾分别擦了擦，动作利落简洁，让卫卫看得很舒服。不愧是医生，用手干活的部分就是舒心整洁。

安星允本以为李叙会直接去临床医学系那侧，却看到他同身边的人说了一句："同学，可以麻烦再空出些地方吗？"说着，他随手将身后的备用椅子拎到了边上，显然是要落座在这。

李辰逸给那个有点洁癖的李叙留着位置呢，就在他旁边，看这样子，兄弟情敌不过美色了，接着招呼那个被“撵起来”的男生：“嘿，哥们，不介意来我旁边坐吧，这地儿空着。”

被叫的人犹豫了一下，李辰逸又做了个邀请的手势：“没错，说你呢，来啊，甭和我客气。”

李叙看了他一眼，见那人真的过去坐了后，心安理得地坐在了安星允旁边。

安星允找了个安全的地方把那方盒子放置好，偏头同李叙说：“李叙，等会儿提醒我把这个盒子给你带上。”

屋子里起码有将近三十号人，安星允的音量又不大，所以她不得不贴着李叙的耳根。他倒也配合，稍稍侧身，安静地听她“嘱托”。

“好，先吃东西吧。”

李叙也没问那盒子是做什么用的，又为什么要让他带着。安星允被这些细小的问题抓得心痒痒的，伸手拿串的时候被烫了一下。

身旁的人轻轻叹了一口气，声音不大，安星允却听到了，有些郁闷，她会不会被当成不能自理的那种人了……

安星允第一次跟这么多陌生人一起吃饭，本想着躲在角落里，悄悄地吃东西就好，偏偏总有人过来找她敬酒聊天，有股非要“结义拜把子”的感觉。

来的这人是之前淘汰赛遇到的物理系的中单，当时安星允他们系输得挺惨的，这同学来了就先做了个自我介绍：“起名太随意，我是物理系的郑知白，ID 是 White（白），那会儿淘汰赛八进四，我和你都在中路。”

听了这简单的自我介绍，安星允确实对这人有些印象，礼貌地起身打招呼：“你好，我是安星允。”

李叙坐在边上，正慢条斯理地喝着水，郑知白摆摆手示意安星允坐下，将靠在墙边的一把备用椅子拉了过来，一副打算长聊的架势：“那天比赛，不得不说，你们队的其他人发挥得不太好，如果他们和你实力相当的话，估计我们系就很难赢你们了。你打《DOTA2》多久了？”

安星允想了下：“可能两个月吧？”

郑知白明显愣了一下，才两个月，就达到了那种水平吗？他心底里不由自主地生出一股敬意，接着拿出了手机：“方便不，咱们加个微信吧，有时间一起双排什么的。”

安星允虽然没有面露难色，但是她总觉得聊两句就加微信有点唐突。

突然，旁边一直安静的李叙淡淡地开口：“她不方便。”

郑知白一怔，才发现开口的竟然是李叙，早就听闻过他的大名，而且最近坊间传闻他去打职业比赛了，是回来办休学的，人云亦云，扑朔迷离。

李叙将一盘剔下来的肉块自然地推到了安星允面前，安星允明白他的意思，这是怕她再次被烫到……

她顺势吃了起来，并没有拿手机扫码的意思，冲郑知白浅浅笑了笑。郑知白明白了这是在委婉地拒绝，有些识趣地简单说了句回见，起身回到自己的座位。

安星允的手在桌子底下，旁人也看不到，她悄悄拽了拽李叙的衣服。

“谢谢啊。”她指的是那句不方便。

“对手残者，不用谢。”他指的是她把自己烫到的那一下。

安星允默默别开头，不想再搭话了。

虽然没人过来聊天了，但是大家伙的眼睛可尖着呢，看见李叙在安星允身边，替她兵来将挡水来土掩，谁敢再过去啊？！

众人本想结识一下这位实力强悍的美少女，却没想到已经有厉害的主捷足先登了。

饭后大家决定去唱 KTV，安星允唱歌不太好听，用卫卫的话来讲，每首歌，最后都能被她唱成 rap（说唱）的感觉。

安星允却觉得，调不对，难道词还念不对吗？

卫卫显然没有玩够，正在兴头上，半推着安星允跟着大部队上公交车。

安星允猛然觉得手腕一凉，一双白皙却有力的手正握住她的手腕，怕她怀里的东西掉落，另一只手还绅士地托着那盒子。

安星允回头，看到李叙，夜色美好，他的眼睛明亮透彻，口吻中没有强迫，也没有商量，只是那么顺其自然地说了一句话："吃了东西，不如去走走。"

安星允本就不想去唱歌，于是一个闪身，便轻轻躲过卫卫的"魔爪"，轻柔地对她讲："卫卫，我吃得有些撑，去走走，晚上早点回宿舍，咱们回去见。"说着她便小跑似的，步子极快，乌黑的长发束成了一个马尾，俏皮地来回摆动，留给众人一个窈窕的背影。

"那各位玩得开心，我们先走了。"李叙同大家告别，便跟在安星允的身后。

卫卫虽然喝得有点多，此时却清醒了不少，问站在身旁，一脸表情高深莫测的李辰逸："男神是不是用的'我们'二字？"

李辰逸那双桃花眼难掩笑意："姑娘，你听力没问题，四级过了吧？"

卫卫捶了他一拳，李辰逸吃痛似的："这位汉子，你下手太狠了吧……"

卫卫瞥了他一眼："老娘大一下学期六级六百五十分过的，你呢？"

李辰逸眯了眯眼睛，调笑似的："哎，你以为旭安科大的高考分数线是开玩笑呢？"

他还没来得及说自己的分数，就听到卫卫幽幽道："那倒不是，只是觉得你是个玩笑。"接着她就上了公交车。

李辰逸真是冤啊！他虽然长得帅，但也不是靠颜值才进的旭安科大啊！再说了，如果真是靠颜值，那李叙是不是这会儿就可以博士毕业了？长得帅就不能学习好了吗，他当年也是他们省前一百名好吗？！

安星允抱着盒子同李叙一起沿街往下一站公交站走。他个子很高，安星允微微抬头，发现自己的身高刚过他的肩膀一点点，她一直认为自己不矮。

“哦，这个盒子能麻烦你帮我转交给安燃吗？或者你们队里其他人谁方便的时候，能替我给他吗？”

“不能。”

“……”

他回答得太过干脆，让安星允有点措手不及。

“除非，你明天陪我去办理休学手续。”

看来李辰逸说的是真的，李叙是真的要休学去打职业赛。

安星允心里瞬间有点空落落的，仿佛在很久很久的一段时间里，她都不会再见到他了。她强打起精神，半开玩笑地说道：“怎么，你难道还会反悔不成，要我和你一起去是需要点外援勇气吗？”

李叙听到安星允的话，淡淡地看了她一眼：“我是觉得，这个流程你很快就会用到。”

“……”

陪李叙办理休学手续的安星允，心里有点不是滋味。看着他到学校的各个部门提交申请、填写材料，最后带着一纸证明准备离校的时候，安星允总在想，是什么让他放弃现在如此稳定充满前途的道路？

休学办理了两天，才把所有的手续弄齐。安星允等在院长办公室外面，李叙和院里的领导聊了很久都没有出来。为了让他把安燃的那份药安全带到，安星允觉得还是乖乖在这里等着比较好。

当然，她考虑过快递，但总觉得她哥很可能收到后就摆在某个角落让它自生自灭。她托人带过去，也不枉梁姝那么费心。

终于，办公室的门开了，李叙同里面的人说了句“再见”，就轻轻带上了门。

“走吧。”李叙看着倚在窗台旁的安星允有些困倦的样子，没再多说什么。

反倒是安星允有些好奇："你在里面谈了好久。"

"是。"

他一个字就结束了对话。

看出安星允好奇，两个人漫步往她的宿舍楼方向走时，李叙答应了她，会把那个盒子带回基地然后转交给安燃，并且"叮嘱"他使用。

虽然，他觉得"叮嘱"这件事他是帮不上忙的。

"COD 小组赛 S 赛区出线了，是最后一个名额。"他描述得简单，听不出其中的艰难。

安星允从李辰逸那听来只言片语，说是因为团队辅助的问题，教练不得不频繁改变 BP（战略），却导致团队配合有些混乱。

外界媒体都说车祸影响了 COD 的整体实力，失去了主力 Lynn 和老庄，虽然空降的 C 位 Raines 简直超神，让之前没有发现他的俱乐部肠子都悔青了，但是同队的 Tree 明显和其他四人不在同一个层次。本来是夺冠热门的队伍，却急速地走下坡。

安星允同李叙一起站在宿舍楼外，听他平淡地谈起 COD 还有即将进入决赛时段的 CDT。她听得安静，他说的无外乎队员们的伤恐怕要错过这个赛季，另外，如果这个赛季积分不够，他们就无法得到 TI（《DOTA2》国际邀请赛）的邀请资格。那是《DOTA2》在国际上最知名的赛事之一，一年一次，是很多选手希望登顶称霸的比赛。

安星允就一直安静地听着，没有接话。

末了，李叙对安星允道："那个盒子给我吧，我下午的飞机回 G 市。"

安星允疑惑道："G 市，不在 S 市了吗？"

李叙点头："训练基地在 G 市，我大概很长一段时间不会返校。"

李叙语气平淡，安星允却觉得有些沉重。她拿了盒子下楼的时候，看到他仰着头，看着飘摇在枝头的枯叶，摇摇欲坠，侧脸轮廓精致得如同大师画出来的线条。她驻足在宿舍楼门口，那一刻，突然明白了李叙的选择。

那是一种责任、一种追求、一种不甘心，就像她哥哥那样。

安星允敛了脸上的笑，将药盒交给李叙，郑重道："拜托你了。"

"好。"

说着，李叙左手托着那药盒，右臂一伸，修长的胳膊就将她带到离他更近的地方。他绅士有礼，只是轻轻环抱她的肩膀，道了一句："珍重。"

那个礼节性的告别来得快，去得也快，像是梦中的某个片段。

李叙离开后，安星允愣愣地在原地放空了很久，然后回到宿舍，在网络上搜索了一个名字——Fire An（消防员）。

铺天盖地的消息，大部分是多年前的新闻，有赞叹的，有惊讶的，有惋惜的。

安星允合上电脑，脑子里都是李叙最后的那两个字——珍重。

安星允后来收到了李叙的信息，说那盒子已经转交给了邓队，他会带给安燃。

安星允给安燃发了信息说是很重要的东西，给他用的，可是没有收到回复，打电话要不就是没人接，要不就是直接被挂断了。

安星允给李叙发信息打听是怎么回事，他也只是回她一句："抱歉，不清楚。"

安星允想，安燃就算生她的气，这么多天过去也应该好了啊？

过了大约一个星期，安星允接到了母亲的电话。

安母："星星，在忙吗？"

安星允："没，妈，你有事找我？"

安星允自幼性格就比较独立，平时顶多给家里人发条信息，或者打个电话报平安。安父、安母也一直觉得她让人省心，平日里只是简单地问候，实际上，安星允一直和安燃关系比较亲。

安母的声音里透着些担忧："星星，你哥哥最近联系你了吗？"

安星允："没有，怎么了？"

安母在电话的那头冲安父摇了摇头，一身西装的中年男人正在沙发上抽着烟，一根接着一根，鬓角的白发近日多了许多。

“是这样的，我们也联系不上你哥哥，打电话、发信息都没人回。”

安星允觉得事情好像不太好，便问道：“难道是发生了什么意外吗？”

安母回答她：“你哥哥之前一直是Salala直播平台的大股东，你也知道，那个直播平台是集团下的一个子公司，当年直播刚兴起，你哥哥便投了资金进去，上市这一年多来，业绩也一直走高。但是，最近的一个礼拜股价跌得惨不忍睹，同时也连累了母公司的股价。”

安星允对于家里这些事从来没有过问过，但是她隐约觉得安燃这样做是有他的道理的。

安星允：“发生了什么？”

安母连连叹气：“你哥哥要卖了他手里百分之二十的股份，最近已经和几个大股东开过会，所以，股价大震荡……”

安星允震惊：“他要卖股票做什么？”

安母：“不知道，他如果这样撤资，简直是太傻了，我不知道他在想什么，Salala明明就是一支明星潜力股，是集团重点培养的公司，唉……”

安母心如明镜，Salala直播平台有现在的发展，与安燃向董事会提出的发展策略和业务发展脱不了干系。外界对Salala的信心不仅来自他们的业绩，还有一部分原因来自对安燃的肯定。

从世界冠军的电竞宝座上退下，带着电竞时期攒的钱，独具慧眼地投资那会儿并不被人所看好的Salala直播平台，他所做的一切都沾染了些江湖侠气。

安星允捋了捋，知道为什么大家都联系不上安燃，是他屏蔽了所有人。他的决定，从来不需要别人插手。

安星允对安母说：“所以，你想让我怎么做？”

安母的话很简单：“尽快把他给我找出来，让他给我或者你爸打电话。”

安星允："他不想见人，我大概也没有办法。我相信他一定有自己的考量。"

安母却加重了语气："星星，这不是儿戏，这不仅关系到一个公司的发展，还有它下面成千上万的员工，还有那几十万的在线主播和各种游戏、视频等业务。"她顿了顿，又道，"我想他是需要钱，他可以向你爸或者我开口……这样做，真是太意气用事了。"

安星允缓缓道："妈，你也知道，他是绝对不会向你和爸爸要一分钱的。"

安母跌坐在沙发上："妈知道，所以，星星，你能不能替爸妈跑一趟？你知道我和你爸走不开，而且你和安燃也比较亲。"

安星允知道那是借口，但还是答应了，她有些担心她哥哥，他卖股票要做什么？

安星允不知道安燃是在S市还是G市，听李叙说，他们都回G市的训练基地了，她就算去找她哥也应该确定要去哪座城市。

于是她打算从李叙那打探一下情况。

晚上八点，基地里的队员们还在训练，双排的双排，单排的单排。月底了，交给李叙的直播任务他还没有完成，他便开着直播，打游戏，把时长填满。

画面上只有游戏的直播画面，李叙直播从来不露脸，但是因为打游戏要连麦，所以，大家能听到他的声音，不少迷妹守在直播间里就为了听李叙偶尔说的那几句话。

突然茶几上的手机在"嗡嗡"地振动，大家练习的时候通常把手机放在桌上，避免分心，振了好一会儿也没有人察觉。

安星允心里毛毛躁躁的，发的信息李叙没回，电话也没接，难道是在忙？

等待的时间分外煎熬，于是她摸上网登录了Salala直播平台，想看看她哥哥倾注心血的这个网站现在发展得怎么样了。很早之前，她便注册了这个网站的会员，只不过不经常用罢了。首页上正滚动着观看人数较多的热门主播房间，安星允突然发现了一个房间号，叫作“Raines 在直播”。再看看那房间的简介，正是《DOTA2》的。

安星允鬼使神差地点进去了，果然，看到了 Raines 的 ID，正犀利地操作着。

粉丝有人在留评论，有人在刷礼物，好热闹。可是李叙全程打游戏，没有回复任何一个人，大概他没有看分屏吧。只能听到他偶尔在麦上说几句话，一两句关于比赛还有操作的，都要惹来迷妹在底下刷一片“啊啊啊”。

一局就快结束，对方的基地就快被 A 掉的时候，安星允感叹，他的操作确实厉害，不由自主地在评论区留言。

会员 - 起名太随意：“Raines 好强！”

就在这时，一个低沉而清晰的男声从耳机里传来。

“起名太随意，你来了。”

这淡淡的嗓音带着点慵懒之意，撩人心弦。

屏幕上刷起了一片片留言：“起名太随意，这谁啊？”

“R 神在看评论区啊，看评论区还操作得那么牛！”

“同志们，别刷了，根本没看到那个起名太随意啊！”

“那个起名太随意的话被挤上去了，别刷了！”

安星允有些郁闷，当年她注册一些酱油网站的会员时，为了偷懒，用的都是一个 ID 名，他就这么确定是她？

安星允无奈，在评论上模仿其他粉丝的口气写了一句：“R 神叫我？”

这次，没人敢刷屏了，生怕再把这位起名太随意给挤出屏幕。

李叙再次开口，声音淡淡的，却炸了直播间。

“是，过来双排。”

双排？！

安星允没想打游戏啊……就是打她也不想这会儿让这么多人一起看着，好不习惯。

她弱弱地在评论区说："现在吗？"

吃瓜群众真的是忍得受不了了！

"起名太随意，你和我们R神什么关系？！"

"起名太随意，你是COD中某个队员的小号吗？"

"R神，能不能给我们唱首歌啊？"

"……"

李叙看着一排排刷过去的评论，对着麦说了一句："是，现在。另外，唱歌的话，抱歉，不能。"

"R神不要这样啊！"

"R神回复我了！！！"

安星允正犹豫着，就听到李叙的声音再次透过电波传过来："随意，看一下手机。"

李叙刚刚建了一个新的房间，把房间号和密码发了过去。

李叙叫她随意，嗓音柔和带着男性特有的低沉暗哑，又充满磁性，好听得瞬间让直播间跪倒一片。

有粉丝心碎："R神，这个'起名太随意'有你的手机号吗？"

"随意君啊，加个好友吧，咱们以后也聊聊。"

安星允的账号上一直有新的好友申请的通知，她一个都没敢加……

很快，她回复李叙的微信："我是有事找你。"

李叙那边回复得也很快，直播间的粉丝听到了键盘敲击的声音，在评论上抱怨："别私聊啊，R神说说话吧，让我们也听听声音。"

很显然，李叙是看到了评论，对着麦说道："私聊，不方便念给你们听。"

这话说得太……撩拨人心！

人们对起名太随意的好奇度更上了一层。

李叙很快就回复了她："我被要求的直播时间大概还有两个小时才能结束，陪我打完一局吧，今天月底。"

他的话很简单，安星允却觉得他口吻中有淡淡的无奈，心上一软，便答应了。

两人登录了房间，开始选人，直播的画面也切成了新的。

弹幕上刷出来一波"666"。

李叙没有犹豫，选的就是后期大哥位，就在这时，直播间里传来他的声音："随意，你选辅助还是中单？"

安星允和李叙一起打过一次，不管选哪个位置，和他一起都很顺，便在语音上回答道："那我这次选辅助吧？"

安星允的声音不大，软软糯糯的，带着女孩子特有的甜美和乖巧，听得直播间的人一愣。

这个起名太随意竟然是个妹子！R神竟然和妹子一起双排吗？！

"起名太随意竟然是个女生吗？！"

"声音好好听，是美女吧？"

"R神，你竟然和妹子双排！！！"

"……"

一排排的评论刷了过来，李叙和安星允都默契地没有再回复评论，而是开始了战局。

人们看了一会儿，发现这个起名太随意真的很厉害，她和Raines在下路，所有的资源都给了Raines，不争不抢，全程就这么默默做着辅助，关键时刻，技能放得及时。很快，大哥的经济就起来了，结局根本就不用猜了。

弹幕上飞过一排排的"强啊"！

"女神啊！！！"

“R 神赛高！”

“这么厉害不会是用的变声器吧？”

“你思想别这么龌龊好吧？！”

“为随意君打 Call（表示应援）。”

一局结束了，Raines 说了句：“我去打个电话，等会儿回来。”然后他便关了语音。

李叙拿着手机，基地内其他人也都各自训练着，无暇顾及他。

李叙拨通了安星允的电话，安星允接了电话，应道：“Raines？”

清朗的男声应道：“是我，你找我有事？”

安星允接了电话，却忘记关语音，评论上顿时刷过一列列整齐的惊叹号！

“原来 R 神是去给她打电话了！”

“R 神啊，你们是啥关系啊？这么亲密！大哭！！！”

安星允扫到屏幕，吓得赶紧退出游戏，把音乐也关掉了，能关的全关了……

“是，不好意思，打扰你一下。”

“没事，你说吧。”

“就是……你最近看到安燃了吗？”

李叙回想了一下：“没有，我们封闭训练都在 G 市，平时没有见他来过。”言外之意，他们没有在基地见过安燃。

安星允的声音里隐约透着担心：“如果你见到他，能不能告诉我一声？另外，方便的话，邓队的电话能给我一下吗？”

“可以。”说着李叙就把号码用短信发给了她。

安星允想了想，还是决定把自己心里的犹豫和李叙说一下：“你们俱乐部那边，最近还好吧……”她顿了顿，又道，“我听说安燃想把他在 Salala 直播平台的股票卖掉，是俱乐部资金那边有什么问题吗？”

李叙的声音听不出起伏："抱歉，这个我不清楚，我只关注训练和比赛。"

安星允道了声谢谢，便挂了电话，给邓队打了电话，他也支支吾吾没有直说，看来是安燃提前交代过了。

安星允的内心越来越不安，她深深感觉安燃是遇到什么事了，唯一能确定的是，他是真的需要钱。

难道是和 Lynn 还有二队成员的那个事故有关？

她想到了一个人——梁姝。

晚上九点半，梁姝接到安星允的电话的时候，还在办公室里看材料。

"安星允？"

"是我，梁姐姐，打扰了。"

两个人简单寒暄后，安星允便交代了这次电话的来意。

梁姝轻轻叹了口气："安燃他最近确实有点艰难。"

"那……严重吗，棘手吗？"安星允担忧地问道。

"COD 二队成员的那起车祸确实是有人蓄意而为，这起案子是我来接的。"

当孙特助联系她的时候，她也有些惊讶，一是没想到这次事件这么恶劣，二是没想到安燃会找她来处理这个案件。

"梁律师，您是这个领域的专家，所以我们很相信您。"孙特助是这么说的。

梁姝觉得心里五味杂陈，也许安燃并不这么想，只是他的法务团队这样建议的吧。他对她的态度，一直以来都是那样冷淡。

梁姝思绪游离，被安星允的一番话拉扯了回来。

"这案子需要花很多钱吗？我听说我哥哥要将他的一些股份卖掉。"安星允问了一句。

梁姝道出了真正的原因："这次的事故导致很多队员受伤，一队的人手不够，安燃决定把他看上的一位选手高价买过来。而现在已经过了转会期，他如果要人，就需要付一笔巨额违约金。”

安星允愣了一下，明白了安燃为什么需要那笔钱。

“就不能等到转会期吗？”

“我没有直接和他谈，这件事我也是从孙特助那里听来的。听孙特助的意思是，他不想让 COD 错过今年的某个国际比赛。”

挂了电话，安星允独自坐了很久。

所以，那会儿安燃想要她空降，确实是他的风格——不顾一切。只要是他想要的，他绝对不会犹豫。他为了电竞，搭上了自己，搭上了爸妈对他的期望，搭上了他已有的一切。

可是，哥哥终究疼自己，她不愿意，他就没再勉强过她。

安星允一晚没有睡，躺在床上，听着室友们进进出出，嘻嘻哈哈地聊天，在宿舍里谈着今天某门课的老师讲了个段子，又聊着系里的男生嚷嚷着去和机械学院打篮球比赛，谈论着这学期的各种小测和期中、期末考试……

声音越来越远，一股念想慢慢在安星允心头堆积。她合上眼，未来是不确定的，该在什么时候做什么事，要自己想清楚，决定了，便不能再后悔。

第二天是周一，她早起去了西操场，看到了很多跑步的同学，又去了尚凌湖看了看，有些同学，拿着外语书在轻声朗读背诵。

安星允承认自己不像这些人这么努力，她有时候靠着些小聪明取得了成绩，只是投机取巧，确实只有踏踏实实地努力，才能走到最后。

周一有两堂课，一堂实变函数，一堂概率论。安星允认认真真地听着课，才发现其实旭安科大的老师不只学识渊博，还很有趣。

一天平平常常地过去了。

周二，安星允换了一件稍微正式些的白衬衫，外面套了一件针织衫，带着自己填好的申请表，去了辅导员办公室。

彭导员看到她的申请表，震惊地问道：“你是认真的吗？”

安星允礼貌地笑笑没有回应。

彭导员从班级同学的家庭通讯录中找出安星允母亲的电话：“你先回去吧，我要和你家里的人聊一下，你等信吧。”

安星允却淡淡地说：“彭老师，您和我家人通话，也不会影响我的决定。我的材料已经整理好，寄存到我室友卫卫那里了，明天我就会离校，等您沟通好了，我再来办理最后的手续。”

在一旁听得胆战心惊的蓝导员觉得不可思议，这个看上去乖乖的小姑娘怎么敢做这样离经叛道的事！

彭导员难得苦口婆心：“安星允，你是遇到什么事了吗？如果有困难，可以和老师还有同学们说。再说，这是读书的年纪，你休学要去做什么呢？大好时光，别浪费了。”

安星允轻轻摇头，顿了几秒道：“谢谢老师。那我先走了。”她心里有很多话，这个时候却什么都说不出来。

她从辅导员的办公室出来，靠着窗子，给安燃发了条信息。

“哥，我们基地见。”

安燃收到这条信息的时候，正在沙发上抽烟，事情比他想的麻烦。看到安星允的这条信息，他心里一动，然后迅速给安星允回拨了一个电话。

可是那边没有接，好像就如她所说，他们基地见。

安燃接了外线：“孙特助，通知下去，转会违约金那边的事先停下，安星允空降一队，通知车远和邓队。”

# Chapter 07

## 不用客气，我们毕竟是校友。

接到电话的车远和邓队是有些吃惊的。

邓队第一反应是要给这个姑娘在基地里安排一个单独的房间。车远则在大家训练休息的空当，宣布了这个消息。

“天哪，天哪，天哪！那个小姐姐真的要来咱们队吗？”Eel觉得这个消息有点爆炸。

“没错，安星允空降后，我可能会在位置上重新进行调整，你们都做好准备。”车远这番话说得干脆果断，也是对安星允实力的肯定。

消息通知得晚，夜幕深沉，李叙给安星允发了条信息：“什么时候过来？”

很快，便收到了回复，他估摸着她可能是在收拾东西。

“明天的飞机，大概是下午晚些时候到基地。”

接着，一个电话打了过来，浓浓的暮色衬着他低沉的男声：“航班号发给我。”

“没关系，我自己过去就行，也没什么要带的行李。”

“不用客气，我们毕竟是——”他停顿的时候，她竟然一时不知道他会说什么词。

却在下一刻她听到李叙说：“不用客气，我们毕竟是校友。”

安星允的心一下子落了下来，那感觉有些说不上来……

于是，李叙便和邓队以及车远打了招呼，也交代了二人的关系。其实，邓队和车远之前多多少少知道他们都是旭安科大的高才生，所以，对于二人加入战队，也曾有过担心，毕竟放弃名校学子的身份来做电竞运动员，不是每个人都有这样的理想和勇气。他们最怕的就是培养好了，人家一句话第二年不续约了，比赛不打了，那样才要命。

李叙出发前，Eel 眼尖地跟了上来。

“Raines，你是去接小姐姐吧？”

“是。”

“我和你一起去吧。”

“随你。”

Eel 并没有从这话中听出什么特殊的含义，便从门口捞了一件外套，套在身上就跟了上去。基地里本来有保姆车和一辆公用的 SUV（越野车），队员们或者工作人员有事，可以和邓队报备使用。

队内 SUV 的车钥匙上拴了一个 COD 的 Logo（图标）钥匙扣，李叙拿出来的时候，带出了另外一把钥匙。

Eel 眼神极佳地看到了是一辆豪车的 Logo，他抚了抚胸口压压惊，不好意思直接问，便拐着弯地说：“Raines，你驾龄多久了啊？”

李叙动作利落地开了车门，坐在驾驶席上，回答他：“不久，两年。”

Eel 算了算："所以，你是十八岁就拿了驾照，然后就自己开车吗？"

李叙已经启动引擎，车速很快就飙了上去，从别墅区直奔市中心。他慢条斯理地应："嗯，十八岁生日那年长辈送了辆小车，便去考了驾照。"

Eel 在副驾上默默感叹，家世优越，聪明内敛，听说是旭安科大医学院的高才生……所以说 Raines 才是真正低调奢华有内涵。

从基地开去机场要一个多小时，二人出发得很早，Eel 看着这路线并不是去机场的，疑惑道："咱不是去机场吗？"

"去，不过先去买点吃的带上。"

两人开到了一家 G 市老字号，李叙下车很快便拎回一个袋子，递给了副驾的 Eel。这袋子摸上去还有些烫手，Eel 打开一看，是一份包装精美的外带饭盒，还有两份秘制鸡米花。

"这饭是……"

"给随意的。"

李叙的话虽然简短，却让 Eel 心里一动。她坐那么久飞机过来，飞机餐不好吃又吃不饱。想到这，Eel 悄悄打量了一下驾驶席上的男人，Raines 其实比他面上的冷淡细腻暖心。

"我听说这家一般要排很久呢，你怎么这么快？"

"我提前预约了。"李叙说着指了指其中的一份鸡米花，"给你点了一份。"

Eel 是个吃货，这是所有认识他的人都知道的，这会儿看着李叙"顺手"给自己带的那份"零食"，心里不知道为什么有点感动。

"谢谢 R 神，那我就不客气了。"Eel 一边吃一边絮絮叨叨，两人就这样到了机场。

安星允的飞机有些晚点，她在转盘那领了行李，已经比预计到达的时间晚了快一个小时。她忙不迭地把行李扛到推车上，一个浅绿色的小书包背在肩上，一路小跑往外走。

人群有些骚动，往来的普通旅客并不知道发生了什么，只见到有些妙龄少女举着灯牌，还有各种手幅，有组织地在接机。

旁边有个三十来岁的男子则好奇地拦住其中一人："请问，你们这是在接某个明星吗？"

那小姑娘也很有礼貌："不，我们接的是一支电竞队伍，名叫密语。先生，有空您也可以关注一下哦！"

那男人没太听懂的模样，但是也笑着说声"谢谢"就走开了。

接机的声势阵仗极大，机场不得不派出安保。李叙和 Eel 看着骚动的人群，根本挤不到前面，李叙便拿着手机给安星允打电话。

"喂，李叙吗？太不好意思了，我这飞机有些晚点，正在往外走。"她的声音有些喘，听得出来她是在跑。

"不急，你慢慢出来。我打电话是想告诉你，机场今天有些堵，有粉丝在接机，你自己出来的时候注意安全，我们在十一号出口等你。"

"好。等下……哎，不好意思……"

安星允话还没说完，就只剩下了忙音。李叙的心上微微一重，怕她遇到了什么事。

安星允推着行李的时候，因为人有些多，便不小心同另一辆行李车撞在了一起。她一直偏瘦，这一撞，整个人没有把住推手，再加上速度有些快，便被震到了地上，条件反射的道歉刚说完电话就挂断了。

被撞的那方有人走过来，伸手扶了她一把。

"没事吧？"是一个温和的男声，安星允抬头，一个男生穿着深蓝色的帽衫，帽子扣在头上，脸色很白，更显得眉眼黢黑深邃。

安星允摇摇头，诚恳地道歉："不好意思……"

"没事就好。"说着他帮安星允将歪倒的行李微微正了正，"下次小心。"

"Jem（杰姆），怎么那么慢？"不远处，一个高挑的女生正往这边看，她一身黑色的运动服，耳朵上还戴着无线耳机，深重的眼线，妆容浓厚，一副居高临下的表情。

“来了。”叫Jem的男生冲安星允笑了笑，便长腿一迈，追上了他的朋友。

那女生转身的时候，眼神扫了安星允一眼，留给她一个高傲的背影。

安星允却被她运动服后背上的符号给吸引住，那是一个噤声的手势，看上去很酷。她没有多想，便推着行李，往十一号口走。

很快，安星允便看到了站在落地窗前的李叙和Eel，他们两个穿着简单的私服，戴着口罩，可是，安星允一眼认出了他们。那么帅，气场又那么强，她怎么可能认错。

李叙抄手站得笔挺，Eel手中则提了一个袋子，

有路人悄悄用手机偷拍他们，两个人的眼睛却一直盯着出来的人，没有移动。

安星允冲他们摆了摆手，李叙大步上前，将她的行李车接过了手。

“刚才没事吧？”李叙打量了一下她，穿了一件还算厚实的外套，一条牛仔裤和白色帆布鞋，看样子是没摔着碰着。

安星允礼貌地道了谢，表示自己没事。

Eel把袋子在安星允的鼻子下晃了一圈：“怎么样，饿不饿？”

安星允闻到盒子里的香味一愣：“你这么一说，还真是有些饿了。”

“还是我们心细的Raines……”

Eel的话还没有说完，便被李叙打断了：“那我们回去吧。”

安星允听懂了，这吃的是李叙买的，他虽然没说什么，但此刻她心里像这盒子的温度一样暖暖的。

SUV从停车场驶出来的时候，因为机场高速有些拥堵，便不得不缓慢前行。安星允一边吃着那份鸡米花，一边看着窗外，天色早就暗了下来，外面的路灯高高立于两侧，有种城市的孤寂感。

密语的保姆车也同样被堵在了路上。Jem靠在座位里闭目养神，听着歌，薄唇微抿，突然有人抓了抓他的帽衫，帽子被揉搓掉了，他也没气，侧身

向后座道："有事？"

一七看着他略带困意的俊颜，嘴里道："我的手机没电了，手机借我玩会儿。"

Jem 笑了下，便把耳机收了，将手机递给她，没再多话。

一七拿过手机，停顿了一会儿，并没有玩游戏，而是将其收到了口袋里，百无聊赖地看向窗外，堵死了，真不爽。

交通拥挤，李叙三人花了近一个半小时才回到基地。

COD 的基地在一片别墅区内，这别墅区离市区有些距离，也没什么公交车，住在这边的人大多有私家车，对于只有队内配车的电竞队员们，便成了天然的隔离区。

李叙和 Eel 帮着安星允拿着行李进了基地。

一队的成员们目前有五名，都住在这栋别墅里。别墅有两层，一楼被用作训练，里面全部是高性能的电脑，隔壁三栋别墅则是二队、青训队还有工作人员、教练等在使用。

因为安星允来得突然，便临时将之前用作储藏旧器械的房间改成了两位队员的卧室，主卧则留给了唯一的女性。

辉仔和晒伯之前已经见过安星允两面，这会儿也不生疏，各自打了招呼就去训练了。Tree 正从厨房拿水回来，看到安星允，步子一僵，礼貌地点点头，算作是问好。

看他没有自我介绍的意思，安星允便也没有多说。车远教练组织了教练组开会，这会儿没在，邓队也外出未归，安星允便由李叙带着上了楼。简单地介绍了一下基地的结构，他说："稍微休息会儿，下来把晚饭吃了。"

"其实……这会儿我已经不大饿了，那个鸡米花挺好吃的，谢谢你了。"

李叙抄手倚在她的房门边，英俊的脸上面色如常："怎么谢？"

安星允一愣……偶像剧里的经典桥段是不是应该说个以身相许什么的？可是，这貌似不大好……

还没等她想出个所以然，便听到李叙淡淡地说道：“替我直播五个小时。”

安星允弱弱道：“可是，我替你直播，不会露馅吗？”

李叙突然走上前，声音不大，附在她耳边：“我教你。”有股热气轻轻吹在她的耳边弄得她痒痒的，她下意识退了一步，却一下子跌坐在床边。

李叙眸色一深：“你早些休息吧。”说着，他便替她关上了门。

安星允在床上呆坐了一会儿，心跳得有点快，双手捂住眼睛，才来的第一个晚上，他就离她这么近地说话……胡思乱想了一会儿，她才抽空瞄了眼手机。

安燃：“到了吗？”

卫卫：“安星允……没有你的第一个夜，我睡不着，哭！”

安母：“星星，看到消息后给我回电话！”

一条比一条棘手……

安星允快速回复了哥哥，表示自己已经安顿好，回头基地见。

对于卫卫的消息，她则也发了一个大哭的表情……

卫卫很快就回了过来：“安星允，你能不能走点心！”

安星允在表情栏里选了选，终于选中一个大尺码的“痛哭表情”……

卫卫无语：“算了……你个没心的家伙！怎么样？COD 可是传说中的帅哥队，平时有空发发福利给我啊？！”

安星允默默地看了看安母的信息，暂时没有回复，她不知道要怎么和安母说。

主卧的装修虽然简单，但是一张很大的床对她来说就足够了。还有一个单人浴室，简直就是完美。风尘仆仆的一天，她很快就把行李简单收拾了一下，摆在衣柜里，然后换上自己带来的床单被罩什么的，接着就去洗澡了。

一切都收拾完，她觉得有些口渴，想着这满屋子的男生，便老老实实穿好了所有衣服，打算去楼下找杯水喝。

一出门，安星允便看到了头上还有水滴的李叙，他好像也刚洗过澡，头发湿润黑亮，身上穿了一件最简单的白色T恤，看上去像是睡衣，一条深灰色的棉质长裤也遮掩不了他的大长腿。

他扫了她一眼：“没睡？”

安星允“嗯”了一声：“还没，去拿点水喝……”

“嗯。”

李叙没再多话，便去了楼下。安星允慢慢地跟在他身后，保持着一个距离，不敢太前，也不敢太后，下楼就马上拐到厨房那边，余光看到他坐在了电脑前，没有登录游戏，而是点开了一些视频。

安星允也没敢多看，拿了水就想上楼，突然被打完一局起身溜达的Eel叫住。

“小姐姐，你没休息呢啊？”

“是。”

“对了，你的电脑就在这边，要不要来看看？配置超炫的哦，比市面上卖的其他游戏电脑好很多，我们自己配的。”

安星允便跟着Eel走到自己的座位前。没想到她的座位就在李叙旁边……他穿着简单的居家服，身上还有着好闻的沐浴露味道，单手撑着下巴，一副百无聊赖的模样。

这是安星允第一次见他如此居家休闲的样子，一种亲近感悄悄地在她心头酝酿。

“怎么样，满意吗？你可以打一局试试，速度超快的，比之前在W酒店的那些好多了。”Eel吹嘘着队内的机器，跟炫耀传家宝似的。

安星允本来想喝杯水就上楼的，他这样一说，不知道是走还是不走。

没等她开游戏，便听到李叙低沉的声音：“第一天最好早点睡，以后就不会这么早了。”

"……"

安星允冲Eel眨了眨眼睛，无奈地摇摇头："那我去休息了，明天见。"说罢她便往回走。

Eel看着安星允的背影，在Raines的后背上轻轻一搭："R神，我怎么觉得小姐姐特别听你的话呢？"

李叙往安星允的方向看去，她正趿着拖鞋往楼上走，小心翼翼地端着水杯，美好的侧颜被黑发遮住了一些，没有注意到他和Eel的谈话。

李叙简单道："嗯，还算乖。"

回到房间的安星允回复了卫卫的那条信息："是有福利啊……可是，比较难共享……"

很快，卫卫就传来一条新消息："什么福利，怎么就难共享呢？"

安星允悠悠地回复："美男出浴图……我不敢拍……"

卫卫回了她一句："没出息，睡觉了。"两人结束了对话。

安星允躺在床上，看着天花板，心里想着自己竟然真的走上了这条路。楼下的队员们还在训练，她是新人，第一天的任务确实就是好好休息，调整好状态才能早些跟上大家的进度。想到自己的水平大概是队内最差的，也想到自己就快要登上专业电竞比赛的舞台，她心里还是有点发怵。

想着想着，安星允就进入了梦乡。

第二天安星允醒得很早，洗漱好之后去楼下发现没人起来。她自己去厨房简单弄了点早餐，正坐着喝牛奶的时候，一个高瘦的人影从门口那边走来。

安星允看着李叙越来越近，额头上渗着微微的汗，一身修身的运动服衬得他身材极佳，尤其是手臂和胸前的线条，让她不由自主地多看了几眼。看到他瞥了她一眼，她迅速转过头，当作什么都没发生。

他说了句"早安"就上楼洗澡去了，很快，他便一身清爽地来到了厨房。

安星允看他动作熟练地热了杯牛奶，然后拿出了冰箱里的三明治，问道："你昨天几点睡的？"

"两点。"

安星允心底微微惊叹了一下，这会儿还不到八点，他跑步已经回来了。

"那你昨天睡了几个小时？"

"五个。"李叙回答得简单，面容上也看不出一丝疲倦。

安星允讶然："你每天都睡这么少吗？"

李叙喝了口牛奶，回答她："一开始能保证在一点左右睡觉，但是最近小组赛出线后，训练更紧张，夜里会练得久一些。但是，我一周会抽出两天来锻炼，每天的话，这个强度我是吃不消的。"

安星允明白李叙所说的正是自己心里的疑惑，看着他面容如玉，温文尔雅的样子，忽然想起了自己第一次见他，在一食堂旁边的广场上，那次义诊。

时间真是有趣的东西，能改变人对待另一个人的看法。

安星允笑了笑，李叙将她的情绪收入眼底，没有再搭话。

吃好了早餐，安星允去洗碗，盘子上没什么油，凉凉的水稍稍冲一下就好了。她正认真地洗着碗，肩上突然多了股重量，清冽的男子气息瞬间绕了上来。

李叙手上是个喝过牛奶的空杯子，杯底还挂有一小层浅浅的奶白色。他靠在安星允背后，杯子绕过她的肩膀，正被他提着悬在她面前。

安星允一愣，也许是因为他靠得太近，她整个人的温度有点高……

"我马上就洗好了。"意思是她不会占着洗碗池太久。

李叙的胳膊就搭在安星允的肩膀上，她看不见他的表情，只能听到他低沉好听的声音。

"要不要帮我洗？"

睡眼惺忪的Eel刚下楼，两个人影还没看清，就听到了这么两句话！

“我马上就洗好了。”

“要不要帮我洗？”

Eel 将脑袋悄悄探了过去，发现身材高大的 Raines 正拥着清瘦的起名太随意，顿时，他睡意全无！他蹑手蹑脚地爬上楼梯，静静地听着楼下的动静。

“哗哗哗”的水声传来，再无更多的对话，Eel 等得内心煎熬啊！

忽然，他翘起来的屁股被踢了一脚。

辉仔看着他一副吓得不轻的样子：“干吗呢，蹲这里守兔呢？”

Eel 拍拍屁股起身：“我累……了……坐着歇会儿……”

听着楼梯那边传来的声音，安星允迅速收拾好厨具擦干净手，脸上微红。她用厨房用纸擦干了手里握着的那个水杯，给自己倒了杯水，便快步往座位上走。

李叙看着安星允一脸假装淡定的样子，心里微漾，也去了自己的座位。

很快，队员们陆陆续续起床到楼下觅食。

晒伯看到坐在电脑前的两人，笑呵呵地过来打招呼。

“昨天那会儿在训练，之前也没正式介绍过我自己，我叫周博韬，ID 是 Cyber（舵手），队内三号位。大家在队内都是用 ID 称呼彼此，你叫我晒伯就好。”周博韬的英文发音不是很准，所以总是把 ID 的名字读成晒伯。

安星允觉得这其中的联系莫名地让她觉得这人有些萌萌的。

“你好，我是安星允，你也可以叫我随意，很高兴加入你们。”

“随意你好，你一个女孩子和我们一起生活，如果有不方便或者觉得不舒服的地方直接告诉我们就好。基地之前没有过女生，只有一个帮忙打扫和做饭的阿姨会定期来，我们平时过得比较糙，别委屈到你。”晒伯有些胖，脸上常年挂着笑，让人觉得很亲近。

两人正说着，Eel 就跳了过来，“煞有介事”地说：“让 R 神多帮忙照顾就行啦，反正你俩也是校友。”

晒伯刚想让他说话正经点，就听到 Eel 的一声尖叫。他指着安星允手里的杯子，眼睛睁得老大！

“起名太随意，你用的是 R 神的杯子！”

安星允这才注意到，这个简单的水杯杯壁上竟然印了一个小小的“叙”字。

啊，难道 COD 每个人都还有自己的专属水杯吗，这么讲究？

安星允不好意思地起身：“我不知道，我这就去给你洗干净。”

“不用。”李叙澄澈的眼睛看着安星允，“你还喝吗？”

安星允哪敢继续喝啊，摇头，使劲地摇头！

李叙自然而然地接过安星允手里的杯子：“那让我喝一口。”

他顺着她握杯的方向贴上了嘴唇，安星允总觉得她刚刚就是喝的那个位置！看着他喉结微动，她站在原地，想爆炸！

辉仔挑挑眉，一把扯过 Eel：“吃饭去啊，愣着干吗？”

“可可可是……”Eel 话没说完，就让辉仔给拎走了。

Eel 跳脚，Lynn 老早就告诉他，和 Raines 住一个宿舍，他的东西什么都别碰。Eel 也发现 Raines 的东西干净得要命，男生们常年到处藏脏袜子，Raines 来了之后，迫于他强大的气场，Eel 觉得自己比之前整洁了上百倍！搞得他一度坚定地认为 Raines 有洁癖。

前阵子有人来给 Raines 送些衣物和生活用品，他瞄了眼衣橱里送来的那几件私服，尤其是衬衫，袖口上不仅有着精致的袖扣，仔细看，那袖扣上竟然还有“LX”的字标。他好想问，Raines 是不是家里有皇位要继承……

饭后，车远下达指令：“队内位置需要调整，我们用实力来定。”

安星允靠在椅子上，很清楚自己没有像其他人那样经过大量的专业练习，这次自己怕是没有进入首发的机会。她起身，回房间洗把脸，鬓角上还沾着水，出门看到 Tree 靠在墙边，听到响声，偏头看她。

她同他从来没有多余的交谈。

Tree站直身子，走廊的光线暗淡，安星允看不清他脸上的表情，可是他的话却如同一把锋利的刺刀亮在她眼前。

“起名太随意，首发的位置，我拼死都会守住。”

Tree比安星允高出许多，安星允立在他大概三步远的地方，身形单薄。她轻轻笑了一声，这一声，却让他扬起眉毛去看她。

安星允美好的唇微微上翘起弧度，声音凉薄，话语简单：“那就看看你守不守得住了。”说完，她迈开步子往楼下走，却在楼梯的拐角处碰到了正在玩手机的李叙。

安星允本想问他怎么会在这里，估计是他想上楼，却无意撞见她和Tree。她淡淡地问：“听到了？”

李叙关了手机，顺手放到口袋里，伸手揉了揉她的头发：“赛场上等你。”

安星允听懂了，他说的赛场是指淘汰赛。然而，她很清楚，她现在的英雄池赢不了Tree。

很快，位置赛结束后，车远教练就把她单独叫到了一边。

“你也看到了，你单挑的实力和5VS5的实力，现在和一队成员都有差距，虽然Tree在手速和意识上不如你，但是他的英雄池比你深得多，操作也中规中矩。下个月就是CDT的淘汰赛，你要是想首发，淘汰赛前一周我会再次进行考核，希望你不要让我失望。所以，目前让你当替补你没有意见吧？”车远的话直截了当，安星允点了点头。

新的位置阵容变化不大，Raines 一号位，辉仔二号位，晒伯三号位，有变化的是把游走的四号位给了Eel，五号位给了Tree。

大家都开始训练后，安星允被教练安排自己打排位。她默默地坐在一边，连着的耳麦对着游戏里的己方都懒得说一句。游戏的空当，李叙看到她窝在椅子里，眼睛就没有离开过屏幕。

从中午到下午，安星允除了中间休息的时候起来活动了一下身体，一直在座位上一局接一局打。

过来打酱油的Eel看到她的时候，悄悄和身边的晒伯说："我们的新成员随意小姐姐是不是受了打击，就因为不是首发？"

晒伯抿嘴一笑："不清楚。"

Eel没有了八卦的对象，便打算直接去找安星允搭搭话。

安星允一直专注在排位上，没注意到放在茶几上的手机一直在振动。Eel路过的时候看安星允那局还没结束，就等着她结束的时候告诉她有电话。

安星允坐了一下午，看久了屏幕，眼睛有些酸胀，感谢了Eel，便拿着手机上了楼。

"随意小姐姐，不用这么客气的。"Eel嘟囔了一句，估计安星允并没有听到。

安星允回到房间里，电话不用想也知道是谁打的，她回拨了过去。

"星星？"

"是我，妈。"

"你们校领导给我打电话了，说你要办理休学手续，怎么回事？"

"嗯，有点事想做，时间不够，便想着办理休学。"

对面很长一段时间都是沉默的，半晌，才传来中年女人低低叹息的声音："所以，你去打电竞这件事不是空穴来风？"

安星允虽然不知道是谁告诉安母的，但她觉得应该不是哥哥告诉她的，毕竟他们平时很少联系。这么多年，哪怕后来Salala被集团收购了，哥哥也争取到了自由管理权，和爸妈仍没有过多的交集。

"是，哥哥要花重金挖人，他之前看上了我的实力，所以我便来了。"

"儿戏！"

怒不可遏的一个低厚男声从听筒中传出。安星允知道，这是父亲的声音。

“我已经签约了，妈妈，如果你没什么其他的事，我就去训练了。另外 ，你之前说哥哥退股的事，我想现在应该不会再有这样的问题了。”

安星允撒谎了，她还没有正式签约，签约的合同书她已经看过了，但是邓队说正式签约要等安燃来基地这边。

说完，安星允便挂了电话。鱼与熊掌不可兼得，做选择或许难，但选完了，就只需要坚定地走下去。

在房间短暂休息后，安星允就打算回到楼下继续训练，却发现大伙儿一个个精神抖擞，尤其是Eel，开心得简直要飞起来。

安星允一头雾水地走近，Eel伸手拍了拍她的肩膀，大概是他太过兴奋，力度掌握得不好，安星允感觉有些吃痛。

“我们要出去吃大餐了，今天我上微博一看，Raines那神人，一条微博都没发，竟然有50万的粉丝了。我们向教练请了假，决定狠狠地敲他一笔，R神就是大方，说让我们随便点。我们几个刚才决定了，去G市中心那家爆款海鲜楼不醉不归！”说着，Eel推了推安星允，“随意小姐姐，还不去换身行头，便于发挥的。”他扯了扯自己的T恤，“像我这种衣服，吃多少都看不出来，哈哈哈！”

安星允没有胃口也没有心情，不太想去，可是转念一想这是集体活动，不参加有点不合群，便上楼去拿外套。

出发前，一直闷声不语的Tree悄悄拦住了李叙。

“Raines，我有点海鲜过敏，就不去了。你们好好吃，谢谢你。”

李叙看了他一眼：“我们吃别的也可以。”

Tree摇摇头：“别了，大家都想吃海鲜，不要因为我一个人扫兴，你们去吧。”说着，他回到座位上继续排位。

李叙不再强求，和众人一起坐上了SUV。安星允是最后一个来的，车上除了司机就只有一队的队员，教练和领队都不去，说是让他们好好放松一下，怕他们在场会放不开。其实教练是觉得这是一个让大家促进感情的好机会。

安星允披着外套上车的时候，队长晒伯坐在副驾上，七座的SUV，后排已经塞进去两个人，Eel和辉仔嘻嘻哈哈聊着什么，看着安星允上了车，说道："随意小姐姐，那个座是留给你的。"

为了方便她坐下，副驾后面的座位留给了安星允，而她旁边坐着的李叙低头看着手机，不知道在回复谁的信息，看到她上来，提醒了一句："系好安全带。"

大家在车上聊着天，说到没有参加的Tree，一向好人好语的晒伯插了一句："我一直觉得小树有些放不开。Lynn和老庄因伤没有归队，他是二队唯一一个伤势较轻的，算是运气好，直接被提到了一队，不然恐怕还要多练好一会儿。"

辉仔接过话："是啊，之前小组赛的几场，确实打得稀巴烂，好在之前Lynn和老庄在，我们的积分也没受太大影响，出线了。"

Eel不懂气氛地接了句："怎么没影响，咱们是倒数第一出线的好吗？！"

晒伯"咯咯"笑了两声："所以淘汰赛咱们更要谨慎，一不小心就会出局。"

Eel想到Raines那神级操作，还有特灵气的起名太随意，对晒伯说："不过现在咱们加入了两名有力战将，淘汰赛才不会像小组赛那样臭了咱们的名声。随意小姐姐，你有信心没有啊？"

李叙看着已经睡着的安星允，补充了一句："你大概高看她了，她还不是首发。"

当事人半天没有回应，Eel扯住安全带起身看了一眼，才发现前座的安星允低着头，帽衫的帽子罩在头上，好像睡着了。

Eel觉得不可思议："想到美食她都不兴奋吗？竟然睡着了……"说

完，他就老老实实地回到了座位上坐好。

李叙偏头，发现她的下巴上有晶莹的小液滴，她蒙着头，看不到她的表情。

因为不是首发吗？

忽然，车子在弯道处转了个弯，李叙顺手把安星允捞了过来，搂着她的肩膀，让她的头抵在自己身上。

安星允心情不好，想着自己走到现在坎坎坷坷的，不知怎的，眼睛就酸涩起来，以为扣着帽子没人会发现，可是这会儿李叙竟然抱她！她欲掀开帽子问个明白，就听到一个低低沉沉的男声："不是在睡觉吗？这样舒服些。"

安星允一愣，很快反应过来，他原来没有发现自己在悄悄流眼泪，很应景地"嗯"了一声，本来要掀帽子的手也不动声色地缩了回去……

车窗外光影斑驳，身旁的人假装在睡觉，像个小绵羊似的，极其温顺。李叙心情很好，她巴掌大的小脸只露出一个弧线美好的下巴，乖巧可爱。

身后是辉仔和Eel的打趣，话题所至，副驾驶席上的晒伯问了一句："Raines，你和随意在旭安科大的时候认识吗？"

李叙感觉到靠在肩膀上的人身子一僵，他低头看着她欲坐直的小动作，手上力度加大，硬生生地将她扣住。

安星允："……"逃不了了……

李叙声音冷清地回道："认识，但可能不够熟。"

听到这句话，安星允觉得自己的脸有点烧。

晒伯以为安星允睡着了，接话道："哦，这样，我以为你们挺熟的呢，想你多照顾照顾她。她一个女孩子来这边，什么都不熟，过了这两天，训练强度一上来，怕是会吃不消。再加上首发没有她，休了学来这里，心里多少会有些落差吧。Eel、辉仔，你们也是，咱们俱乐部第一位女队员，平时乱七八糟的段子玩笑在随意面前就收收吧。"

Eel 哀号："凭什么啊？咱们不能因为妹子的到来就扼杀了自己的天性，咱们应该同化她，那样才是亲密无间的好队友。"

辉仔怼了他一句："那种低俗的天性是你个人的，别扯上我们。"

"冤啊，晒伯，你评评理！"

座位上装睡的某人听到这对话内容，更不敢随便乱动了……

忽然，有只温润的手轻轻抚上安星允的下巴，指腹微凉，抹去了她的眼泪。她因为他的动作僵在那里，大气都不敢喘。谁料，那手竟然慢慢向上，轻轻地贴在她的嘴唇上！

他……要干吗？碍于车上还有其他人，安星允的脸红得要滴血，她心一横，一张口，把他的食指狠狠咬了一口，只一口，马上就松开了。

安星允安安静静地听着旁边的动静，突然下巴被捏住了，帽子下，凑过来一张俊颜，带着微微的热气。

看到李叙漆黑的双眸，安星允的心一紧，完了……她是不是惹到大神了……不该冲动啊！！！那眼里分明只有她的影子。

"小傻瓜，脏，不能吃。"

李叙的声音不高，安星允却听得一个字不漏。她使劲把他往外推，自己在座位上坐直身子。

李叙也顺势松开了她，看她佯装刚睡醒的模样，想笑，忍住了。

一行人到了饭店很快兴奋起来，主要是有吃的和 Eel 就不会冷场。

"螃蟹三吃来一盘。"

"再来盘小龙虾，要超辣的那种。"

"再来盘冰虾，多来柠檬！"

大家就看着 Eel 超爽地点着餐，最后，还是晒伯出手喊停："太多了，咱们根本吃不完。"

Eel 想到 Raines 隐形富豪的身份，悄悄瞥了他一眼，看他正给安星允倒水，说了一句：“好不容易 R 神请客，此时不点更待何时？再说了，有我在，怎么可能吃不完？就算吃不完——”他故意顿了顿，拉了拉长音，“我们还可以兜着走。”

辉仔受不了了，补了一句：“把‘们’字去掉，我嫌丢人。”

安星允虽然不是第一次和李叙一起吃饭，但是总觉得和他同桌压力很大，好像一不小心吃了什么不健康的食物便会收到来自这位医学生的凝视。

于是，她今天决定看李叙吃什么，她再拿什么。等了好一阵，她发现李叙基本不吃什么，他不吃凉食，上来的螃蟹也是挑出些蟹肉，蘸着姜汁，细嚼慢咽。

Eel 看着安星允基本上没怎么动筷，问了一句：“随意，你怎么不吃啊？别害羞，R 神请客还不给面子？来，哥哥喂你一个。”

他说着往剥好的冰虾上挤了些柠檬汁，真的隔着桌子就递了过来。

人到了，虾到了，安星允却僵在座位上，她那双伸出去的手被一只修长而温暖的手轻轻覆住，缓缓压了下来。李叙右手礼貌地端着个小餐碟，淡淡地开口：“谢谢，放这吧，她脾胃虚寒，凉的就算了。”他这话一出，在场的人都愣住了。

Eel 被这话一惊，手上的虾已经落到了李叙递过来的小碟子里。辉仔一副“有情况”的表情，晒伯则像长辈似的，眼带笑意地看着这一切。

安星允却被李叙平常无奇的话撩拨了心弦。

她打哈哈似的叫来了服务员：“麻烦给我加一份海鲜炒饭，谢谢。”

接着她转头对大家说：“我有点饿……先吃点硬货……”她这话一出，逗笑了大家。

晒伯接腔道：“所以有句话怎么说来着，人比人气死人，我平时都不敢吃米饭，不吃还这个体形。”说着，他开玩笑地掐了掐自己肚子上的肉。很快，话题就自然而然地转开了。

等着炒饭的空当，安星允悄悄拉了拉李叙的衣角，他偏头看她，精致的竹筷还夹在他指间。

“你怎么知道我胃不好？”

李叙的眸子里带着些不易觉察的笑意，回她的话语也轻和：“义诊，安同学。”

安星允“哦”了一声，觉得有道理，直到饭局结束她才反应过来，义诊那天他就测了个血压，也没有号脉，怎么知道的？再者，她记得他学的明明是西医！

饭局结束前，安星允又去点了一份扬州炒饭打包带走。本来她点的是海鲜炒饭，李叙却突然补充了一句：“Tree 说他有些海鲜过敏。”

原来，他知道她想给 Tree 带点吃的回去。

Eel 和辉仔都喝得有点多，看着安星允又拎了一份打包盒，笑道：“随意大美女，没想到你能吃这么多？！”

安星允也不计较，看着 Eel 喝得脸颊泛红，眼神迷离，应道：“嗯嗯嗯，比你吃得多。快上车。”

晒伯则扛着早就喝得迷糊的辉仔往车里走，路过安星允的时候，还说道：“辉仔一个东北老爷们儿，仗义侠气，豪爽直接，典型的一个北方大汉，谁知道他酒量这么差，算是拉低了东北男人的平均线。”

安星允笑笑，大家喝得开心，许是训练得太久，一直有些压抑，好不容易得到了释放，便喝个尽兴。

把 Eel 放到了副驾驶座上，晒伯扛着辉仔想要坐到后座，却被安星允拦了一下：“队长，你们坐中间那排吧，等会儿方便辉仔和你下车。”

“可是……”考虑到安星允是个女生，还有 Raines 那双大长腿，坐后座可能会有些不宽裕，晒伯想谢绝她的好意。

这时，看着结了账的 Raines 正往这边走，夜风里裹挟了凉意，辉仔打了个喷嚏。晒伯硬生生把后半句话咽了下去，把辉仔安放好后，等着安星允和李叙都坐好，晒伯才关好车门回基地。

后座空间狭小，车里面飘着浓浓的酒味。安星允和李叙肩并肩地坐着，大概是离得近，安星允能闻到他身上有一股淡而清雅的味道，说不上来，却让她觉得舒心。她将手搭在自己的膝上，脑袋偏向窗外，看着外面飞逝而过的风景。突然腕上一暖，她被惊了一下，想收回自己的手，却听到一道清清凉凉的声音。

“别动，给你号号脉。”李叙的声音不大，再加上两人坐在后排，就只有安星允听得到。

“不用了……”安星允嘴上说着，却没拉动自己的手。他的三指按得有力却不痛，一副全神听脉的样子。

“不信我的诊断吗？”

“你不是学的西医吗……”

李叙喉结微动，沉声道：“我奶奶是中医，小时候耳濡目染学了一些，长大了，学了西医，但之前学的东西也没有全丢。”

安星允一听，便不再动了，任由他去。

末了，李叙覆在安星允腕上的三指稍稍向下，那温热的手掌便轻轻握住了她的手腕。他的手心温暖地环在她的手腕上，能切实地感觉到她的瘦削。

安星允一怔，转头看他。

“好好吃饭，把冰激凌这些凉性的东西戒了吧。”

大概是因为他的话，或是他轻缓的语气，安星允觉得心上一悸，半晌没有说话，好一会儿，才应他：“好。”

大家都喝得很多，李叙好像不胜酒力，所以席间算是滴酒未沾。基地里，大家回来的时候，Tree 还在电脑前，见人回来，也帮忙扶着醉酒的 Eel。

Eel 却一把拽住安星允的衣角，满身酒气地贴过来，凑近她耳边低语：“随意，你觉得 Lynn 和 Raines，哪个更帅？”

安星允轻轻推开他：“你喝多了，胡说八道什么呢？！快上楼。”

晒伯一个大力，把 Eel 拎了上去。

都安顿好后，安星允把炒饭交给了 Tree，说是 Raines 给他买的。Tree 谢了一句，把饭放在冰箱里就继续打排位了。

安星允也没再说话，晚上洗漱后，有些睡不着，便来到一楼，打算再练一会儿。跟她隔着几个座位的 Tree 在她到一楼后没一会儿就上楼休息了。

整个一楼安安静静的，安星允靠在座位里，心头郁郁。

她放弃了学业，空降了一队，但是 CDT 的淘汰赛并不是首发。如果她最后的那周仍然拿不到首发席位，怕是不会在这队里待很久，那安燃呢，COD 之后会怎么样呢？

安星允想到教练的话，又觉得自己确实是英雄池太浅，比赛一旦 BP 的情况对她不利，她会拖累整支队伍。也许是夜晚容易让人情绪低落，她坐在座位上，竟有些怀念在校的时光。

许是思绪游离，李叙走到她身旁，她才注意到。

“已经一点多了，你还不睡吗？”安星允问道。

“还有直播的时间要做。”他突然贴近安星允，眉宇间透着英气，语调有些轻松，“这会儿没人，我教你。”

安星允愣愣地往椅子里靠了靠：“教我什么？”

李叙撑着双臂，黑漆漆的眼睛里藏着笑：“教你替我直播。”

说着他开了游戏，也连上了 Salala 直播间。李叙打游戏一贯不开摄像头，屏幕上只能看到他的操作。他登录游戏，麦还没开，起身将安星允的椅子滑到自己的电脑前：“一共欠我五个小时，你打算今天替我多久？”

安星允腹诽，他竟然真的套路她！

“我等会儿一开麦，大家听到我讲话，肯定就知道不是你直播啊！”

李叙把自己的椅子放在安星允的旁边，耳麦换成了耳机线，将左边的那头递给她，而右边的那头自然地戴在了自己的耳朵上。

“谁说需要你讲话了。”接着他开了麦，好听的男声就在安星允的耳边回响。

“大家好，我是Raines，欢迎来到我的直播间，今天我打三号位，那现在开始了。”说着李叙看了看安星允，示意她选三号位的英雄。

一群不睡觉的深夜党在屏幕上刷出了一波感叹号。

安星允睨了他一眼，拿出手机，在上面打了一行字，举给李叙看。

“你人又走不了，待在这看我打，还不如你自己直接来。”

李叙捂住耳机线上的话筒，附在她耳边，轻声道：“陪你，选人吧。”

安星允微赧，继续打字：“R神，我顶着你的ID，怕是会给你丢人。”

李叙仍旧耳语道：“是啊，你有这个觉悟就好，好好打。”看安星允没有选英雄的意思，他直接选了个沙王。

安星允有点气……

开局了，沙王站在原地没有动，队友在麦上问。

“沙王，你劣势路那边怎么一动不动？”

安星允心想的是：我就不动，看你拿我怎么办？

只见李叙的椅子靠得更近了，然后他把手轻轻覆在了安星允的手背上，神色如常地回答：“哦，刚才喝了口水。”

阴险！

李叙就这样握着安星允的手，开始点击鼠标，安星允想抽出自己的手，却发现他还用着力，两人互不相让……结果就是——操作得稀巴烂！

直播间的粉丝都震惊了！这还是他们神级操作的R神吗？！发生了什么……

当然，这样的操作自然惹来了队友的辱骂。

“那个沙王行不行，别瞎玩！”

“眼瞎啊，往哪里点呢，一波兵都被杀没了还不往回跑，你是新手吗？！”

只见Raines的左手也覆到了键盘上，安星允迅速闪开，却被他抓住了，接着，他便扣着她的左手同时操作鼠标和键盘。

敲击的声音犹如短兵相接，血雨腥风。之后，全场响起了：“First Blood。”对方大哥竟然被拿了一血。

不仅对方傻眼了，连刚才骂人的几个人也都惊呆了。这手速和操作，太厉害了……关键这一血是这神人让给他们自家队伍大哥的。

几秒前，电光石火之间，沙王一个穿刺之后，对方已经红血，与此同时，己方外塔下光环亮起，原来是大哥幽鬼 TP（回城卷轴）了过来。此时沙王只需再 A 一下就可拿到一血，这一下已经抬手，却突然被 S 取消了，转而一个卡位，挡住了对方逃命的去路，这一卡一挡，给了自家幽鬼宝贵的时间。一秒之后，幽鬼一落地，便放出幽鬼之刃，暗影之径追上对方残血大哥的同时，全场响起了“First Blood”！大哥补到了最后一刀，经验和金钱都涨了一大截。

看懂的观众这才反应过来——Raines 一开始就是要把经验让给大哥的。可怕的三号位……

直播间里刷出来一句句：“R 神威武！”

“R 神开局大概用的是脚……”

“楼上，就服你！”

安星允也震惊了，他刚才带着自己的操作，让她真实地感觉到了那个速度，这种直接的体会和看他操作的时候并不同。键鼠每一下点击都准确无误，切屏的速度也是快得让人花眼。从正补到每个技能的配合，好像他心里早就对每个英雄了如指掌。

安星允做了个口型，示意他把手移开。

李叙点点头，挪开手靠在椅子上，看着安星允自己进行操作。

队友甲在麦上说：“可以啊，兄弟，这波操作绝了，有眼不识泰山啊！”

队友乙接话道：“是啊，你开局那会儿怎么回事？这波虐爆了！”

队友丙：“刚才发生啥了，怎么突然这么厉害……”

李叙对着麦，平静地回了一句：“哦，刚才吃了块糖——补充体力。”

安星允握着鼠标的手一顿，偏过脸，直到余光看不到他，忽略掉李叙的话，专心在游戏上。

因为耳机线不长，安星允打游戏的时候又只能忍着，所以有需求的时候，都是李叙在一边和队友交流。不过按照他的章法，安星允原来不熟悉的三号位，现在也有两个英雄用得顺了。

李叙抬眼看了眼表，看着安星允仍一副全神贯注的样子，马上就三点半了，这局按照他们这么推进下去，怕是还要半小时。

他轻轻地把椅子滑了过去，贴近安星允。安星允的手肘被轻轻碰了一下，他用手捂住麦，靠在她耳边轻声说了一句：“让我来。”然后他身子一倾，顺势拿过鼠标，她就被他“挤”到了一旁。

起名太随意虽然操作可以秒杀很多人，但是在 Raines 面前，还属于小绵羊的阶段。

李叙接手后，大家忽然觉得这沙王的套路有些看不懂了，刚才明明还是在劣势路顽强抵抗，这会儿怎么就开始往野区扑了？

安星允坐在椅子上，还没太看懂李叙的战略，却发现他看了她一眼，眼神略含深意。

她看着屏幕上冲过来的小兵，心里想着他能不能敬业点，就对他做了个口型：“专心点啊！”

李叙确实没再看她，而是淡淡地说了一句：“太晚了，你去睡觉。”

他双手在操作，根本无心关麦，这简单的七个字就顺着电流传遍了全世界……

直播间则刷出来一列列大写的问号。

“R 神，你在和谁说话啊？”

“怎么语气这么宠，到底是谁啊？”

“R 神，你是交女朋友了吗？”

“心碎……粘不上了的那种！！！”

“楼上的各位，COD 没女的啊！”

“R 神，你说句话，给我们个定心丸，是有女朋友还是单身啊？”

队友在麦里吹了个口哨：“哟，大神，你这是在媳妇面前打游戏呢？！”

李叙也神色不变，手上的操作犀利不减，马上又响起了“Double Kill（双杀）”，对方哀号……

双杀后，李叙竟然有心情回复了一句。

“单身。”

安星允的脸一下就红了，她真的是一刻都坐不下去了，抓起手机就跑上楼了。

见她乖乖走了，李叙嘴角微微带笑，很快，那抹笑便隐去了。他对着直播间说了句：“速战速决。”

弹幕多得起飞。

“R 神帅得掉渣啊！”

“我还是想知道刚刚的是谁？求求告诉我们这帮小可怜吧……不然根本睡不着啊！”

“R 神，求告诉！！！”

“R 神，看我哭泣的眼神。”

同队的人自然看不到直播弹幕，但是发现这位叫 Raines 的操作水平真的不是一般厉害！

果然，这局，以闪电般的速度结束了，因为对方的大哥竟然被三号位干掉了……

李叙退了游戏，对直播间道了一句：“直播就到这里。谢谢各位。”

“R 神，别走！！！就透露一下嘛，刚才真的是女朋友吗？”

李叙扫了眼屏幕，问题有点无聊，但是想到刚刚某人跑上楼的样子，心情莫名地变好。

“是 Eel，晚安各位。”

于是，第二天中午 Eel 起床后，就发现微博上被好多人轰炸。“COD 大神深夜直播，宠爆队友！”都是什么标题……他点进去一看，主人公竟然是 Raines 和自己！

他大概读明白了是怎么回事，自己昨晚喝多睡过去了，错过了什么精彩的故事？

安星允睡到中午才起来，主要是昨天晚上，她在床上好久才睡着，第一次体会什么叫辗转反侧，彻夜难眠。她又不笨，李叙的话分明是对她说的！

她内心不安，在浴室冲了一遍又一遍想让还有瞌睡的自己清醒一下，没一会儿就听到有人来敲门，一下一下的，好像都刚好敲在她心上。

“随意，开饭啦。”在门口喊人的是 Eel。

“嗯，来了！”安星允的头发还是湿的，她随便吹了两下，湿漉漉的，不想让大家等她，就随手找了个帽子戴上，出门的时候，正好碰上也出门的李叙。

李叙的目光打量了下安星允的装扮。

“早……”安星允打了个招呼。

李叙就站在走廊中间，“不知不觉”地挡住她的路，应道：“不算早了，现在快一点了。”

安星允点点头——是，你说得对……能去吃饭了吗？

于是，安星允也不管李叙是不是想继续这个对话，灵活地一侧身，绕过他，飞快地往楼下走。这大中午的，在别墅内，戴着个帽子，再加上她这一副不想见他的模样，他笑笑，怕是昨天有点吓到她了。

许是她刚刚冲过澡，脸颊还有些红，帽檐一遮，倒是掩住了不少。

同大家打过招呼后，邓队把近期的行程和大家宣布了一下。

“两周后，我们将会和密语进行一天的练习赛。这两周，你们要好好练习。练习赛不好好打，对方也会认为我们没有诚意。”

“领队，密语不是一向和咱们不对付吗？”

COD 和密语算是劲敌，大本营同样在 G 市的密语，也属于 S 大赛区，但是因为之前他们的几名主力一直在国外做封闭训练，并没有参加前期几个赛区的预选赛，Y 赛区的预选赛开始得晚，成了密语的机会，他们在 Y 赛区一骑绝尘，以小组赛第一名的成绩进入淘汰赛。

淘汰赛的十六支队伍被分到了上下两个半区。名单还没有最后出来，但是两队因为都是 G 市出来的强队，并不想太早相遇。

Lynn 和老庄在的时候，两队算得上是宿敌，胜败率相当。这次领队们组织练习赛，一方面想摸摸底细，一方面也是为了赛前热身。

本来邓队有些犹豫，但是考虑到一些套路并不会用在练习赛上，再加上他们确实需要和强队打几局来进行实战练习，对方抛来了橄榄枝，邓队和教练商量后便应承了下来。

听到这个消息，大家都跃跃欲试。

“我怎么有点激动呢！？”Eel 把最后一口酸奶吃掉后，抿了抿嘴，“密语啊，他们家的王牌 Jem 是个狠角色呢。”

“这几天好好练吧，别打练习赛时被人瞧不起。”

“虽然 Lynn 和老庄不在，但是咱们现在有了 Raines 和 Tree 呢，怕什么。”

一旁的安星允听着他们的对话，没有吱声，默默地把自己碗里的饭吃光。

李叙坐在她对面，将她的一切动作都轻易地收进眼底。

这时候领队却说了一句：“有个消息要告诉你们，Lynn 和老庄就要归队了，虽然还处于康复阶段，但是，他们会在 G 市继续做复健，淘汰赛的时候会以替补身份入场。”

这消息一出，显然有人欢喜有人忧。

晒伯问道：“他们做替补的话，伤势允许他们上场吗？”

邓队却说了一句：“会看他们恢复的情况，还有一个月。”

Tree 听到后，放下筷子，说了句“我去练习了”便去了客厅。

Tree 这一简单的举动，使得整个基地的气氛都变得有些凝重了。是啊，Lynn 上场的话，意味着现役的几位首发就会有人打不满全局。

但是，这是为了战队的胜利。

从 S 市飞往 G 市的航班上，林曦佐正在看手机，画面是 B 站上粉丝录屏的 Raines 的直播。是片段的组合，虽然不长，但是弹幕一天内就已经刷出来近一千条。

飞机上的广播正在播放飞机下降的通知，邻座的老庄看他收了手机，便问了一句：“你在看什么？”

林曦佐：“一个直播剪辑。”

老庄：“打《DOTA2》的？怎么样，几号位的？”

林曦佐意味深长地说了一句：“网传说是 Eel 打的，三号位。你确定让我评价？”

Lynn 和老庄出现在基地的时候，Eel 差点扑了上去。

Eel：“林哥哥——”

林曦佐一个闪身：“死远点。”

老庄则对着 Eel 说，“你也太偏心咯。”一口熟悉的四川口音。

Eel 敷衍地对他来了一句：“给你个亲亲。”

Tree 是第一次和 Lynn 以队友的身份站在一起，Lynn 坐在行李箱上，长腿一搭，戴着一副黑超，帅得掉渣。

这时，晒伯把 Tree 和在一旁的安星允轻轻揽到了一起，介绍给 Lynn 和老庄。

“这两位是我们的新队友，Tree 和起名太随意，Tree 之前是二队的队员，现在担任五号位，随意是刚加入不久的新队员，暂时作为替补。”

林曦佐当然记得这个明眸皓齿的小姑娘，李叙说过还不是他女朋友，再者她给他打过辅助，当时的技术，感觉还可以。

他象征性地点点头：“林曦佐，可以叫我 Lynn。”说着，他瞥了眼不远处拿着水杯一脸悠闲的李叙，继续说，“之前在队里是 C 位。”

李叙也回看了他一眼，可是在众人听来，“之前”二字莫名刺耳。

Lynn 摘了黑超，架在头上，幽深而黑亮的眼睛里带着浅笑，走到李叙身边：“兄弟，你打什么位置？”

李叙放下水杯，拍走他搭在自己肩膀上的手：“你的位置。”

Eel：“哟哟哟……”火药味啊。

这时候邓队突然笑了：“你们别看他们演戏了，这两人发小，Raines 就是 Lynn 找来的救星。”

Eel：“无语……你们影帝啊？！”

见到昔日好搭档回归，众人心里自然是欢喜的，但是，他们不得不面对一个实际的问题。

之前的 C 位 Lynn 的实力毋庸置疑，就算是现在的 Raines 被称为 R 神，Lynn 的称号也是不逊分毫。如果 Raines 和 Lynn 同时在队里的话，有一人会是 C 位，另一人会是中单。虽然教练对这事没有详细计划，但是大家也心知肚明，会有人将长坐替补席的板凳。

打了招呼归了位，大家各自训练，邓队把安星允叫到了一旁。

“安总已经在公司那边等你了，方便的话，你和我一起过去一下，是关于你签约的事。”

很久没见到安星允的安燃，第一眼就觉得妹妹在基地的这几天清瘦了不少。

邓队把安星允带到后，屋里面除了安燃，还有俱乐部的法务团队代表。

把详细的合同给安星允阐述了一遍后，法务代表说："这个合同和之前给你看的样本完全一样，没有任何改动，如果你确定了，我们这会儿就可以直接签了。"

安燃全程没有说一句话。安星允看了他一眼，他没有回避她的视线，却只字未说。

安星允想，他大概是不想影响自己。于是她就窝在沙发里，极其耐心地把合同又从头到尾认真看了一遍，然后对着法务代表说："我没有问题，可以签了。"

签约就这样结束了，比安星允想的要平静一些。代表走后，会议室里就只有安燃和安星允。

"谢谢。"安燃没来由地说了一句。

安星允却听懂了，摇摇头："我不全是为了你，也是为了我自己。"

安燃轻挑眉，示意她继续说下去。

"小时候总和你一起打游戏，大概我被你带坏了。"她没再说别的，笑意盈盈地看着安燃，好像还是十岁时那副可爱的样子，带着点机灵。

"其实挖人的钱我都快要准备好了。"

"卖股票？"

"是……她告诉你的？"

"对，是妈妈告诉我的。"

两人沉默了好一会儿。

是安燃打破了这安静："你来是替补，其实并没有将这个局面变好。现在队内的那个 Tree 太弱，我本来就是想把挖来的人补上去，整支队伍的水平才会比较均衡，不会因为一个人而拖后腿。但是我没有这样做，而是让你空降，是因为我看好你的学习能力和天分。"

安燃说话的时候不像平日里那样总是语调轻松，反而带着些严肃意味。

"你也看到了合同上的条款。"

安星允稳了稳呼吸："是，我看到了。"

"这次，如果淘汰赛期间你没有一场比赛上场的话，COD 便不会再留你。也就是说你的实力在这一个月内达不到标准，你就会被淘汰。而你能否上场，我绝对不会干预。"

"是，我知道。"

本想再和妹妹多聊几句的安燃，因为一个电话便不得不先让邓队将安星允带回基地。

临走前，安星允问了一句："是关于车祸的那个案子，还是关于 Salala 股票的事？"

安燃点点头："保姆车事故的案子，我还需要去参加律师那边的会议。你的话，尽力就好，不要再因为我筹钱的事顾虑。"那是一笔大数额的钱，包括高得吓人的转会费还有巨额的违约金。

安燃选择相信她，安星允便对他说："那我回基地了，那个药，你记得用，是梁姝姐姐去西藏的时候专门为你求来的。"

安燃却回答她："这事你以后别再管。"然后他拿上西装外套便离开了会议室。

安星允回到基地的时候，大家该训练的训练，该看视频研究的看着视频，签约本该是一件开心的事，她这会儿却提不起精神。

厨房里还有阿姨中午做的菜，有两个小盘分装了米饭和菜，保鲜膜包得严实，一打开冰箱便看到了。安星允看到上面贴着小字条："给随意。"

她笑笑，觉得暖心，随之而来的却是无形的压力。

李叙从训练室那边过来拿水，见到安星允寒暄了一句："你回来了。"

"嗯，是。"

她没心情再聊下去，塞了几块饼干，便去了自己的座位上开始爬天梯。坐在她对面的林曦佐看到李叙仍旧在厨房慢条斯理地喝水，再看看安星允戴上耳麦面无表情的样子，推开椅子也去了厨房。

“你和那个起名太随意很熟？”林曦佐也拿了瓶矿泉水，倚在大理石台上，嘴角噙着笑。

李叙瞥他一眼：“比你熟。”说着，他便不再理林曦佐，回了座位。

林曦佐看着李叙的背影，笑了笑，转身却到了安星允的身边，扯了把椅子坐下来。她余光看到他，说了声“嘿”，接着继续爬自己的天梯。

林曦佐没头没尾地来了一句：“上次我们见的时候，你是和我一起在下路，打的五号位，对吧？”

安星允点了头，手上的操作并没有停，爬天梯的这局，她选的也是五号位。

忽然，那张俊脸一下子靠安星允很近，她条件反射地滑着椅子往边上靠，却不小心撞到了邻座的李叙。李叙伸手扶了她一下，抬头睨了林曦佐一眼。

林曦佐觉得有趣，对安星允说：“等我伤势好了，你从替补进到首发的机会会更渺茫。”

他这话明明是对安星允说的，眼睛却看着李叙，笑里透着让人捉摸不透的语气：“要不要我教教你？”

训练厅里，大家都各自戴着耳机专注地看着屏幕，此时，并没有人注意到这三人的对话。

安星允虽然跟这人有过一局的“战斗友谊”，但总觉得林曦佐话里有话，她和他不熟，自然不想因为这种事欠人情。没等她答出声，一只胳膊便轻轻地搭在了她的肩上，一股好闻的清凉气息瞬间萦绕过来。

李叙低哑的声音简单地说：“她，不用你教。”

简单的一个人称代词，让安星允愣在了原地，他……刚刚说什么？

林曦佐没再看向李叙，这话是直接问安星允的。他眼里墨色浓重，好像带着一丝丝挑衅，却面容清隽，看着斯斯文文。

“随意，你让谁教？”

安星允头大……和她什么关系！

“我自学……”说着，安星允猛地起身，想逃离这个现场，却发现游戏里队友正因她控制的英雄零操作在破口大骂。

安星允硬着头皮坐了下来。于是……两尊“大佛”一左一右地看着她的操作，李叙倒还好，全程很安静，倒是林曦佐，一会儿一个“啧啧啧”，一会儿叹气，搞得她莫名心烦。

终于最后一座塔快推完了，他们队的胜利就在眼前，林曦佐在安星允旁边说了一句：“这你们都能赢，只能说对方打得太烂了。”

安星允最后的经验也不要了，转头悠悠地说了一句：“Lynn，你能不能安静一会儿？”

林曦佐吊儿郎当地回了她一句：“你不关注比赛，关注我做什么？”

她本想呛回去，但李叙竟然也开了口：“推你的塔，别理他。”

林曦佐终于起身，拍了拍安星允的座椅后背：“还是太嫩啊。这点抗干扰能力都没有，以后要是网上有谁骂你几句，你是不是就打算哭鼻子回家了？”

他还饶有兴致地看了李叙一眼：“你没教的，我替你教了，不用谢。”

林曦佐最后的眼神仿佛在对李叙说：“在这个圈里，你不可能永远护着她。”

## Chapter 08

她不怕什么，
她只怕他……

于是，接下来的几天，安星允都是队里起得最早、睡得最晚的人。Eel 打着哈欠结束排位的时候，发现安星允还在座位上爬天梯；早起的时候，发现不知道她什么时候醒的，也窝在椅子上。

“早啊……”Eel 通常都是被饿醒的，这会儿拿着瓶营养快线站在安星允身后看着她的操作。

安星允这局打的是四号位，他眼睛盯着她的动作，营养快线都没喝几口。可以啊……这四号位打得也是有模有样，这波 gank 够秀的……

Eel 却突然心头一紧，天哪！就这么短短的一个星期，她进步得也太快了！即使作为副游走抓人位，这表现也绝对不输三号位了！

安星允的神进步教练也看在眼里，这天下午，距离同密语的练习赛还有两天的时间，车远把安星允单独叫过去开会，会议室的门紧锁着，车远、安星允和邓队都在。过了好一会儿，邓队出来把 Tree 也叫了进去。

“是咱们的首发阵容会改吗？”Eel 在一旁问晒伯。

晒伯摇摇头，表示不清楚。没一会儿，所有人都从会议室出来了。大家屏息以待，却听到邓队说道：“你们有什么需要买的，现在可以列一下交给随意和 Tree，下午他们两个要出去替队里进行采购。”

“什么鬼……”Eel 嘟囔了一句，他还以为教练会放什么大招。

“所以，今天下午是放假吗？”辉仔问道。

邓队摇摇头：“不，你们的训练照常，只是让他们两人去采购。”

同时，他转向 Lynn：“你的伤怎么样，可以练吗？”

林曦佐点点头：“好很多，如果不是长时间训练，是可以做的。”

这时，从会议室出来的车远对他说道：“在身体允许的情况下，你现在要每天练习一段时间，保持手感。”

“我去……”Eel 悄悄在一旁感叹了一句，所以这是要把 Lynn 换成首发，随意和 Tree 都去做替补？

林曦佐耸耸肩，表示可以，瞥了眼安星允，她面上带着浅笑，看不出心情有什么不好。

就在这时，李叙举了手：“我下午要请假外出。”

车远看了他一眼：“你进来说。”说着，车远又转身回了会议室。

午饭过后，安星允拿着大家给的各种零食清单，和 Tree 一起上了队内的车。走之前 Eel 千叮咛万嘱咐：“随意君啊，一定记得我给你说的麻辣鸭脖哦！”

“好。”

从基地开往市区的车上，Tree 一句话都没有说，戴着耳机看着手机屏幕。安星允本来想搭几句话，硬生生让他那种气场把话都堵了回去。

到了地方下了车，司机因为还要去采买其他东西，就把安星允和 Tree

放到了超市门口，说等会儿再过来接他们。

Tree 找了辆推车：“把那个清单给我吧，你一个女生，去歇一会儿吧，我去买就好。”

“没事，我和你一起。”

“不用了，我不想别人误会我们关系很好。”他撂下一句话，拿过安星允手里捏着的清单，便不再管她，径直往超市里面走去。

对方如此态度，安星允也不再说话，默默跟了进去，自己手里提了个小篮子，打算去女生用品那边买几包卫生巾。

正在货架上仔细挑选的时候，突然一只手搭在了安星允肩上，吓得她一个激灵，篮子差点掉在地上。她回头，却看到李叙戴着个棒球帽，正在对她做噤声的动作。

“李叙，你怎么在这？”

李叙高大的身形正好将安星允整个人遮住，阴影投在她的脸上，映照着她吃惊的表情，他顺手接过她手里的篮子，对她说：“带你去个地方。”

“可是……我的东西还没选完呢。”

李叙扫了眼架子上的东西，手疾眼快地一样拿了一包，拉着她迅速到柜台结了账。

安星允默默无语……她不需要这么多啊……

“Tree 那边怎么说，他等会儿找不到我怎么办？还有领队让我出来买东西的啊……”

李叙却淡淡道：“你放心，我已经处理好了。”

他给 Tree 发了信息，说人让他带走了。

然后他给邓队也发了信息，说今天下午给安星允按假期扣掉。

邓队本来就是听车远的建议，想让安星允和 Tree 出去散散心，他们是替补，最近练习的压力太大，也是激烈地在竞争首发，想缓和一下他们的关系。谁料想，硬生生地让李叙扰了计划，竟然建议给安星允扣半天假期！他不知道少半天会少不少薪水吗……

超市后面的停车场上有一辆黑色的轿车，看了眼牌照，安星允不安地问："这是谁的车，我们这是要去哪里？"

那车牌的数字太过张扬，安星允知道这样的车牌一般是要花大价钱才买得下来的。

李叙则轻描淡写地回答她："以前的高中同学，有几个玩得好的正巧来了G市，说是要聚聚。"

"那你带我去干吗？"安星允刚问出口，便觉得实在不该问啊。

李叙没有直接回答她的问题："去了你就知道了。"

安星允总觉得这回答背后，意思不明。同学聚会，带她去，怎么都像是……带着见人的节奏。嗷——想到那天晚上替他直播，听到他说"单身"两个字，她的脸不自觉地又有些发烫。

淡定！她哪是那么肤浅只看脸就能被撩到的人？！可是……李叙的种种行为，很难让人不想歪……

黑色轿车泊在了一家私人会所的门口。那司机说了句"叙少慢走"，便把车开走了。

安星允同李叙一起下了车，门口有一位穿着中山装的小哥，模样不大，也就是二十出头的样子，一头黑色短发，利落干练。他好像认识李叙，说了句："叙少这边请。"

安星允走在李叙身后，隔了好远，他回头，在原地等了她一下，见她仍旧一小步一小步地往前挪，一伸手把人捞了过来。

"躲我那么远做什么？"

安星允笑笑，一副遇见大佬的模样："你不是黑社会的吧……"

李叙敛目："这是这家会所的规矩，来的人大多和老板熟悉，他们也是按规矩办事。"

他们顺着悠长的绿荫小道，弯弯折折，到了一间雕梁画栋的中式小阁楼，刚推门进到大厅，便听到二楼有些喧闹的声音，一阵一阵，中气十足。

“叙少，他们在楼上等您，我就送到这。”

“好，谢谢。”

说着，那男子便利落地关了门。李叙见安星允不动，俯身在她耳畔道：“你怕什么？”

她苦笑了一下，她不怕什么，她只怕他……

见她欲言又止的模样，他这才解释道：“都是我的高中同学，之前就打电话说来了 G 市要顺便聚聚，正好是今天，你也别有什么压力，散散心而已。”

安星允已经做好了心理建设，如果是聚会，她来了只管吃就好。

上了楼，她有些傻眼。

一排排闪着蓝灯的电脑以及键盘鼠标，还有一张张皮质沙发，屋子里不知道点着什么香薰，味道很清雅，这大概是和高级网吧唯一的不同……

“哟，叙少到了。”为首的一个男子从沙发上跳了起来，手里还拿着个杯子，里面是好看的彩虹色液体，杯边有些白色亮晶晶的颗粒。安星允虽然不喝酒，但大概猜得出，那是盐，这男人手里怕是一杯高酒精度的鸡尾酒。只不过，她不擅长饮酒，叫不出名字。

“嗯？”那男子看到了安星允，欲上前再细细打量，却被李叙挡住了。

“哪台机器空着，给她一台。”

“呵。”男子笑着，真是护着连一句多的话都不让问。他刚想让这姑娘去那边的一个空位坐着，却听到一个略撩人的声音。

“随意，来这边坐。”

李叙和安星允同时望过去，林曦佐轻靠在沙发里，一件白衬衫，身前是一张方形的咖啡桌，他双脚搭在上面，黑亮的皮鞋微微摇着，一副世家纨绔子弟的模样。

那男子“哟呵”了一声，屋子里的人也陆陆续续放下了手里的活，起身同李叙打招呼。

“这姑娘，叫随意啊，好名字。”男子笑呵呵地同她打招呼。

“我是冯垣，今天难得把林帅和叙少都请到了，算是我们一个小小的高中聚会。老早就和他们打过招呼，只不过，今天叙少过来前说是先去接个人。我们都以为他是去接林帅来着，没想到带来的是你。”

这番话说得安星允心有戚戚，她点点头，面带微笑，也不知道应该回他点什么。

“是啊，她姓随，单名一个意。名字好听吧？”林曦佐在冯垣说话的空当已经起身，站到了他们面前。

李叙则轻轻揽过安星允的肩膀，指着不远的那台电脑：“你先过去玩会儿。”

安星允本就不想在这听他们调侃，点头自己过去。

冯垣挑眉，这是什么情况？

他对着李叙和林曦佐问道。

“这姑娘是你们什么人啊？”

“我校友。”

“我队友”

两人异口同声。

冯垣：“……”

冯垣反应过来，李叙当年可是保送的旭安科大，前阵子却在高中群里听人说在电竞职业比赛中看到了李叙，据说还是在林曦佐他们队里。

林曦佐当年高分考进A大王牌专业，没去，打电竞去了，不知道让多少老师捶胸顿足。

冯垣这才总结道：“所以，这姑娘和你们是一个队的？”

林曦佐递给他一个“你再说废话”的眼神，转头对李叙道：“老规矩？”

“可以。”

他们分别往那排电脑走去，李叙声音不大：“我以为你不来了，毕竟你没有请假。”

林曦佐则轻笑回道：“我还用请假？小爷我天天得外出做复健。”

李叙“嗯”了一声，回答他：“等会儿别怪我欺负病人。”

很快，屋子里的人都停下了手里的游戏，聚到了林曦佐和李叙的身后。

“咱们老规矩，一路人跟林帅，一路人跟叙少。赢的那方今晚随便点，输的那方买单加惩罚。怎么样，老套路走起？”

冯垣一号召，众人开始起哄，该站队的该选人的很快就完事了。屋子里大多是男生，除了安星允，还有两名女生，一共十来个人，男生定好了参赛的人，大家要开局，却听到李叙叫安星允。

“随意，你过来。”他没有叫安星允的名字，叫的是她的ID，不知道是不想让大家知道她的真实姓名，还是为了不驳林曦佐的面子，谁让他刚才在那闲扯瞎掰。

安星允也不知道李叙想干吗，但碍着一屋子的陌生人，她反倒觉得在李叙身边安全感多一些。

因为李叙这一句话，屋子里所有人的视线便都聚集在安星允身上。

阁楼里的光线不太强，这会儿仔细瞧了瞧，冯垣才暗暗感叹：真真长得好看啊，模样温温婉婉的，那一笑，嫣然绝美。

安星允站定在他身后，李叙没有再说多余的话，看样子是纯粹让她过来看“热闹”的。

林曦佐真是不嫌事大，就坐在李叙旁边，偏头对安星允说：“随意，你替谁加油？”

哟……哟……哟……

众人不禁唏嘘，这姑娘到底是谁带来的人啊，怎么关系看着如此复杂？

安星允悠悠道：“我替胜利者加油……”

冯垣在一旁，心里不禁嘀咕，这三人应该挺熟的啊，怎么总觉得她在和这两人保持距离？

林曦佐大言不惭：“那我先谢谢你咯。”然后十人开始选英雄。

果不其然，林曦佐和李叙都选了中路。这浓浓的火药味！

开局，中路就比其他路要激烈许多。

这还是安星允第一次看林曦佐同李叙交锋，在队内的时候，她知道林曦佐受伤前一直是一号位，李叙空降来也是打一号位。如今，两人在中路1VS1，这一波又一波的操作看得人眼花缭乱。

看热闹的人分为了两派，一波支持林曦佐，一波支持李叙。安星允站在李叙背后，不禁默默感叹他的操作真的是快准狠，林曦佐也不是吃素的，两人在楚河汉界争得你死我活，谁也没让谁一分。

突然，安星允看到林曦佐的左手从键盘上移开，稍稍揉了揉右肩，恍神的瞬间，被李叙A掉一半的血。

安星允听到林曦佐低低地“哼”了一声。

可是，高手间的对决就是在这样的瞬间，一招便决定了之后整场比赛的走向。李叙分明没有退让的意思，很快，这场就没了悬念。

这局结束，林曦佐挑眉看了眼李叙，声音里仍带着几分高傲：“R神果然名不虚传。”

李叙比赛的时候，自然注意到了林曦佐的肩伤，他突然转过头，对着安星允说：“下局你来。”

哈？

“……”

冯垣这才反应过来，林帅刚才可是说她是自己的队友。可是林帅的话不能随便信……他一个偶尔会关注电竞的人，不知道COD有女队员啊……而叙少又说她是自己的校友。唉，这关系可真是扑朔迷离。

安星允摇头婉拒，纵使她练过中单，但自己现在也肯定不是Lynn的对手。

李叙却说了句："我不能再欺负病人。"

林曦佐睨了李叙一眼，伸手抓住安星允的手腕，轻轻一扯，人便被他拽到了自己的身后。

"李医生还算有点职业操守啊，随意，你坐。"说着林曦佐起身，将安星允硬生生地按到了自己的座位上。

林曦佐微微倾身，贴在她的耳边，模样亲昵而自然："我这手臂的伤还没好，打的是三局两胜，晚上要不要你林哥哥花钱，就看你了。"

他这一番话，因为靠得很近，外人听不大清，只能见到他那痞俊而带着些调笑的表情，被拉到沙发上坐下来的姑娘则脸色煞白。

冯垣想，林帅说了什么黄段子？看样子把人家吓得不轻。

安星允转头，看了李叙一眼，眼神明显带着点求助。

李叙看着林曦佐揉了揉肩膀，叹了口气，林曦佐还真的是吃定他了。

于是，接下来的这局，和刚才的战况不同，中路的境况远不如之前惨烈……安星允顶着林曦佐的 ID，竟然逼得 Raines 节节败退。

林曦佐坐在一边百无聊赖地喝着鸡尾酒，眼底是深深的情绪。真是宠得没边了。

很快，这局便让安星允所在的队伍赢了去。

众人大跌眼镜，这让得也太明显了……

李叙起身，表情没什么变化，淡淡道："不打了，晚上我请客。"说着，他路过的时候伸手揉了揉安星允的头发。

安星允愣在原地，为什么要让她？

林曦佐则附耳上来，口吻有种说不上来的轻佻："随意，你大概是我第一个见到在中路 1VS1 上赢了李叙这么多的人。"

他那个"多"字咬得很重，压在了安星允的心上。

于是，这天晚上，安星允见识到了什么是他们这群人口中说的惩罚……

G 市市中心最贵的一家酒楼，觥筹交错。大概是许久都没见面了，这群人聊天的聊天，叙旧的叙旧，畅饮的畅饮。包间里的巨大KTV还有人在一边大展歌喉，玩得不亦乐乎。

安星允看着开的每瓶酒，都让她有些心惊肉跳……他们都玩得这么大吗？她知道这些名酒都价格不菲。

就在她神游是不是自己坑了李叙的时候，冯垣端着杯酒递给她。

“随意大美女，今天可真是多亏了你。这么多年啊，我们这群兄弟聚会从来没见过叙少包场买单的时候。”

安星允犹豫着，要不要更正一下自己的名字，便听到冯垣继续说道：“因为叙少走中路，就没有队伍输的时候。”

安星允不解，问道：“可是，那为什么Lynn上场的时候，他们的支持者一半一半呢？”

“美女，你没听过一句话吗？不迷信权威。”他“咯咯”地笑了几声，补充道，“当然林帅也是巨牛的，有他在，中路才能不被突破得那么惨烈。可是，神奇的就是，他们交锋的时候，虽然林帅在中路挡得住叙少，可是就中邪似的，林帅那队就没赢过……”

安星允默默地补充了一句：“哦……大概是李叙克林曦佐……”

听到这句解释，冯垣笑了出来，这姑娘还真是有点意思。

而那边，李叙第一次输，大家怎么能放过这次机会？

“叙少，罚酒吧，这么多年了，这种感觉就像我买票中了奖似的。”

“不能差我这一杯，哈哈哈，没想到，你也有今天。”

李叙大概是心情不差，来者不拒。他虽面色不改，但整个人已经有些晕乎。

他招呼了安星允过来，她走过去，靠近他，闻到一股淡淡的酒气。和那些喝得酩酊大醉的人不同，他看上去仍旧清和儒雅，只不过手轻轻抵着额角，俊秀的眉毛微微蹙起，眼如渊潭。

李叙摸出钱包里的一张卡，递给安星允：“等会儿替我去结个账。”

“啊，不用签字吗？”

“没事，等会儿我下去签。”他的思路还很清晰，说话也十分有条理，只是吐字的速度较往日慢了些，听起来深沉好听。

“你喝多了？”安星允收下卡，打算等会儿看大家喝得差不多就去结账。

“小姑娘，上点心。”他没来由地说了一句，安星允没听懂。

包厢里太吵，旁边唱 KTV 的兄弟太过热情高涨，安星允不得不凑近些，问他：“你说什么？我没太听清楚。”

李叙轻笑，薄唇里吐出的气，弄得安星允的脸颊痒痒的。这次，他说得慢而清晰：“我说，我舍不得赢你。”

安星允的心一顿，空气中弥漫着淡却醉人的酒香。好在屋内光线暗淡，看不清她的表情，她拿着他的卡，起身略带慌张地说：“我先去结账了……”然后，整个人就闪出了包间。

她走后，李叙身子向后仰，靠在沙发里，目光清澈，那模样好像丝毫没有喝醉。林曦佐拿着瓶啤酒，坐到他身边，半瓶酒在瓶中打转，旋转出的泡沫在瓶身中撞出好看的形状。

林曦佐的话再简单不过，口吻轻松听不出正经还是玩笑：“上心了？”

李叙敛目，睫毛微微合上，倏地，他看向林曦佐道：“嗯，你不许追她。”

林曦佐拿着那半瓶啤酒，一饮而尽：“她那么漂亮，这心思也由不得我。”

李叙没再看他，昏昏的光投射出的阴影照在他脸上，看不到他的表情，却有一种蚀骨的寒冷透过他的话慢慢渗出。

“我不介意给你做个挖心手术。”

林曦佐扯了扯嘴角：“好啊，我花心，心多着呢。”说着，他趁李叙下任何毒手前起身离开了。

他背对着李叙，拍了拍心脏，想起自己刚才讲的那句话，自己笑自己，刚刚真是作死。

安星允到楼下付账的时候，看着刷出去那么多零，心里的不安更深了。她拿着小票上了楼，服务员则带着笔同她一起进了包厢，来让卡的主人签字。此时，饭局确实快要结束了。

李叙身上的白衬衫，扣子解了两粒，他靠坐在沙发里，整个人难得显得慵懒而恣意，他一向给她的感觉是玉树临风……

安星允上前，把小票和卡一并还给李叙。他接过来，收到了钱夹里。服务员将笔递过来，他飞快地签好后也道了句“谢谢”。

哪怕他人是醉着的，绅士的礼节也不会少了分毫，这大概就是教养。

此时的冯垣正招呼大家开撤，众人穿上外套，向门外走去。

冯垣对李叙说：“那我送你们三个回去吧，司机已经到了。”

林曦佐则勾住冯垣的肩膀：“不，我要保命，我不和他一起走。”

拗不过林帅的无厘头理由，冯垣说：“那我等下回来接你们。”

“不用了，我们打车回去就好。”安星允谢绝了冯垣的好意。

冯垣见李叙闭目养神没说什么，便同他们告了别，跟林曦佐一起下了楼。

安星允把李叙的外套拿了过来，看着他白面如玉，丝毫没有喝醉的模样，可是微微一靠近，便能闻到一股淡淡的酒味。

“我拿手机叫个车，你等一下。”说着，她便坐在李叙身边，翻出手机，找出打车的软件，准备叫车。

突然，一双温热的手轻轻揽过她的肩膀，接着，他把头靠在了她瘦弱的肩上：“我头晕，现在走不了。”

安星允的身子因为李叙这举动僵在了原地。

李叙的呼吸绵长，他就静静地倚着她的肩膀上，好似睡着了一般。

安星允的右手无法动弹，左手在李叙的眼前晃了晃，她不知道他是睡了还是没睡。

倏地，李叙伸手覆住安星允的手，缓缓扣在了自己的腿上。他这简单的动作却让她的心狂跳了一下。

“李叙，你要是醒着，我们就回去吧。”Tree那边估计早就把东西买好返回了基地，自己就这样跑路不知道本来就和Tree比较僵硬的关系会不会恶化。都是队友，虽然是竞争关系，但她一直以来想同大家和睦相处。

“好。”

安星允想说：“你靠在我肩上，还抓着我的手……我不太方便操作手机叫车啊……”

这话没等说出口，她就见李叙坐直了身子，悠悠地靠向沙发，眸子还是闭着的，脸色有些发白。看着他的样子，大概是真的不舒服，她问道：“你不能喝酒今天怎么不悠着点？”

“输了，躲不掉。”他慢慢地回她，“我没输过，他们自然是不会放过这次机会的。”

安星允不敢再问下去，怕是他会说出一些让她心脏受不住的话。

李叙确实没有再说下去，他拨电话的空当，安星允跑出去向服务员要了杯温开水，水已经不烫了，温温的，加了些蜂蜜，希望有解酒的作用。回来的时候，李叙好像已经做了安排，坐在沙发上等她。

她从门口的衣架上拿过他的外套，帮他披上，嘴里嘟囔着：“外面起风了，你这醉酒要是着了风，怕是会更不舒服，穿好衣服，我们等会儿就下楼吧？”

李叙起身，身上披着外套，袖子还没套，低低的声音，充满了属于他的温软谦和：“安星允。”

她本是走在他前面，因他叫她的名字而停住回头。

朦胧的光线中，他穿着白衬衫，清傲的气质一览无余。

有些人真的是生得太好看，在人群中，总是让人能一眼看到他，接着便舍不得移开视线，那大概是一种魔力，抓得人心痒痒，像是春天里的草芽，有着对阳光的渴望，非要破土而出，不是理智拦得住的。

他只是叫了她的名字，安星允“嗯”了一声。

李叙站得离她不远，开口：“抱歉，能不能扶我一下，我确实有些头晕。”

“哦，没关系。”安星允上前，挽住李叙的胳膊，让他有一部分重量可以依靠在自己身上。

李叙很高，安星允微微仰头，想让他把手扶在自己肩上，回头却撞进了一双深邃而漂亮的眼中。

她心头一热，迅速回头，不由自主地加快了步子，突然忘记了李叙正搭着她。果不其然，她转身的时候发现他的身子正微微前倾。

“唉……”看着李叙踉跄前倾，安星允伸手抱住了他。她瘦而单薄的身子一下子便被他圈在了怀里。

“失礼了。”李叙想要直起身子，奈何有些站不稳。

安星允第一次抱住一个男孩子，那清凉的气息夹着些淡淡的酒气，她的声音小小的：“李叙，你下次不要喝酒了。”

“好。”李叙没有伸手回抱安星允，纵然觉得人就在自己怀里，他仍旧忍住了，“安星允，我想我可能还是坐一会儿比较好，等下冯垣就到了。”

安星允看着他不舒服的模样，一时也不知道还能再做什么，便乖乖地同他一起坐在沙发上等待。

包厢里很静，服务员本是进来准备收东西的，见到两人，上前询问是不是需要帮他们安排个休息的地方，李叙婉拒了，说一会儿便会有朋友来接。

都是在这消费到VIP级别的顾客，服务员不再说话，点点头，出去的时候将门带上了。屋子里只留了李叙和安星允。

安星允看着他面色苍白无血色，叹了口气，将李叙身上披着的外套好好地穿到他身上，然后一本正经地给他把袖子穿好，扣上扣子，心里却在默默地吐槽林曦佐。不是李叙的发小吗，明知道他酒量不好，怎么就没留在这照应一下，损友吗？

等冯垣到的时候，见到李叙一人坐在沙发里，微微合着眼，看样子确实很不舒服。而安星允，又向服务员要了杯热水，正在轻轻吹凉，打算递给李叙喝。

他进来敲了敲门，安星允望过来："你来了，谢谢你还特意过来接我们。"

"哪的话，叙少怕你晚上打车他顾不周全，便把我叫了来。再说，这举手之劳的事，你不用和我客气。"

然后冯垣走到李叙边上："叙少，你自己行不行？"

李叙回他："可以。"说着，李叙慢慢起身，模样仍清俊如水，却带着遮不去的疲倦。

冯垣下楼去停车场提车，走得快了些，安星允走在李叙前面，时不时地回头看看他，总怕他一不小心把自己给摔了。看他的样子，她心上一横，软软的小手拽过他的胳膊，架在了自己身上。

"不许倒，回了基地才准倒。"安星允的语气难得凶了起来，可是李叙听上去像是小猫咪在虚张声势。

回基地的路上，李叙好像睡着了，一言不发，长睫毛在白色的皮肤上显得黑而整齐，安星允同他一起坐在后座上。

冯垣也喝了酒，不知道他在哪找的司机，此刻他坐在副驾驶席上，同安星允搭话。

"所以，美女，你也是旭安科大的学生？"

"是。"

"了不得，旭安科大超难考的。当年李叙是保送的，没参加高考，我高考前还是他替我补的数学，不然估计现在我是没学上的主。不过我看前阵子的 CDT 比赛，他这是退学改打电竞了吗？"

“也不算是退学吧，他是暂时办理了休学手续。”

冯垣咋舌：“想不通他怎么也去打电竞了，他一向沉稳睿智，做事有自己的分寸，不像林曦佐那么天马行空，无法无天。那会儿林曦佐也是成绩好，高中时候没搞任何竞赛，就是上上课，考考试。人聪明，没办法，挡都挡不住，高分考上A大，不过他一心要打电竞，听说他家里人拦不住他，长辈们被气个半死说他没出息，现在不也活得潇潇洒洒，不知让多少人羡慕。”说到这，冯垣忽然想起了什么，对她说，“不过，李叙这个主，不缺钱也不缺人脉的，放着好好的路不走，怎么也选了这么条不同寻常的路？虽然说这是个快速消费的时代，我听说打电竞的工资都不少，可是比起他的家世，也是九牛一毛不值得一提，他走这条路我真是想不通。”

安星允听着冯垣的话，没作声，毕竟是别人的事，她无权评价。

冯垣没听到什么回答，想着有些冷场，便问安星允：“美女，你怎么这种时候跑来G市玩，最近没课吗？”

安星允笑了笑：“我是COD的队员。”

冯垣愣怔了一下，想起林曦佐说的“队友”二字，他还以为对方诓他！竟然是真的！

小姑娘看上去不显山露水，但是和叙少中路1VS1的时候，确实是实力卓群，大家那会儿把心思都放在叙少那“不经意的让步”上了，光顾着起哄，丢了眼力见。

一路上，李叙好像都沉沉地睡着，冯垣有一搭没一搭地和安星允聊着，到了基地把人安顿好了，冯垣和安星允留了个联系方式便闪人了。

李叙和Eel是同一个房间，这会儿Eel已经睡了，李叙被冯垣安顿好后，安星允去到一楼给他煮了碗醒酒汤，摇了摇已经睡着的他。

“李叙，醒醒，把这个喝了，明天早上起来就不难受了。”

李叙道了谢，头晕因这一路的休息有所减少，将醒酒汤喝了，对安星允道：“辛苦你了，你去休息吧。”

安星允收了碗，准备出去的时候，突然听见 Eel 一个翻身，隔壁的床微微震了震。安星允被吓了一跳，竟然伸手捂住了李叙的嘴巴……

“R 神，我怎么觉得咱们屋有女的在说话……”他好像说着梦话，安星允屏息凝神了好一会儿，这才意识到自己的僭越，迅速把手收了回来。

李叙也不恼，光线太暗，她看不清他的神情。

安星允窝在床边没敢动，就在她以为安全，准备离开的时候，突然旁边的床传来窸窸窣窣的声音，难道是 Eel 要起床？惨了……

以 Eel 那么八卦的性格……她这大半夜的出现在男生队员的房间……怕是明天会出现各种版本的故事……

突然，胳膊上一个大力，安星允被拎上了床，厚厚的被子猛地罩住了她，她惊得身子僵硬不敢乱动。身后便是李叙的怀抱，他把她遮得很严，男性的气息萦绕在她的鼻间。

这样被看到……她就真的说不清了……

黑暗中，她能听到李叙和 Eel 的对话。

“Raines，你回来了啊。”Eel 的声音伴随着哈欠声，显然只是单纯起夜。

“嗯，没吵到你吧。”李叙极淡定地回复。

“没有，我就起来去个洗手间。”接着是卫生间的门打开关上的声音。

安星允也不敢动，就静静地待在床上，再加上李叙炙热的体温，她觉得自己整个人都烧了起来。

Eel 慢慢地挪了回来，她听到他再次踢掉拖鞋上床掀开被子的声音，直到他憨憨入睡，安星允才悄悄地把头透了出来。快要把她憋晕过去了……

她和李叙靠得太近，虽然是背对着他，但是能感觉到他清冽的呼吸，每一次，好像都吹在她的脖颈上，弄得她痒痒的。

黑暗中，安星允仿佛能听到自己心脏狂跳的声音。就在她蹑手蹑脚地打算下床时，突然腰上一紧，整个人被捞了回来。

李叙低沉的声音在她头顶响起：“不然，别走了。”

哎，他刚刚说了什么？

黑暗中，安星允还窝在被子里，黑黝黝的眼睛眨了眨，想转身却发现这空间实在逼仄，她不得不压低声音，微微向后靠，确保李叙听得清而Eel 听不到。

“你喝多了吧……”这人在胡言乱语呢。

李叙的声音大抵因为安星允贴得近而显得有些沉闷。

“是有些多。”静谧的夜里，安星允被李叙圈在怀里，光线阴暗，话也显得暧昧不清。

“你这是……酒后耍流氓吗？我走了。”

李叙的声音里夹着笑：“嗯，是啊，趁火打劫。”

说这话的还是那个玉树临风、温润如玉的李叙吗？安星允被这话吓得掀开被子，跑回了房间。

李叙的睡意因为她这一折腾也少了大半，她走得急，房间的门还没有关严，走廊的灯透过门缝照了进来。他整理了下被子，然后过去将门关好，余光看到对面安星允的房间早已大门紧闭，他眼底含笑，她明天怕是会给自己脸色看了。

安星允回到房间，用冷水泼了泼脸。她今天才喝了冯垣敬的那一小杯酒，根本就没醉，清醒着呢！可是，为什么李叙说的话让她觉得像是酒后的梦呢，那么不真实。

深秋已过，天气早就凉了下来，安星允穿着棉质睡衣，在屋里晃悠来晃悠去，脸像发烧似的，浑身燥热……

唉，安星允烦闷地躺在床上，身上暖得好像前几分钟在他身边那样。她辗转反侧，心里满是羞赧，终于在凌晨的时候因为困倦而入睡。

第二天快十点她才起来，发现训练厅里面 Tree 已经在爬天梯了，因昨天采购的事，她上前表达感谢。

“没什么，我只是做我应该做的。”Tree 简单回复安星允后便专心地看向屏幕继续他的训练。

安星允去厨房找了点吃的，刚坐下准备消灭她切好的两份三明治，便看到李叙一身清爽的白 T 恤和休闲长裤，向她这边走来。

“早。”李叙拿了瓶矿泉水，靠在大理石台旁同她打招呼。

“嗯……”安星允别过头，甚至都没有看他，就哼哼出一句所谓的应答。

李叙这次没有再顾及安星允不想对话的感受，反倒拉开椅子坐在她身边：“怎么，失忆了？”

李叙不说还不要紧，这么一说，安星允老脸一红。她面带笑容，转头看他：“怎么会呢？喝多的又不是我。”

言下之意，李叙，你得给我装成失忆！

李叙抿嘴笑了笑，伸手拿过安星允盘子里的另一半三明治，道了谢便没再说话。她看着他礼貌而自然地拿过她准备好的吃的，也不知道要不要再说些什么，犹豫了片刻，打算吃完就闪人。

没一会儿，Eel 从楼上下来了，看到他们两个人一起在餐桌旁吃饭，打趣道：“果然都是旭安的高才生啊，关系就是好。”

“没有。”安星允立刻否认他的话。

Eel 挑眉：“小姐姐，别激动，我就开一玩笑啊……”说着，他拿牛奶泡了麦片，神神秘秘地压低声音，“我和你们说啊，我昨天晚上好像听到了什么了不得的事。”

他故意用沙哑的嗓音讲出这些话，听起来带着那么点阴森之意：“昨天晚上，那会儿 Raines 都回来了，我在床上睡得正熟呢，突然……”

他猛然提高了音调，吓了安星允一跳。

“我听到一个细细的女声，悠悠地说了好长一段话。你说，咱们基地就你一个女的，怎么可能会有别人，你说这事玄乎吧？”说着，Eel 还“不知死活”地问了安星允一句，“你那会儿睡了吧？”

“嗯……”安星允想，这算是一个善意的谎言。

安星允说话的时候还往李叙的方向看了看，他也正在看她，两人四目相接，安星允立刻躲开了他的目光。明明是两个人的事，却搞得她做贼心虚似的……

于是，三人一起在桌边吃早饭，Eel添油加醋地把这个故事完全变了样，反倒是刚下楼的林曦佐一语中的：“鬼压身吗？”

“是啊，肯定是！”

“那你起得来，说明那鬼没你沉。”

Eel：“……”

Lynn说话太损，Eel说不过他。

Eel吃完便撤了，安星允也没有久留，跟着一起去训练厅打双排去了，林曦佐看着李叙慢条斯理地吃着早餐，在他旁边坐下。

“怎么，第一次中路输人头，什么感受？”

李叙瞥他一眼，说道：“输了多少，下次便会向你讨回多少。”

林曦佐笑笑：“我好怕哦。”

同密语的练习赛很快就到了，车远给一队的队员们开了会，因为Lynn和老庄的伤势还没有完全好，担心比赛的强度会影响他们的康复，教练组和医疗组商量后，这次的练习赛就不让这二位参加了。于是按照淘汰赛会采用的首发阵容，由Raines担任一号位，辉仔二号位，晒伯三号位，Tree四号位，Eel五号位。

Eel和Tree的位置分布是多次探讨后才这样确定的。Tree的实力相对弱很多，不管怎样排，车远都不满意，但是考虑到五号位同一号位同在一路，Eel的实力更让他放心一些。

安星允在替补席，这次没机会上场。

会后，李叙注意到安星允被教练叫到了会议室。

“我知道你合同上签的内容，到现在都没有上场的机会，你压力很大。”车远直入主题。

安星允也很爽快：“教练，什么时候你觉得我实力够了，你再派我上场就好。”

看她如此直爽，性子里带着几分骄傲，车远其实是很欣赏安星允的。其实他有些私心，这个女队员好好培养，将来会是和 Raines、Lynn 一个级别的选手，可是，每一场比赛都很关键，她现在的英雄池不深，怕是 BP 后会让对手抓住弱点。

车远见安星允这几日沉下心来练习各种英雄，和队友的双排、三排，还有自己的排位，起早贪黑，他都看在了眼里。只不过，这事不能有同情。

第二天便要与密语进行练习赛，晚上，队员们练习过后要养精蓄锐便早些休息了。

安星允因为明天不需要比赛，自己在训练厅练到了很晚，回房间的时候，才有空看看手机的消息。里面有一条是卫卫发来的。

“安星允大美女，你走了就把我忘了吗，怎么平时都不来个信呢，在那边过得好不好啊？听说医学院的大神和你在同一支队伍，真的假的啊？我那天看网上的视频剪辑，发现大神不仅在学业上碾压众人，连打游戏都那么强悍。你和他一同在场上，骄傲吧？”

看着卫卫发来的消息，安星允觉得眼眶有些酸涩，很晚了，这会儿卫卫怕是已经睡了。她简单地回了一句：“即使是队友，也逃脱不了被碾压的命运。”

一大早，大家便一同坐车前往密语的训练基地。

密语所在的俱乐部也是个财大气粗的主，基地设在了 G 市的西南方向，COD 的基地在东南方向，所以乘车过去大概需要一个多小时。

队员们两两坐在一起，等安星允上车的时候，就只空着李叙身边的座位。她犹豫了一下，问了句好便坐下了。

李叙问她：“今天你会上场吗？”

安星允摇摇头：“不会，教练已经通知我了。”

他“嗯”了一声，没再问下去。

安星允这会儿却拿出手机，和卫卫有一搭没一搭地聊了几句。到了地方，收了手机，安星允跟大家一起下了车。

密语的基地很气派，是在G市有名的一座别墅区，连着三栋，都挂着密语的Logo。

安星允看着那Logo，觉得很眼熟。突然，她想起来，之前在机场见过一个女孩，她衣服的背面便是这个图形。

安星允和大部队一起进了别墅。密语的训练基地和住宿是分开的，专门的一栋全部用来放置各种仪器和设备。一进门，她便看到了密语的队员们在屋里有说有笑，看来练习赛前状态很好。

由于不是首发，也没有上场的机会，安星允走在一行人的最后。

“Jem，很高兴认识你，我是COD的辅助Eel，我经常看你直播哦！”

叫Jem的男生一身简单的休闲帽衫，一条破洞牛仔裤，胸前别着带有密语Logo的胸针，他笑着同Eel握手：“欢迎常来玩。”

站在密语队最后的是一个个子高挑、眼线浓厚的女生，她没有伸手和人打招呼，只是礼貌性地点了点头。

Eel小声和晒伯说：“那个小姐姐好可怕啊……”

晒伯拍拍他的肩膀：“那就是一七。”

Eel微微靠近晒伯，音量更低了：“我知道，她名叫黄怡琪，所以ID是一七。你说，她这个姓是不是和名字不搭，要是姓刘或者凌，她的ID就可以叫六一七，或者是零一七，是不是更炫酷？”

晒伯摇摇头，示意Eel别说了，Eel收住口，见到一七看过来的目光犀利而冷酷。Eel觉得心脏抖了抖，这眼神，有种要灭口的架势……

安星允走在最后，见到Jem，微微愣了一下，这不就是在机场碰到的那个男生吗？

Jem 见到安星允，似乎也有些吃惊，黢黑的眼里带着些惊喜，口吻明显听得出两人之前认识：“你是 COD 的——工作人员？”因为从来没有消息说 COD 签了女队员。

没等安星允澄清，本来走在她前面的李叙不知道什么时候站在她身边。他伸手一揽，修长的手臂搭在她肩上，语调温和，俊逸的面容上却透出微微的距离感。

“她大概算是个临时工。”

没给安星允一个说话的空当，人便被他带着往前走了。

Jem 伸出去的手略尴尬地收了回来，他的嘴角露出一抹浅笑。

临时工吗？严格定义的话，他也是。

等安星允被李叙带着往前，走到一七面前的时候，不知道一七是不是故意的，睫毛微敛，像是没把人放在眼里一般，淡淡地说了句：“你好。”

安星允记起来，这个女生便是在机场见到的那个姑娘。这样想来，那天应该是密语战队回 G 市。

将安星允带离 Jem 远些距离后，李叙被其他人叫走。

一七打量了安星允一会儿，鼻子里似乎哼出了鼻音。等安星允回头看的时候，一七已经到电脑前，开机，面若冰霜，气场迫人。

两队人在电脑前坐好，领队们商量过后，今天会进行三场 BO3，就是三场三局两胜，中午一场，下午一场，晚上一场。

因为不能上场，安星允便跟着教练组，帮忙记录选手的数据。

第一场大概是热身，双方的火力都开得不算猛。安星允在一旁观察，原来密语战队的那个 Jem 是他们的 C 位，而那个看上去有些盛气凌人的一七是中单。

第一场的前两局，双方打成了平局，安星允数了数 Raines 的人头数和其他数据点，发现他好像还没有发挥到正常水平，许是第一场作为试探吧，双方都算得上是心平气和。

但是高手过招，基本功仍在一个很高的水准，容不得半点失误。第三局，以 COD 的小幅胜利而结束。

车远教练看到 Tree 揉了揉手指，他的面色有些凝重，第一场他在四号位发挥得中规中矩，车远又看了看安星允，她拿着笔记本，在和 Raines 说着什么。

“你这个数据和平时训练时候的比，好像不是很好？”李叙比安星允高很多，她在他身边，举着小本子给他看，模样乖巧听话。看着她纤瘦的手臂举着本子，李叙一把拿了过来，扫了眼上面的数据，发现就写了他和对面 C 位 Jem 的数据。

安星允指了指 Jem 的数据：“你看，他的数据是比你好一点点。”

李叙看她微微踮脚，拿着本子的手稍稍向下，调整到安星允舒服的高度，却没来由地讲了句：“好好观察中路。”

中路，辉仔和一七？

中午休息，密语这边安排了午餐。

各种精心的菜式被摆成了一个圆形，大家拿着餐盘，类似自助餐的形式取餐就座。安星允看着各式各样的菜，挑选了几个不辣的菜，又盛了一碗虾仁菠菜汤，怕汤洒出来，走得很小心。

虽然是打练习赛，但是大家彼此都没有那么拘谨，三三两两地坐在一起，今天的敌人可能过上几个月便会是同俱乐部的队友，所以相互之间并没有太多敌意。

安星允端着餐盘步履缓慢，于是决定遵循就近原则，在最近的那张桌子坐了下来。这桌子还没人坐，她便把汤碗小心地摆好，全程并没有注意到李叙看过来的目光带了些凉意。

“怎么样，我们基地的饭菜还吃得习惯吗？”一道温和的男声惹得安星允抬头。

Jem 正将餐盘放到安星允对面，脸上带着浅淡柔和的笑意，看上去温柔和善。

“哦，挺好吃的。”看 Jem 自然大方地坐在自己面前，安星允这才后悔为什么不去自家大部队那里坐。

安星允的目光向李叙他们的方向瞥去，大家有说有笑地聊着什么，并没有向她这边看过来。她一向认生，同陌生人不知道要聊些什么。

就在安星允默默嚼着米饭的时候，Jem 笑着问了她一句：“不是说菜挺好吃的，为什么只吃米饭？”

安星允目光深深地看了他一眼，这人怎么这么没有眼力？

“我叫官瑧，你呢？”他的声音低缓又有些温暖的感觉，像是罩了层纱的太阳，光亮却不刺眼。

“安星允。”

坐在一边的 Eel，不由得带着笑和大家说：“你们看那边。”一副很八卦的表情，“是不是很般配？”

“并不。”

“你哪只眼睛看出来配了？”

说话的正是李叙和林曦佐。

Eel 一愣怔，说话的音量不由得降低了些：“外表看上去明明就很配啊，那 Jem 的颜值在电竞界也是很有名的，咱们 COD 唯一的一枝花，模样怎么说也是校花级别的，是吧，Raines ？”说着，他还转头向李叙求证。

李叙斯文地吃着饭，想也没想地回了句：“校花吗？不清楚。”

Eel“嘁”了一声，刚想发表看法，却在瞬间反应过来，刚才他说这两人相配的时候，为什么 Raines 和 Lynn 的反应这么迅速？！

还有晒伯，他全程笑眯眯地听着他们几个聊天，完全一副老狐狸的模样。

他错过了什么关键信息吗？

安星允嚼着米饭，听着Jem给她介绍自己之前在哪些俱乐部打过什么位置，他同她说话的时候，完全没有把她当作圈外人。这种“自来熟”的感觉让她有点坐立不安。

两人席间的聊天，大多是Jem在主动找话题，安星允多数的时候“嗯嗯”应几声，其余时候就只是安静地吃饭。

看她用白色的小汤勺舀了一勺汤，长长的睫毛，清亮的眼睛黑而灵动，Jem不禁开口问道：“你在COD多久了？”

安星允抬头，想着自己正式签约才几天而已，话还没答出来，突然，她的头顶被人狠狠揉了一下，原本顺滑的头发顿时毛毛躁躁的。

“吃个饭还这么慢。”林曦佐高大的身影立在安星允身侧。他身后的李叙长腿早已迈了出去，根本就没有往这边看。

“哦，马上就吃好了。”安星允埋着头，开始用勺子大口大口地舀饭。

Jem微微向后靠在座位里，眼睛看向林曦佐，话却是对安星允说的：“还有时间，慢点吃 。”

林曦佐漆黑的眸子盯着Jem看了一会儿，倏地嘴角扯出一抹笑，看着安星允餐盘里的饭基本上吃完了，他微微弯腰，手臂撑在她旁边，安星允顿时被他圈在了那小小的空间里……

“走了，没吃饱的话，哥给你买糖。”他说话的时候也看着Jem，嘴角扯着笑，痞里痞气的，话却是对安星允说的。

安星允被他圈在里面，觉得很不自在，同Jem点点头算是告别，端着餐盘就往外走。

林曦佐手插在裤袋里，俊逸的眉毛挑了挑，侧头看了下Jem。

Jem也端着餐盘起身，林曦佐步子稍慢，在距离恰好的时候说了句：“她，你还是别招惹了。”

听到这话，Jem也是一顿，然后笑了笑，声音不大，只有他们两个人听得到：“聊个天而已。”

林曦佐轻描淡写地说道："怕是有人会忍不了。"说着他还摆了摆手，"气吗？欺负病人可有违人道主义。"

Jem 看着林曦佐肩膀上的绷带，笑了："COD 当家 C 位，改天一定切磋切磋。"

站在不远处的密语的三号位 Jiojio 看着自己身旁全身散发着寒意的一七，反应慢地说了句："COD 家的那位工作人员长得真好看，我认识 Jem 这么久，第一次见他主动和女生说话。"

一七一个眼神扫了过去，声音干脆："想留全尸吗？"

Jiojio 做出一个"怕怕"的表情，闪到一边去了。

安星允把餐盘放好，午休还有一个小时，大家可以自由活动，安星允不太懂李叙饭前说的那句话是什么意思，拿着本子在别墅里晃悠了好一会儿，竟然找不到人。

她想了下，发了条信息给李叙，问他人在哪，想和他讨论一下，等了好一会儿，也没人回复。

第二场比赛要开始了，安星允回过神来的时候，发现李叙已经坐在了座位上。他面容清冷，靠在椅子里，已经做好了赛前准备。

安星允有些好奇他刚才去哪了，本想着走过去同他讲两句话，却发现他根本没有在看她。

这一场，李叙在 C 位，经济起来后，凶残得很吓人，对方的上路根本就顶不住。

第二场比赛一共打了两局，二比零结束。

密语的教练低头吩咐领队之后把比赛录像发给了他。

安星允看了眼这一场她记录的 Raines 的数据，高得可怕。第二场，她过去把本子递给他看，却被他轻轻挡住。

"不用了，谢谢。"他语气淡淡的，人也没有丝毫停留，径直走开了。

安星允愣在原地，手捏着本子的一角，不自觉地翻卷出浪花形。

下午比赛结束后，距离晚饭还有一段时间，大家在别墅里各自活动。李叙去厨房拿水喝，却在冰箱前被人拦住了路。

“你躲我干吗？”安星允说话的声音有些喘，估计是刚找到机会就跑过来堵住他。

“我躲你干吗。”李叙黑亮的眸子打量着安星允，手拎着水瓶，复述她的话，带着陈述的口吻。

“你是不是在生气？”安星允也丝毫不惧怕似的回望他，过了好一会儿，总结了这么一句。

人都在客厅活动，这会儿厨房就只有李叙同安星允。他微微低头，那瓶矿泉水上覆着一层凉凉的气，瓶身上有正淌下的水滴。他手指修长，骨节分明，能握住手术刀且精准操作的人大概就有一双这样干净好看的手。他拎着瓶盖，将瓶身在安星允的脸颊上轻轻贴了一下。

安星允因凉气慌了下神。

“你做什么？”

他不急不缓地回答：“惩罚。”

“我哪招惹你了？”

李叙将瓶盖拧开，喝了口水。

“好好看看中路，辉仔的实力不如那个一七，Tree 也要顶不住了，如果 Lynn 和老庄的伤不好，或许你会有机会打中路。”他的洞察力一向敏锐，车远教练的心思也慢慢被他摸透。

安星允被李叙的话题带走：“可是我这次练习赛都没有机会上场。”

“安星允，我以为你算聪明的。”

“我……”安星允竟然一时语塞，瞬间了然，他的意思是她会在淘汰赛上上场，还是中路？！

李叙看安星允才反应过来的样子，摇摇头，想到刚才她和密语的 C 位一同吃饭聊天的情景，烦躁感就再次袭了上来。他话锋一转，没有责怪的意思，语气却很冷峻。

“起名太随意，你关注别队的 C 位是什么意思？”

安星允思忖过后将口边想说的话又咽了下去。

她没有关注别队的 C 位啊……就算她关注，也都是为了记录数据。

可是，为什么他的话一说出口，她觉得自己罪责深重？

这时候，教练组的助理在喊她，她顺势赔了个笑，睫毛一眨一眨的，目光如水，哄道：“别气了，回基地我请你吃消夜。”

突然李叙放下矿泉水，有力的臂膀探了过来，清冽的气息止不住地往她的鼻息里钻。

李叙在她身畔耳语：“不行，吻一下，才准走。”

# Chapter 09

## 她是不是听错了，是吻一下还是闻一下？

什么意思？

她是不是听错了，是吻一下还是闻一下？

安星允的大脑还在仔细回忆李叙说出来的那个词汇，身子却如同被浇筑的雕塑，瞬间凝固。耳垂处忽然有股痒痒的感觉，等她反应过来，轰隆隆，她的脑子炸开了！

李叙竟然在她的耳垂处轻轻吹了口气！

安星允的脸红得要滴血，手里握着的本子仿佛在这一刻要被她捏碎，她愣愣地转过头，去看他的眼睛。

李叙带着如清风拂面般温和的笑容说："不气了。"说着，他拿起桌上那瓶喝了两三口的矿泉水往大厅走去。

安星允呆呆地看着李叙走远，四下瞧了瞧，见没人注意这边，慌忙用本子捂住脸，她好像可以清楚地听到自己的每一声心跳。要死了……他这样，她不可能不多想啊！

有助理再次喊安星允的名字，安星允使劲晃了晃头，想把脑子里呼之欲出的话甩出去。她应了句，跑过去，扫了眼快被自己揉搓坏的记录本，上面 Raines 的名字在此时格外显眼。

于是晚上的这一场比赛，安星允真的是逼迫自己全神贯注地留意中路的数据。

C 位，她她她……才不要去看……

中路，那个一七的操作确实比辉仔要凶狠，gank 的节奏也是她一人主导。同第二场相比，这一次密语的整体操作都好像上了一个档次。大概是上一场二比零的结果，整个队的气氛和凝聚力好像被激发了一样。

一比一后，双方进行第三局前，车远教练看着 Tree 苍白的脸色，问了他一句：“你还行吧？”

Tree 摇了摇头：“教练我没事。”

车远点点头：“心理压力别太大，练习赛，把握机会培养自己的实战经验，胜负不要太当回事。你好好调整一下再上场。”

Tree“嗯”了一声，然后看了眼坐在旁边的 COD 队员，心上有块石头压得他快喘不过气了。

在二队的时候，他也是每天勤奋地练习，成绩也不差，但是自从因为车祸事故后，来到一队，他曾经认为的那些努力突然变得一文不值。

不管自己起多早、睡多晚，都追不上身旁那两位天才型的选手。哪怕不和 Raines 和 Lynn 比，连新来的那个起名太随意，都打得那么好，虽然她现在掌握的英雄不够多，但是目前她的水平放到二队里也是秒杀他们的，空降一队，他确实心服口服。可是，难受就难受在这心服口服上。有些时候和优秀的人在一起，让自己看到了努力的无望。

第三局比赛异常激烈。

辉仔显然轻视了一七的至宝屠夫。

“贪刀了！”教练车远心里暗道，皱了皱眉头。

一七抓住了这个机会，胖子屠夫一个灵活的卡位，让辉仔的船长卡在中间多挨了几刀，至宝屠夫开启了腐烂追着打，此时船长 Coco 才觉察到情形不妙，开始往己方塔后跑。

一七显然算好了自己屠夫的血和蓝量，打算越塔强杀，即便吃了 Coco 的标记，一个盲钩之后，船长应声倒地。脱离塔攻击范围的残血屠夫来到了下路河道，正准备自杀的她竟然看到了回复神符！吃了神符的屠夫帕吉，来到下路配合己方大哥又把 Raines 带走了。

“雪崩！”车远叹了口气，但又不得不承认对面的这波节奏带得很好，一七的操作让胖子屠夫变得灵性了起来。这一比，也让他们的中单和对面的中单显出了差距。

比赛结束，二比一，密语战胜了 COD。

大家都为最后 Jem 那精彩的一击而惊叹。林曦佐坐在旁边，突然凑近安星允，问她：“怎么样，觉得谁更厉害，李叙还是官瑧？”

安星允也没看数据，睨了他一眼：“我当然是支持 COD 的。”

林曦佐挑挑眉，向后靠了靠，发现李叙下了场，向她这边走过来。不知怎么的，想起李叙在她耳边突然吹的那口气，她就觉得血向脑部冲。

不过，安星允看到李叙神色如常，没有一丝失败后的压抑，而走在队伍最后的 Tree 低着头，看上去特别沮丧。她回想起刚结束的那一局，Tree 最后确实是崩盘崩得厉害。

赛后，大家陆陆续续地上了保姆车，安星允帮着教练组整理最后的材料，COD 的人没剩多少，大家都做着收尾工作。

安星允低着头，手上正收拾着，一双黑色的高跟鞋映入眼帘。

“安星允，是吧？”对方的口气称不上和善。

安星允抬头，正是那个上一场意气风发的Solo一七，安星允偏头看她，只简单地答了句：“是。”手上的动作并没有停。

一七涂着玫红色的口红，嘴唇性感，吐出的话却带着刺：“一个小小的工作人员，有点本分，别想着搭上别人的那趟车。”

一七个子很高，又踩着高跟鞋，安星允只穿着简单的帆布鞋、随性的休闲裤，站在她身旁，矮了一个头还要多。对方虽然没有指名道姓，但是这话的威胁意味很浓，安星允一听便知道她说的是Jem。

安星允没有再看她，只顾做自己的事。

林曦佐和李叙他们早就已经在车上等着了，可是门口始终没有见到安星允的身影。她去哪了，还没来？

Eel坐在一边吃着薯片，同身旁的晒伯聊着什么。林曦佐看着李叙手指轻轻敲着大腿，眼睛时不时地扫向门口，他突然起身，下车。

晚上的风有些凉，林曦佐将外套的拉链拉到顶，整个人修长笔挺，衣领正好立在下巴处，看上去有股痞痞的帅。

林曦佐随口问了句身旁密语的工作人员看到他们COD的人了没，那人随手指了指大厅的方向。

林曦佐顺着那方向看过去，一眼就看到了一七站在安星允旁边，一七双手抱着肩膀，好像在同安星允说着什么，那架势看上去有些不善。

他停顿了一下，也没有急着过去，只站在原地，不远也不近，刚好能听到两个人的对话。

一七有些怒，这个人竟然不理她。她觉得心底有股火，那火是从Jem主动接近安星允开始的，现在又因为安星允的态度而烧得愈加旺盛。

看安星允不回自己的话，一七忍不住伸手去拦安星允整理材料的手。突然，一沓带着数据的纸拍开了一七伸过来的手，一七因为这突如其来的一下而稍稍后退。

安星允终于抬头，漆黑的眼睛直视一七：“还有别的事吗？”

一七因为安星允冷淡的语气而恼怒：“你还想有什么其他事？”

安星允淡淡地看了她一眼：“没有的话，就请你让开。”说着，她抬腿往前一迈。

一七没动，安星允并没有绕路，而是抵着一七的肩，硬生生地走她要走的路。一七被她逼得侧了身子。

“你！”一七的音量有些高，惹得有人往这边看。

Jiojio 站在 Jem 的旁边，惊呼：“一七是去惹事了吗？”

看到稍远处的两人，Jem 明显皱了皱眉头。

安星允静静地看了一七一会儿，眼神如雪山的冰，将她们之间的距离渐渐冰冻。

空气凝滞，就在林曦佐看不过去，想过去救场的时候，那个一向淡然而又有些呆萌的安星允开口了，硬是让林曦佐停下了即将迈出的步子：“我对密语的任何人没有丝毫兴趣。”说完，她便往林曦佐的方向走，看样子是早就察觉到了他在不远处。

林曦佐听到安星允的话，突然笑了，走过去迎她，接过她手里的资料，一手搭上她的肩，声音不高，轻笑道：“小白兔今天变身了吗？”

安星允弹开林曦佐的手，对他说：“资料转交给教练，谢谢。”

“喂，安星允，你跑什么？”

安星允回头看了他一眼：“我对你也没兴趣。”说着，她便上了保姆车。

林曦佐眼底浮出笑意，他算是被牵连了？

COD 的人都走了，一七一个人在原地站了好久，看着 Jem 独自上了楼，她猛地一个转身，跟着跑上楼。

练习赛结束后，有的人去看比赛录像，有的人在和教练员对比数据，有的人则又恢复到日常的训练中，没人注意到这一幕。

密语的首发都有自己单独的房间，Jem 正推门回屋的时候，感到身后一股大力，自己被迫趔趄了几步，紧接着房门被关上。

手上被人狠狠地拉了一下，后背忽然暖了起来，有人从背后抱住了他。

“所有人都可以，只有我不可以，是吗？”她的声音带着凌乱的心绪，问出口的话却简单得不能再简单了。

Jem 听出来是一七的声音，身形陡然僵硬。他静立了一会儿，然后伸手欲扯开她的手，却发现她攥得很用力。

“一七放手。”Jem 不像以往那般温柔，话凌厉起来。

“连一个刚刚认识的女生，都能让你另眼相看，就我不行？！”她的声音突然拔高，转到他的身前，环绕着他身体的手覆上他的脸颊，烈焰红唇就要贴上去。

Jem 侧过脸，伸手抓住一七的手腕：“一七，冷静点。”

“我怎么冷静？你明明知道我的心意，为什么偏偏还要刺激我？随便某个人都可以和你……”

她的话还未说完，便被 Jem 打断。

“不是随便某个人。”

一七怒气更甚，贴在他面颊上的手顺势要扬起来，却被Jem牢牢地扣住。

“我们不合适，一七，整理好你自己，我们只能是最好的队友。”

她觉得眼睛酸涩湿润，不知不觉已狠狠地咬上自己的嘴唇。

“官瑧，我……”她心里的话说不出口，她不是没有表白过，可是，每次都是同样的结果。

他不会知道，从她看到他比赛的视频那一刻，她就决定为他苦练《DOTA2》，苦练中单，为的就是在他的队伍里，他在一号位，她会紧随其后成为他队里的二号位。

从《英雄联盟》的职业圈转到《DOTA2》，她放弃之前已经取得的成绩，从头开始。这些，她从来没有和他说过。

一七甩开 Jem 的手，摔门而出。

屋内没有开灯，昏暗逼仄。Jem 回头，将那扇门上了锁，伸手抚上额角。

从密语的练习赛回来，队员们对自己的位置按部就班地训练着。只是，Tree 比之前起得更早，睡得更晚。

Eel 熬夜做直播的时候，已经困得哈欠连天，发现 Tree 还在座位上爬天梯。

Eel 后来把这事和队长晒伯说了，晒伯没有评价，对于 Tree 如此努力是很认同的，但是 Tree 从密语那次练习赛后就很少再说话，和大家的相处也很有距离感。

离淘汰赛还有一个星期，这天 Eel 拿着手机刷微博，一脸震惊地从椅子上跳起来，环顾四周，却找不到主角的影子。

“怎么了？毛毛躁躁的。”辉仔看着他冲过来问了句。

Eel 问道：“随意呢？”

“没看见，刚才还在来着。”

Eel 推开他：“大新闻啊！”

此时，林曦佐正路过他面前，伸手挑走了他的手机。

是 COD 的官宣微博，一张图，一句话。

照片明显是在本人不知情的情况下偷拍的，乌黑的长发，柔和的侧影，头上戴着耳麦，手上操作着键盘鼠标。摄影的角度貌似是故意的，看不见她的整张脸，但侧颜的完美弧度就已经让转发和评论积累过万了！

COD 史上第一位女队员！

官宣微博那一句话更是让微博点赞数“噌噌”地往上涨：“欢迎 COD 新成员——@COD_起名太随意！”

林曦佐拎着手机给李叙看，说了句：“看来是要首发了。”

李叙看了这条微博，然后拿起自己的手机，按了几下。

林曦佐问他：“你都没点表示？她可是好不容易熬到了首发。”

李叙睨了他一眼：“表示了。”

林曦佐想到什么似的，用 Eel 的手机刷新了一下，果然，看见一条新的微博。

COD_Raines 转发微博："随意，加油。"

几十万的粉丝炸了，这是 R 神入队以来的第一条微博——关于一个叫起名太随意的女生！

评论里满是对这位 COD 新晋队员的评价。

有人说虽然看不清正脸，但是看得出颜值和 Raines 同 Lynn 他们绝对是一挂的，仅仅一个模糊的侧脸轮廓就能让人感觉到她出众的气质。

有人则感叹除了密语的一七外，传统强队 COD 也开始招女队员了，不知道这女生会打什么位置。

官宣微博底下的评论还算和谐，但也有喷子在喷，说这人大概是个花瓶，中看不中用。COD 打不出亮眼的成绩，只能靠颜值吸粉。

Raines 微博下的评论则是炸开了锅。

"R 神，你的第一条微博，竟然是关于一个女生的，没想到啊，没想到啊！你就不怕我们这些女粉脱粉吗？"一眼望过去，这条评论竟然也有了一千多个点赞。

"R 神，欢迎新队友是好，你什么时候也像 Eel，发发自拍啊？"

"有谁知道这姑娘是什么背景吗，《DOTA2》的职业圈子里没听过啊！"

Eel 也是 COD 里的人气队员，他去 Raines 的微博下逛了一下评论，笑嘻嘻地凑了过去。

"R 神就是出手不凡，这一条微博的点赞评论数竟然比官博都多。"

李叙"嗯"了一声，问他："看到随意了吗？"

Eel 摇摇头："消失好一会儿了，下午双排的时候就突然不见了，这会儿都快吃晚饭了。"

邓队和助理捧着一摞衣服走了进来，并把人集合起来。

"大家注意一下，因为淘汰赛的首发阵容这两天就要上报，主办方要求我们把队员的定妆照发过去，做宣传用。因为我们的老庄和 Lynn 受了伤，补进来的 Tree 和起名太随意之前没有参加过集体照，另外俱乐部给咱们设计了新的队服，这回正好集体重照一下。为了避免耽误大家太多的训练时间，我们在隔壁的二号别墅空了间房，架好了设备，你们换好衣服后就过去吧，化妆师、摄影师已经就位了。”说着他就把衣服都分发给了队员。

辉仔把衣服拎开，咋舌：“这批设计师算是有点眼光，终于没那么难看了。”

Eel 在一旁贱贱地说：“不是衣服难看，是脸难看，穿什么都救不了。”

“哟，你小子又皮痒痒了。”说着，辉仔一拳晃了过去。

这会儿，消失了大半个下午的安星允从会议室走出来，后面跟着的是教练组的所有教练。李叙看着她面色有些苍白，一时看不出她是喜是忧。邓队的助理把安星允的那套队服递给了她。

“托你的福，厂商那边给做了小码的女款，我们也每人分了几件。女款的特意做了收腰的剪裁，我们几个助理都说，再也不用穿男款了。”

新版队服有 T 恤、长裤和外套共三件。安星允道过谢，便拿着衣服回了房间。

白色的 T 恤上有蓝色的烫金 Logo，一改 COD 以往深沉酷帅的风格，这次的队服看上去清新而又充满朝气。

安星允换上 T 恤，虽然是最小码，但她穿上仍旧宽松，外套是同款色系的长袖帽衫，摸了摸材质，很厚实。想到已经快入冬了，要不是 G 市在南方，到处还是绿色的，安星允都快忘记这会儿要冬天了。

她换好了衣服，长发随意扎了个松松的马尾，找了双白色的运动鞋，关门离开房间的时候，正好在走廊里遇见了同样换好衣服的李叙。

这衣服可能还是男生穿更好看些，哪怕是款式简单的 T 恤穿在他身上，也能显出一股清雅的气质。

李叙好像是在这里等她，看到她出了门，上前伸手整理了一下她外套的帽子，细心地将它翻好摆正。

上次在密语基地被吹的那一下安星允还没找他问清楚，这会儿突如其来的动作更是让她微微僵硬，她连忙道了句“谢谢”，看着李叙的房间就在自己对面，又想到前些日子，她竟然还在他的被窝里待了好一会儿，脸就开始发烫。

李叙收了手，问她：“教练组找你开会是给你定位置吗？”

安星允惊讶道：“你真是太神了，车教练真的要把我放在中路首发。”她想到那会儿李叙让她注意观察中路的打法，继续道，“那天你让我好好学习一七和辉仔的比赛时，就已经知道了这个消息吗？”

李叙回答她：“我不知道，我只是猜测你大概会得到这个位置。”

安星允看着他面色清朗如玉，不知怎么的，讲话也大胆了些：“你是怎么猜到的？”

李叙忽然淡淡地笑了，他说：“因为你的实力，我……”他的话没说完，看着口型，安星允愣了愣，他是要说什么？

李叙缓缓地说：“我信你可以。”说着，他长腿一迈，“走了，得去拍照了。”

安星允有点走神，总觉得他当时那个口型，好像说的是“我喜欢”。她拍了拍额头，冷静，冷静，冷静！

拍摄的房间里摆了一些COD俱乐部的吉祥物和Logo的立式牌子，加上受伤的老庄和Lynn，一共七个人。几名化妆师已经开始给先到的队员上妆。李叙和安星允到的时候，两个人顺势挨着坐了下来。

李叙的底子好，皮肤也好，五官立体，化妆师忍不住夸了几句：“你这张脸就算当演员，走明星那条路也是会大火的！”

李叙闭着眼睛，“嗯”了一声，没有接话，再睁开眼时，发现隔壁的安星允正在化妆，貌似步骤繁杂。

她本来就长得让人惊艳，给她化妆的那个化妆师更是一边上妆一边赞叹：“小妹妹，你这皮肤可真绝了，典型的牛奶肌，平时一定要好好保养，我们羡慕都羡慕不来。看姐姐给你画眼睛，绝对让你一鸣惊人！”

安星允皱了皱眉：“姐，别化浓妆……”

“不会的，你这个五官，化个裸妆足矣，不会有侵略性，还会好看得让人移不开眼。”

等大家都收拾完了，往镜头前一站，摄影师也不由自主地感慨。果然COD是电竞界的颜王，就单单Raines、Lynn、Eel、起名太随意这四个人往镜头前一站，就足以给一部偶像剧拍预告片了。

相对而言长相比较端正的晒伯则和辉仔开起了玩笑：“你说，他们像不像COD的亲儿子，我们像不像捡来的？”

辉仔不得不承认，同样的衣服，好不好看确实应了Eel那句话，得看脸。他瞅了瞅晒伯，又打量了下自己，幽幽地说道：“爷们儿我是亲生的，你才是捡来的。”

安星允在这一票高个子男生中间身高最矮，再加上她是女生，于是，集体合照的时候，她就站在了第一排的最边上。按照比赛位置，第二排的Eel他们则站在小凳子上，露出大半个身子。

林曦佐看着安星允穿着同款的队服，娇小瘦弱，和她打趣道：“随意，你今天和谁站一起都像拍情侣照呢。”

安星允回头看了看他，也不生气：“如果你想的话，你和他们中的任何一个站一起，也可以拍情侣照。”

大家之间气氛和谐，只有Tree在一旁一言不发，说不准是插不上话还是不想插话。

队员们在摄影师的要求下开始摆各种姿势，一会儿抱拳，一会抱肩膀，忙得不亦乐乎。

集体照结束后，开始拍单人照。

李叙站在镜头前，表情不像往日那般温和，反倒多了份冷峻。安星允在一旁看了一会儿，觉得他真是生得好看，平日里的他，话不多，看着冷冷的，却彬彬有礼，尤其对于她，总是会多出一丝耐心。

想着大概这会儿可以明目张胆地打量他，安星允就多看了几眼。

大家陆陆续续都结束了单人照的拍摄。为了制造舆论点，团队把李叙和林曦佐安排照双人照。

“你们在COD队内都是担任C位，一起拍一张，之后肯定容易造话题。”

谁想到，一向谦和礼让的李叙竟然说了不：“我想单人照就足够了。”

林曦佐见状，也“哼”了一声：“是啊，我可不想和他拍情侣照。”说着，他扫了眼安星允。

听到林曦佐借用自己的话，安星允转过身子，躲避他犀利的目光。她当时只是随口说说啊……

摄影师同领队交换了一下意见，决定不勉强了，这事也可以后期进行处理。

大家陆陆续续地离开了房间，安星允走在后面，忽然，肩膀被轻轻按住，她一转头，李叙的俊颜正对着她。

许是他上了妆，分明的五官更深邃迷人，离得这么近，让安星允的心跳不由自主地快了几分。

灯光和反光板还没来得及撤掉，工作人员正往外抬东西，慌忙中也没人注意到李叙的动作。

“过来合照。”说着他拿出自己的手机，调好了自拍镜头。

安星允睁大眼睛，不可思议道：“你不是只拍单人照吗？”

李叙个子高出安星允许多，微微俯身，才能和她同框。镜头里，她的脸上还擦了少许腮红，看上去比平时更粉嫩一些，眼睛大大的，像带着露水，轻盈可爱。

李叙沉声道：“看镜头。”说着，他一只手搭在安星允的肩上，一只手拿着手机，动作看起来亲昵却不逾矩。

安星允不明所以地问他：“要做什么？”

李叙凝眸："拍情侣照。"

就算安星允脸皮够厚，李叙离她这么近，高大的身影站在她身后，呼出的气仿佛带着一股清新的味道，声音微微拂在她耳边，哪怕她是个雕塑，此刻都要融化了。

安星允觉得心跳如擂鼓，条件反射地伸手捂住了脸，口中还念念有词："那是林曦佐瞎说的。"

看到她的动作，李叙笑了起来。

"别用手挡着。"他嘴上说着，手上却没有其他动作，只是轻轻揽着她的肩膀

安星允坚定地说道："不要！"

李叙见状，也没有勉强安星允，大大方方地拍了一张。他看着镜头，她捂着脸，他微微弯着腰同她一个高度，她的头发松松散散地梳着马尾，耳鬓处有几缕碎发不听话地翘着，俏皮又可爱。

李叙收了手机，拍拍她的肩膀："撤了。"

安星允见他真的不再拍了，才将一直捂着脸的手放下，侧头看向四周，周围的工作人员好像忙着抬东西，没人注意到他们。

李叙已经走出几步远，安星允看着他英挺的背影，脸有些红。

定妆照拍完后，是赛前人员的调整会议。

在场的队员心情各有不同，大概状态最好的就属林曦佐了。他跷着二郎腿，手里转着笔，眼睛瞟了瞟后来进入会议室的李叙和安星允，伸手招呼安星允坐他旁边。李叙瞟了他一眼，没说话，拉开他身边的那张空椅子，径直坐了下来。

"没听见这位子是留给随意的吗？"林曦佐调侃了一句。

"没听见。"李叙看着安星允在对面坐好，就坐在 Tree 和 Eel 的中间。

车远教练和教练组，以及邓队一起进来。邓队的助理手里拿着一摞资

料，入场后分发给了每个队员。

安星允打开，发现上面记录着他们近来双排、三排、爬天梯，以及练习赛的个人数据。

车远落座，他的声音低沉浑厚，此时听上去严肃而不容反驳："你们知道，还有一个星期，CDT 的淘汰赛就将开始，根据你们每个人的表现，我对首发阵容做了调整。"

听到这话，安星允没有为自己的位置紧张，反倒有些担心她身边的 Tree。因为拍定妆照前，她就被教练找过去单独开了个小会。她只是知道了自己的位置，对于其他人并不了解，但是她知道，她入了首发，就会有人被踢出来。

"你们也看到了这个数据，所以，如果对首发阵容有异议，可以举手示意。"车远顿了顿，开始公布名单，"一号位 Raines，二号位起名太随意……"他还没说完，齐刷刷的目光便从会议室的四面八方射过来。

Eel 轻轻捅了捅安星允，小声道："随意君，可以哟。"

安星允悄悄往身侧看了看，坐在她旁边的 Tree，表情没有任何变化。

教练的声音还在继续："三号位晒伯，四号位辉仔，五号位 Eel。"

辉仔由中路调到了四号位，他扫了眼安星允，然后将数据表翻到了她的那一页，本来想举手抗议的，但是看到那几个亮眼的数字后，他也没有讲话。

"各位，有异议吗？"

在场的人都沉默着，显然不是每个人都消化了这个消息。

车远补充了一句："Lynn 和老庄的伤势没有痊愈，不作为首发，同 Tree 一起作为替补，参加 CDT 的淘汰赛。"

林曦佐靠在座位里，手指翻卷着数据表的页脚，眼睛正好能看到坐在对面的安星允。她一脸平静，没有抬头看其他人，也没有低头看着那几张数据，而是眼神空洞，像在神游。

“没有的话，首发留下，其余人可以散会了。”于是，林曦佐起身，走的时候拍了拍李叙的肩膀，声音不高：“看来你教得挺好。”

老庄和林曦佐走在前面，Tree 很慢地走在后面，林曦佐回头看了他一眼，步子稍稍慢了些，和老庄说着话，音量比他平时讲话要大了许多。

“让我做替补，呵，真是引人追忆。”

老庄不明白林曦佐什么意思，接腔道：“你还当过替补，我以为林帅是一路 C 位走到今天的呢。”

林曦佐摇摇头：“我第一年刚入队的时候，二队那帮人看不起我一个退学少年。觉得成绩好的死书呆子游戏还能打得好？后来一队缺人，从二队选拔的时候，只有我一个人被选上了。可是呢，在一队坐了三个月的板凳，开始的时候，他们是比我强，现在，不也是——”他故意没有把话说满，而是伸了个小手指给老庄看。

老庄有点不相信：“那你后来怎么变得这么强？”

“当然是玩命练啊。”这话，自然被走在后面的 Tree 听到了。他抬头看着那个背影潇洒的男人，心上一重，却没有见到林曦佐冲着老庄比了个口型，“还有，因为我是天才。”

老庄见林曦佐耍贱，一掌拍在了他的后背上。

晚上，练习时间结束后，大家各自回房间休息，连一向练到最晚的 Tree 也起身回了房间。

安星允坐在座位上，没有打任何比赛，而是专心看着各种比赛录像。李叙在她旁边，结束了手上的最后一局，顺势将椅子滑得离她近一些。

“你在看什么？”

安星允也没有偏头看他，只是口上答道：“BUG 之前的比赛录像。”说着，她像是想到什么，偏过头来要问李叙，没想到李叙就在她身后很近的地方，这一回头，差点碰到他。

安星允的动作稍稍僵硬，她把椅子往前拉了拉，就快贴到桌子边上：

“你说……是不是 BUG 派人伤了咱们的二队和 Lynn 他们？”

李叙不置可否：“也许，但是说这话还是要看证据。”

安星允想起来，之前安燃好像就在处理这个案子，好多天没联系了，也不知道这事现在处理得怎么样了。一想到淘汰赛的第一场就会遇到这个 BUG，安星允便又回头看起了视频——她绝对不能输！

安星允正在看视频，就发现身下的椅子被轻轻往后移动。

“哎？”

一道温和的男声在她的耳畔说道：“太近了，这样对眼睛不好。”

也许是李叙离安星允只有短短几厘米；也许是想到了他说要同她拍“情侣照”；也许想到了耳垂上的那一口气；也许是想到了醉酒的那个晚上，她竟然脑袋一热，在人家床上躺了几分钟……

可是，该死，她没有勇气问啊！

安星允手上的动作很快，关了视频窗口，猛地站了起来：“那我去休息了，晚安。”说着她一溜烟消失在楼梯的转角处。

李叙看着安星允慌张的样子，心头一热。他等了很久，不疾不徐，一是不想吓跑她，二是想让她对自己的感觉再多一些。或许，是时候把自己的心意和她讲清楚了。他翻出那张所谓的“情侣照”，毫不犹豫地发了条微博。

微博的内容很简单，只有三个字：“定妆照。”

照片却只发了他和安星允单独的那张。发完后，他没再看手机，便上楼去休息了。

第二天一早，安星允还没睡醒，便接到了卫卫的电话。她糯糯的声音还夹杂着睡意：“喂，卫卫？”

“安星允，你你你！竟然和李叙大神谈恋爱了？！”

听到这个话，安星允一个鲤鱼打挺，从床上坐起来。

“你说什么？”

卫卫怕安星允没听清楚，重复起来：“我说，你竟然和李叙大神谈恋爱了？！”

安星允愣了一下，回她：“哪有的事？！”

卫卫幽幽地说道：“星星啊，你休学后怎么还学坏了？和我都不说实话。”

安星允头大：“没有……我没骗你啊。”

谁想到卫卫却在此时发过来一张微博的截图。

竟然是李叙发的一条微博。

COD_Raines：“定妆照。”附图竟然是她捂脸拍的那张！

安星允急忙挂了电话：“卫卫，我还有事，回头和你说。”接着，她登录微博看了一下。

安星允刚刚注册微博没多久，平时也很少登录，这会儿点开界面，新消息已经炸了。她哪有心情看那些评论和 @，找到李叙的微博，他到现在就只有两条微博，都是关于她的。

以前李叙对她的种种，像是在她心上点了小火苗，缓缓燃烧，随着她同他的相处，到如今的这条微博，这把火已变成了熊熊烈火，很难再扑灭了。

看着那转发、评论、点赞数都好几万的数量，安星允好奇地点开了评论，谁知道热门评论第一条竟然是自己人写的。

COD_Lynn：“定妆照？我们昨天明明是去拍 QL 照。”他特意用的字母。

看到林曦佐的这条评论，安星允吓得赶紧退出了微博。她爬起来去洗手间用水洗了把脸，觉得不够清醒，又去冲了个澡。这会儿时间还早，要不是因为卫卫带来的这爆炸性的消息，她也不会醒得这么早。

在床上思前想后了一会儿，她决定还是给李叙发个信息。

“你醒了吗？”

没一会儿，对方便回了她：“跑步回来刚冲了澡，找我有事？”

安星允想了想，刚才内心的那股气势又不知道跑到哪去了，弱弱地回复道："也不是什么大事……"然后她就没了动静。

李叙用毛巾擦着头发，换上了一身清爽的白T恤和棉质的休闲长裤，看了会儿手机，发现安星允那边没回信，斟酌了一下，便去敲她的门。

安星允听到有人敲门，找了件外套套在睡裙外，然后趿着拖鞋去开门。

"你怎么来了？"

"什么事？你说话不要说一半。"说着，李叙还补充了一句，"像我们给人手术，伤口切开了，不给缝回去，你觉得道德吗？"

李叙说得头头是道，安星允竟然觉得有道理，便让他进来。她想问的，怕是一两句话说不清楚。

这是李叙第一次来安星允的房间，她的东西不多，都摆放得整整齐齐，床头放了一个黑色的Kindle（电子阅读器），没想到训练那么累，她还有时间看书。

李叙绅士有礼地稍稍带上了门，然后就靠在门边，没有再往里走的意思。

安星允见李叙站在门口没动，头发上还微微滴着水，便寻思着怎么把微博的事同他讲。

可是，那件白T恤是不是质量不太好？或者是李叙身上还沾着水，安星允好像能看到他诱人的腹肌和手臂线条，他的体温就透着薄薄的一层布慢慢透过来。

安星允想起以前卫卫和她说的话："长得帅身材好的人，穿个麻袋你也觉得帅。"

是啊，说的就是李叙吧？人长得帅，少言寡语总带着点禁欲的气息，时不时让她止不住地脸红心跳。这会儿刚洗过澡，劲瘦的身材还那么勾人……她想一定是自己被卫卫带坏了，为什么掌心如此烫，想去摸摸呢？

安星允过了好一会儿都没说话，李叙揉了揉她的头发。

“想什么呢？”

安星允沉浸在自己的小世界里，脱口而出：“沐浴露……挺好闻的……”

李叙听到安星允的话，淡淡地说道：“是吗？回头送你一瓶。”

安星允这才反应过来，跪了，她刚才说了什么……脸一下红了，像樱桃，光洁的额头饱满，衬着她水润的脸颊，更显少女娇羞。

她大概有了喝醉时候的勇气，一伸手，完全是“壁咚”的架势，手就撑在李叙的胳膊边上，另一只手将手机拿了出来，在他眼前晃了下。

李叙看着安星允小绵羊般的气势，忍住笑，目光平和地看着她，似乎在等着她开口。

安星允看着李叙“按兵不动”的模样，低声道：“你那条微博，什么意思？”

她想着自己也是蠢，这种话，问就好了，干吗还举个手机，难不成挑出他的那条微博还有林曦佐那么暧昧的评论给他看？

李叙一直靠在门上，听到这话，站直了身子，目光锁住她，面上是那种高深莫测的表情，没有明显的笑容，嘴角却微微扬起了弧度。

李叙看安星允一脸正义凛然的样子，突然伸手，握着安星允拿着手机的手腕。她本是用另一只手撑着门，这一下，一个趔趄整个人跌进了他的怀里。

安星允的头紧紧贴着李叙的胸膛，整个人一下子僵在了原地。

清晨的微光隐约而静谧，柔和地洒在地板上，两人被安静悄然环绕。刹那间，李叙的手扣在安星允的后脑上，顺势让她贴得更紧。

安星允能感觉到自己的心跳在“咚咚咚”地跳，以她仅剩不多的物理知识分析，通过这样的固体传导，李叙肯定也能听到吧？惨了，惨了……

她等了好一会儿，李叙低沉的声音着点沙哑地问她：“听不到吗？”

听到什么，他的心跳吗，还是她的？

看安星允不回答，李叙轻叹一声：“那看不出来吗？”李叙的口吻带着点无奈，还透着一点点宠溺。

安星允心绪凌乱，语塞。

李叙似乎也不想再深究，语调轻缓却摄人心魄：“看不出来我喜欢你吗？”每一个字都清晰得像是雕刻在青田石上的小篆。

安星允觉得脑子一下子炸了，“轰”的一声，核爆一样，寸草不生……她一惊，手上一松，“咚”的一声！手机落地的声音完美形容了她现在的心跳。

李叙蹙眉，将安星允推离自己一些，怕她会晃，一个转身，让她倚在了门上，然后拾起了她的手机。

屏幕因为这一摔而产生了一道裂痕。他看了眼被摔亮的屏幕，11 月 20 日早上八点十八分。嗯，纪念日。

本以为他做得已经很明显了，可能她还是没有做好心理准备。

李叙将手机递给安星允：“吓到了？”

安星允接过手机，缓过神，看了眼无辜的屏幕，轻声喃喃：“是吓坏了。”

听到安星允的话，李叙轻笑：“回头给你买部新的。”

“不用，你快走吧……”

李叙弯腰，蓦然凑在她耳边：“你挡在门口，明明是不想让我走。”

安星允瞬间就移动到另一边，不敢看他：“慢走……”

李叙失笑，弯下身子，直视她的眼睛。

“听清了吗 ？”

李叙不说还好，这一说，安星允觉得脸又烧了起来。她别开头，低低地“嗯”了一声。

李叙似乎没有要走的意思，伸手将安星允的脸贴在自己的胸膛上。那好闻的沐浴露的味道止不住地往她鼻子里钻，耳畔传来他好听的声音。

“知道我多喜欢你吗？”

哎哎哎……别说了，别说了……她都不知道要怎么接话了……

安星允窝在李叙怀里大气都不敢出，她能清晰地听到他的每一下心跳，如此用力，如此慌乱地传到她的心底。

“这里全部是你。”李叙忽然握上安星允的手，覆在自己的胸口，循循善诱，“所以，要不要做我的女朋友？”

蒙的……安星允整个人都是蒙的。那一个字差点就脱口而出，好在关键时刻，她的理智扯住了直线飙升的肾上腺素。

那层薄薄的纱就这样毫无预兆地被李叙掀开了。安星允心跳如擂鼓，怕是早就因为他离得这么近而被听了去。怎么办？她好像也很喜欢他……

他们就这样抱着靠在门边很久，久到李叙一直没有等到一个回答。不过，安星允并没有推开自己。

李叙猜安星允此刻大概已经不能思考了，纵然舍不得，但看到她有些吓傻了的模样，沉沉说道：“那我先回去，你想好了告诉我。”他走的时候，伸手揉了揉她本来就有些乱糟糟的头发。

安星允把脑袋埋进了被子里，脸烫得要命。所以，刚刚他就这么直接告白了吗？

殊不知，李叙为了这句话准备了多久。

安星允盖好被子决定再睡一觉，一定是在做梦。可是她翻来覆去根本就睡不着啊！她把手机拿出来看了一遍又一遍，那道裂痕还在！

就在这时候，卫卫发来了信息：“安星允，你一句话后怎么就不见人影了？”

安星允愣愣地看着这条信息，一时之间不知道该怎么回复卫卫。她硬着头皮回了一句：“我还没睡醒。”说了，她便把手机摆在一边，又去洗了把脸。

于是，再也睡不着的安星允跑到了楼下，决定下楼去爬一会儿天梯，企图用事业将儿女情长抛到脑后。到了楼下，她却发现李叙正小口地喝着牛奶，吃着三明治。

安星允看到李叙，一个转身，步子还没迈出去，人却被叫住。

“过来吃早餐。”

就不能让她自己待一会儿？！

安星允扯出一丝笑意，叹了口气，走到冰箱前，给自己拿了杯牛奶，用微波炉热了热，发现桌上的三明治多出一份。她兀自思忖了一会儿，还是决定不碰那块三明治。

安星允的牛奶杯子刚贴到唇上，她就听到李叙说：“先吃点三明治再喝牛奶，牛奶不要空腹喝。”

安星允犹豫了片刻，道了谢，听话地拿过了那块三明治。

安星允吃得很慢，没什么胃口。

李叙吃完了就坐在安星允边上，也不说话，而是慢条斯理地喝着咖啡，陪她。明明是速溶咖啡，他却喝得像是一杯手工研磨的醇厚浓咖，慢条斯理地享受这时间。

“李叙……”

“什么事？”

安星允顿了顿道：“要不，那条微博，删了吧？”

李叙转过头来，嗓音轻柔，眼色暗沉：“定妆照而已，留着。”

安星允伸手抚了抚额头，这人是不是故意的？那照片根本就是蓄意已久！还好她没有露脸……

接下来一整天的训练，安星允都避免和李叙有接触，可是，感觉大家看他们的眼神都有点奇怪。

直到下午训练结束大家放风的时候，安星允准备到别墅外面去走走，Eel 马上就跟了出来。

“随意，等我一下！”他拿上外套随手披在身上。

安星允蹙眉，她不想和任何人聊天啊，然而Eel没有一丝停下来的意思。

他跑过来："你等等我啊！"

于是两个人在别墅区里面绕圈。

"那照片是怎么回事啊？"Eel 直入主题。

安星允打算装傻……

Eel 却打开手机里面 Raines 发的那条微博，指着那张二人合照："就是这张照片啊，你看看！"说着他把手机凑到安星允的面前。

安星允"哦"了一声："我看过了。"

"看过你还这么淡定，我服你！"说着，他挤眉弄眼地问道，"所以，你和 R 神是怎么回事？"

安星允淡定地回他："如图所示。"

如图所示是什么意思，旭安科大的高才生说话都这么难懂吗？

Eel 把评论打开翻给安星允看："你看，都是讨论你们什么关系的……"

没等 Eel 说完，安星允问他："Eel，你这会儿闲吗？"

Eel 被安星允的话问住了，一时之间不知道她什么意思。

"我不闲。"

安星允嘴角噙着笑，看得 Eel 心里有点瘆得慌："不闲，还要聊天吗？"

女人真可怕。

"不聊，我回去训练了！"Eel 说着，飞快地跑了。

安星允看着 Eel 跑路的样子笑了笑，不急不缓地往别墅的方向走。她走到门口时，刚好有一辆车从远处驶来，朝着他们基地的方向去。

很快，黑色的轿车停在了门口，车上下来一个一身黑色呢子大衣的女人。安星允渐渐走近，看到她梳着高高的发髻，化着得体的妆容，涂着深色的口红。安星允定睛一看，竟然是梁姝！

和安星允在医院和学校见到的样子大相径庭，此时的梁姝手里拿着公文包，踩着高跟鞋，天气凉，却还是把纤细的脚踝露了出来，散发出强大的气场。她身后跟着一位助手，两人一起进了基地。

安星允不由自主地加快了脚步，回去的时候，发现训练厅少了时而闲逛的 Lynn 和老庄。她将外套挂在门口，进屋转了一圈也没看到梁姝。

“你找谁呢？”Eel 过来问，说着凑过来，“R 神刚才去接了个电话。”

安星允摇头：“刚才不是进来一个女人？”

Eel“哦”了一声：“你说梁律师啊，和 Lynn 他们在会议室呢，好像是上次取证后，有些情况还需要了解。领队他们也在呢，好像是和我们保姆车事故的案子有关，似乎有新的进展呢。”

安星允在大厅里坐了好一会儿，打酱油的时间用完了，便去爬天梯了，特意一只耳朵戴耳机，一只耳朵露在外面，听着会议室的动静。

她解决了两局，会议室那边有人走出来。

第三局刚开始，安星允喊在吃酸奶的 Eel：“过来，帮我打一下。”说着，她便把耳机放到桌子上，往会议室的方向走去。

“哎，我的酸奶还没喝完呢。”说着，Eel 不得不拧上酸奶的瓶盖，接过了安星允的局。

“C 位英雄啊，可以啊！”

梁姝和邓队走在前面，她对其他人说：“感谢你们的配合，这件案子，我们会尽快进行上诉。”

林曦佐伸了个懒腰，“也没帮上什么忙，不过，如果这事真的是 BUG 做的，还请不要放过他们。”

梁姝回他：“是，请各位放心。”

忽然，梁姝的步子停了下来，她看到了安星允。

会议室的门又关上了。

林曦佐问邓队：“随意认识梁律师？”

邓队想了想：“看样子应该是。”

“您能别说废话吗？”

邓队虽然认识安燃多年，但是确实没有听他说过同梁姝是旧识。

不过，梁律师是国内这类诉讼案最顶尖的律师，平日很忙，手上的案子很多，本来是没有时间的，据说他们第一次去请的时候，没有谈妥，后来通过她的个人电话，才接的这个案子。

“安星允，你怎么在这里，你是 COD 的队员？”

安星允点点头：“说来话长。”接着，她把安燃要卖股票和自己来这里的决定简单说了下。

梁姝深色的西装套裙勾勒出她纤瘦的身材，她坐在椅子上，向后靠了靠，胸口因为安星允的话觉得压抑。所以，他就算缺钱缺到要卖股票的地步也不会和她说一句钱的事？

“所以，你是为了你哥哥？”

安星允摇头：“不全是，很大一部分，是为了我自己。”

梁姝想不通：“就算你走和他一样的路，最终能达到的成绩也不会比他更好。”

安星允看着梁姝的眼睛：“不，我不会走和他一样的路。”

这句话像是重锤，捶在了梁姝的心上。

如果当年，她没有选择那条路，她和安燃大概不会像现在这样，非敌非友。

“年纪小，还是应该多念书。这路是青春饭，吃不了多少年。安燃现在多成功他当年就吃了多少苦。”梁姝补充了一句。

“是。”安星允没有告诉梁姝，她从小和安燃一起打游戏长大，他打过多少年，她大概也陪伴过多少年。

安星允送梁姝到了基地门口，上车前，梁姝拨了拨耳边的碎发，声音不像是那个业界雷厉风行的女王，而是清和柔软，像是安星允第一次见到她的照片时的感受，那般温婉安静，那是哥哥床头柜上的照片，曾经一摆就是好几年。

“药，他用了吗？”

安星允的心一软，想到上次见他，并没有听他提及。

没等安星允回答，梁姝便从她这短暂的沉默中得到了答案。

“我走了，如果你能见到他，请……替我问好。”梁姝把那句“替我叮嘱他按时用药”硬生生地咽了下去。

# Chapter 10 我的告白，什么时候给我答复？

二队保姆车的案子进行得还算顺利，安燃站在办公室的落地窗前，手上是一杯红酒，最近烦心的事太多，他抿了一口，余光扫到了角落里的一个小盒子。

藏红色的木头、精致的金色小锁头，安星允交给他的时候，干净得一尘不染，这些天，它静静地躺在办公室最不起眼的地方，已经蒙了一层灰。

安燃放下手中的酒杯，将那盒子放到办公桌上，抽出纸巾，轻轻将其擦干净。他打开盒子，里面有两个格子，一边装了口服药，一边装了贴的膏药。里面还有一张字条，黑色的钢笔字清隽而不失笔力，蝇头小楷，详细地写了使用方法。

安燃就这样看着那一行行的字，没有一个词写着关心的话，可字里行间都透着她在惦念他。

安燃抚额，然后拿了瓶矿泉水，拧开瓶盖，打开口服药的袋子，拿出三粒小小的黑色药丸用水服下。苦涩的感觉同几年前梁姝离开他的时候一样。

安燃收了药，拨通外线。

孙特助马上接了起来："安总。"

安燃爽快地问："昨天我要你催梁律师那边的进度，反馈如何？"

孙特助查了下邮件："案子在收集一些最后的证据，今天梁律师已经去了基地那边，和一队的两名队员进行了谈话取证。"

安燃敛眸："她有没有说其他的？"

孙特助自然知道，这个"她"指的是梁律师。

"梁律师的助理打电话过来，只是说在这周比赛前，他们会提交完整的起诉资料及证据。"

安燃握着电话的手慢慢收紧："随时向我汇报进度。"

孙特助答道："是。安总，还有一件事，"他顿了顿，整理了一下手上的备忘录，"安夫人今天来电话了。"

安燃冷冷地挑了挑眉毛："她说什么？"

孙特助稳了稳气息，尽量让自己的复述听起来不像原话那样强硬。

"她的意思是，让安星允回学校念书，您缺的钱她会给您补上。她让您有时间给她回电话。我说稍后会联系她，所以，这个回复是您给还是我替您圆了？"

安燃回他："不用理她，她要是再打电话来，替我挡了。"

"好的。"

接着，安燃收了线。

安母真的懂安星允的心思吗，以为安星允是为了他才来打电竞的吗？一开始，他也是这样想的，但是安星允在做了那么久的替补之后仍旧坚定地留在队里，他就觉得事情不是那么简单。她训练的录像他挑着看了些，惊人的进步速度让他想到了当年的自己。

安星允聪明，连这方面的天赋也异于常人。一想到即将到来的淘汰赛，安燃就像下了赌注一般。只有拿到CDT的积分，COD才有机会参加明年的TI（DOTA2国际邀请赛）。

安燃赌的是他们这支队伍，虽然不知道Lynn和老庄的伤明年八月会不会彻底好，但是，他相信的不仅仅是安星允。这支队伍，现在最核心的队员恐怕是那个空降的李叙。

安燃派人打探了他的背景，是Lynn的发小，高才生，保送旭安科大医学院，家世雄厚。可是，对于他休学打电竞，安燃竟然没有听到一点他家庭的阻力。

从Raines加入的第一天，安燃陆陆续续地看了队内传来的一些录像，Raines操作犀利，意识极佳，面对对手，绝不留情地狙杀，简直让人闻风丧胆。

如果是Lynn和Raines同时在场，绝对是C位和中单的绝佳人选。不过……安燃想到这里，不自觉地勾起了嘴角。

如果几个月后，起名太随意也想竞选二号位，怕是队内会有一场厮杀。

Lynn养伤的日子，让安星允担任中单，是对她最好的考验和历练吧？

CDT的淘汰赛在S市举办，距离比赛开始还有四天，COD全体要从G市前往S市。这天晚上大家很早就结束了训练，各自回房间开始整理行李。

就在安星允专心整理行李的时候，门被叩响了，她听到门口有人说话。

“随意，我是邓队。”

安星允开了门，发现他身后还跟着最近总能见着的那个小助理。听说她是邓队刚招进来的，入职才半个多月，很多人还认不全，平时负责分发一些资料，见人的时候总是害羞地一笑。此时的她正站在邓队背后，脸涨得红红的。

安星允表示房间有些乱，好些衣服和队服以及生活用品都摆在地上准备装箱，不方便请他们两人进来。

邓队摇手说道：“我们就不进去打扰了，是这样，比赛那边的住宿都安排好了，工作人员的床铺那边少个位置。因为你是队员，正常来说主办方那边提供的都是双人间，通常也不会把不同俱乐部的人放一起混住，你那屋就你一个。我今天带唐月过来，是想问问，把她和你安排在同一个房间，你看可以吗？”

安星允笑笑：“领队，哪的话，当然没问题。”

然后安星允伸手问好：“姐姐你好，我是安星允，你也可以叫我的ID——随意。”

“行，你们也算熟悉了，那入住的时候，唐月，你跟着队员走，别跟错了。”唐月虽然比安星允年长四五岁，看上去却很腼腆，点了点头。

很快，邓队便带着唐月闪人了。

安星允正好有条新的信息，顾不上关门只让其轻轻虚掩着，便扑到床上回信息。

卫卫：“安大美女，听说你要去S市参加比赛了？姐姐朋友圈买票加速呢，快去帮忙扫码。”

安星允听话地去了卫卫的朋友圈，帮她买票“加速”，末了还回了一句：“你真的要来看比赛吗？”

“当然啊！”

安星允想了想，问：“你看得懂吗？”

卫卫炸了：“我看不懂比赛还不能去看帅哥吗？！”

安星允回她：“这样啊，那我想你可以关注一下我们队。”说着，她将手机放在一旁，开始收拾东西。

卫卫一个电话打了过来，声音里满满的八卦意味：“可以啊，安大美女，你是天天被一群帅哥包围吗？”

为了方便整理行李箱，安星允开着免提，淡定地回她：“不，我们不成圆形，而是成直线。”

卫卫有点蒙：“啥意思？”

“我们只有双排、三排，都算平行线。”

卫卫怒了：“你少忽悠我，上次李叙那条微博，你还没回复我呢！到底怎么回事？他总共就发过两条微博，两条都是关于你的！这个用意太明显了吧？你要是敢说没什么，打死我都不信！”

安星允听到这话，面色泛红：“我不会打死你……”

卫卫换了个问法：“这么说吧，你们队的平均颜值简直拉高了业界的水平，我看海报还有一些粉丝的微博图，Raines、Lynn，还有那个有点奶的Eel长得都很帅。说说吧，天天和这些帅哥待在一起，对哪个心动？”

安星允无奈：“我整天看的都是屏幕，哪有时间看他们？”

卫卫“呀呀”地叫了两声：“我不信，吃饭的时候看不到吗，睡觉的时候看不到吗？！”

安星允答她：“嗯，睡觉的时候看不到。”

突然，门被轻轻叩了两声。

安星允这才记起来刚才门没有关严，她一下子拿起手机，说了句：“忙，先挂了。”就把电话挂断了。

安星允战战兢兢地走到门口，发现是李叙。

他刚刚洗漱好的样子，面如白玉，手上拿了一瓶矿泉水。水只剩下半瓶，轻轻晃动，水在瓶壁上撞出好看的水珠。

“你偷听我讲话？”安星允打算恶人先告状。

李叙眼睫半垂，嘴角有一丝笑：“你扩音，门又不关，我好心提醒一下而已。”

安星允自知说不过李叙，伸手就要把门关上。谁料李叙顺势抓住了她的手腕，一个侧身，竟然闪进了她的房间！

“你！”安星允瞪大眼睛，没有反应过来，却发现他突然靠了过来，高高的个子，阴影将她完全笼在了他的身下。

李叙的声音沉沉的，好像带着点期待：“所以，你对哪个心动呢？”

安星允觉得呼吸要停滞了！不带这样的……偷听还这么理直气壮吗？

李叙黑曜石似的眼睛就这样放肆地看着安星允，没有丝毫闪躲。

安星允想，明明这么温润如玉、高雅俊逸的一个人，怎么在她面前总是有些强势？

见安星允不动也不说话，李叙蹙眉，压抑的情绪因为她迷糊的性子而在此刻释放。他将手中的瓶子扔在地上，伸手搂过她的腰，一下子把她带到了自己怀里。

安星允的脑袋蒙了！

李叙握着安星允的手，从他的额头、鼻梁、脸颊、喉结，一路向下，到坚实的胸膛和撩人的腹肌，动作没有停下的意思……

安星允吓得要把手抽出来，这人怕是要耍流氓啊！

李叙有些低哑的声音响在安星允耳畔：“要颜，我大概长得不算差；要身材，你刚才摸过了。”

啊啊啊！她不是主动要摸的啊！虽然……手感真的好得她觉得心里有些冒泡泡。

第一次把一个这么帅的男生，这么近距离地“摸了个遍”，安星允不心动怕是心坏了。她想推开他，却发现自己全身软软的，已经窝在了他胸前，心里默默地感叹自己没出息，竟然就这样被美色吸引了。

李叙继续道：“你还要什么？”

安星允弱弱地回他：“要命……”

李叙听到安星允的话，不由自主地笑了出来，低低地说道：“我以为你想说，想要睡觉的时候看得到。”

安星允觉得血冲到了头顶，他的记忆力要不要这么好？！睡觉的时候能看到他，那她岂不是要做什么惊天地泣鬼神的事！安星允镇静了两秒，声音小小的：“R 神，饶过我吧。”

李叙竟然随安星允的愿，松开她的手腕，脸上带着若有似无的笑，淡淡的，却让她移不开视线。

“安星允。”李叙叫她的名字，格外动听，“以后你都跑不掉的。”

她离他很近，近到感觉那声音低沉而厚重，像是誓言一般。

安星允不敢看李叙，只是将他往外推了推：“太晚了，快回去睡觉。大晚上的，说什么胡话。”

李叙听到这话，眼里透着笑。

“手机拿过来。”

“嗯？”虽然不明白他要做什么，但她还是乖乖走到床边，拿过手机递给他。

安星允看到那道裂痕还在，想到他那句告白，心跳得更快了。

李叙接过手机，打开语音备忘录，凝视着安星允的眼睛，声音低缓：“安星允，以后你都跑不掉的。”说着，他按了保存，把手机还给她。

“不是胡话，给你留了证据。”然后，他道了声晚安，信步走出她的房间，留她一个人站在原地脸色绯红。

安星允看了看那个保存文件，点了一下，李叙好听的声音真的就传了出来，每一个字，都重重地落在她的心上。

安星允关了手机，摇了摇头仿佛想让自己更清醒些。是真的，李叙喜欢她，她真切地感受到了。

怎么心上有点热？像是鱼片遇到了热腾腾的米饭，一下子卷了起来，俏皮地卷出一个可爱的弧度。

这一晚，安星允有点失眠，躲在被窝里，一遍遍地听着李叙的那句话，像是魔怔了。听了一遍又一遍，直到她怀疑自己是不是被烧坏了脑子。

第二天中午的飞机，从 G 市直飞 S 市，安星允提着行李从房间出来，发现李叙正站在门口低头看手表，见她出来，说了句“走吧”，自然而然地接过她手里的行李箱。

“你的行李箱呢？”

“已经安置在楼下的车里了。”

所以说，他是特意在这里等她？

安星允跟在李叙后面，那种感觉很神奇。

李叙是个内敛而温和的人，他对一个人好，都是默默地打点好一切。安星允忽然想起他让她替他直播，却陪在一旁，其实是为了提高她的水平，帮着她训练。想起更早的时候，他叫她一起去办理休学手续，说她以后大概用得到，可能心里对于她打电竞这条路已经有所预见。

想到这里，安星允惊觉，李叙是从那会儿就开始注意她了吗？她好想问，他是什么时候开始喜欢自己的……可是，她不敢问，总怕问出些撩死人的话。

到机场，李叙换了登机牌，看了座位号。

李叙对安星允同座的 Eel 说：“我们两个换一下座位，谢谢。”他还有礼貌地说了句感谢。

Eel 那会儿还没看安星允的登机牌，便跟他换了，想着李叙大概是不喜欢靠窗户坐。

上了飞机，安星允发现李叙竟然这么巧就坐在她身边。

李叙似乎看出了她的想法，一语中的：“不巧，我和 Eel 换了座位，才能坐到你旁边。”

安星允“嗯”了一声，心情有点复杂，不知道该怎么回复他。

飞机平稳地从 G 市起飞，刚刚进行巡航阶段，突然听到空姐在广播中通知，语气急促：“我们飞机上有一位旅客突然晕倒，飞机上有医务人员吗？请按铃示意我们，感谢大家的帮忙！”

安星允听到这话，刚想和身边的李叙说话，就看到他已经起身，那身白色的衬衫此时就像是白大褂一般，带着风，他长腿一迈向前走，很快就有空姐发现了他，简单地交谈后，将他引到头等舱的位置。

Eel 在后面同林曦佐坐在一起，看到李叙起身，惊呆了，捅了捅在一旁玩手机的林曦佐。

“Lynn，Raines 到头等舱那边去了。他，他，他真的是医生？”Eel 之前一直以为 Raines 说自己是学院派是开玩笑。

林曦佐放下手中的游戏，“嗯”了一声，一本正经地说：“你不知道吗？他厉害着呢，开颅的那种，拿手术刀跟拿筷子似的。”

Eel 默默地咽了咽口水。

林曦佐继续道：“所以，千万别惹他，尤其是别抢他看上的东西，”他故意顿了顿道，“或者人。不然他有那种本事，插你很多刀，刀刀避过要害，让你生不如死。”

Eel 愣愣地点点头，一下子反应过来，压低了声音：“Lynn，我问你个事，行不？”

听到这话的林曦佐又拿起了手机，用脚指头都想得到这小子想问的是什么。

“不行。”

Eel 刚要开口，却被这两个字一下子堵住了嘴巴。于是，他只能自己在一旁嘀咕：“问问又不会掉块肉，不就是一个小小的问题吗，你一个大老爷们儿，怎么这么小气，我只不过想问你是不是对随意有那么点喜欢啊……”

他叽里咕噜地说了好大一串，本来已经安静的边上的人突然飘过来一句话：“让你别问管不住嘴。”

Eel 以为自己听错了，猛地转过头，却连林曦佐一丝表情的变化都没有看到。

头等舱里，空姐看着这位年轻英俊的男士，低低地问道：“先生，您是医生？”

李叙已经将衬衫的袖口挽起，接过了急救箱。

“我是旭安科大的医学生，如果没有其他的医护人员，你们可以选择相信我。”

“先生，真是太感谢您的帮助了。”

靠坐在椅子里的男士六十岁左右，面色苍白，已经失去意识。

李叙简单进行了听诊，说着诊断：“他现在憋喘，上不来气，这是肺瘀血的表现，不要让他再坐在椅子上，放下来平躺。”

在一名机组人员的帮助下，患者被放平躺了下来。

“已经没有脉搏了。”李叙的脸色一下子就冷了下来，他沉声道，“不要围观，请坐回到你们的座位。”

头等舱的几位旅客本想看看有什么能帮上忙的，这会儿听到这个模样的年轻小伙子下令，便听话地坐了回去。

李叙让两位空姐一前一后蹲守在患者的身边，他大声地叫着已经昏迷的男士，没有任何回应。

一位空姐正低着身子，为昏迷的旅客进行人工呼吸。李叙让她继续，同时他抬起患者的下颌帮助放开气道，呼吸道打开后，他按了一会儿人中穴和内关穴，仍旧没有呼吸。

李叙伸手开始摸那个人的衣袋，同时厉声道：“快找他的行李，看看里面是不是有他带的常用药。”说着，他开始进行心脏复苏，一下又一下，看得周围的人都出了一身汗。

“有药！”空姐在男士的行李箱内找到了一个小盒子。

李叙扫了一眼，挑出两粒硝酸甘油，给男士喂了下去。之后，他坚持按压，时间一分一秒地过去，飞机遇到气流产生了颠簸，好在两个空姐在头脚处分别稳住了患者。

“喀喀……”患者一口气终于喘了上来。

所有人心上那块大石头也都踏实地落地。接着，患者渐渐地恢复意识。

李叙对着空姐说：“吸氧。”

那空姐愣了一下，也是吓坏了，赶紧把氧气面罩拿过来给患者戴上。

安星允坐在座位里，听到头等舱那边传来稀疏的掌声。过了好一会儿，她才看到李叙拨开挡帘，从头等舱出来。

李叙目光清明，额头上有细细的汗，他做事一向稳重，怕是刚刚情况很紧急。他并没有回到自己的座位，而是弓着腰，站在过道里，俯身到她耳畔。

“患者情况虽然稳定了一些，但是到飞机落地前我都会坐在他身边继续观察。”说着，李叙伸手轻轻合上安星允眼前的杂志。

“休息一会儿，落地后怕是不能得闲。”李叙站直了身子，背影挺拔俊朗，那一刻，安星允记起来，在成为职业电竞选手前，他可是医学院有名的学神 。

这是多么美好的一个人，安星允坐在椅子里，直到看不到他的身影才收回视线。她听话地将那本杂志收进了座位前的袋子里，打算小憩一会儿。

Eel就坐在他们的右后方，全程看到李叙对待安星允温柔体贴的模样，惊得说不出话来。

他偏头看了看已经在闭目养神的林曦佐，叹气。这是要憋死他啊！ R神是不是已经和随意君在一起了？！

飞机安全着陆，救护车也已经停在了停机坪上。

患者的状态已经好了不少，机场通知了急救中心和他的紧急电话联系人，这会儿他的两位亲属已经随救护车一起到达。

S市的温度明显比G市低了许多，李叙向随车的医生交代了情况。赵勇先紧紧地握着他的手，声音颤抖而微弱：“小伙子，多亏了你，救命之恩。”

说着他想要从衣袋里拿名片出来，却被李叙一把按住：“应该做的，您还需要进行更详细的检查，注意身体。”说着，他对医护人员点了点头，便上了摆渡车。

那医生看着赵勇先的状况，对比了刚才空姐的报告，不禁感叹，真是后生可畏，此人操作精准，听说还是个学生，果然名校出身，实力非凡。

没一会儿，李叙便和队友们会合了，安星允手里拿的正是他之前座椅里的那件外套。她伸手递给他：“怎么样，那个患者缓过来了吗？”

“嗯。”李叙顺手穿上外套。

安星允递衣服的时候，李叙不小心碰到她的手，感觉到她的手有些凉。

队员们有人戴着耳机，有的戴着棒球帽，像林曦佐这种喜欢耍帅的，则戴着墨镜。

李叙同安星允走在最后面，她右肩上挎了一个小包，正跟着大家往行李转盘走。倏地，她的左手被一双温暖的手轻轻包裹，一瞬间，她整个人被轻轻向后拉动。

“怎么了？”

安星允因为李叙这一举动而被迫停下了步子，谁知道一副黑超接着就架在了她的鼻梁上。

“官微还没有正式发你的图，若有粉丝或者记者拍照的话，戴上这个，比赛前会少些是非。”安星允想，李叙大概是担心报道会写一些有的没的。她的手在他手里被握了好一会儿，暖意徐徐升起。

安星允意识到的时候，李叙已经放开了她，不经意地走到了她前面。

这一幕被林曦佐注意到，他放慢步子，同李叙并行：“你把你的墨镜给她戴，当别人傻吗？”

李叙看他一眼，淡淡道：“你仔细看，那是女款。”

林曦佐一愣，回头望去，真是女款。所以他是早有准备，专门为她买的？！心思缜密的人真可怕！

这是安星允第一次经历粉丝接机。

粉丝们举着整齐的手幅和标语，人群中不断有人喊着队员们的名字。

“Lynn 帅，Lynn 帅！”

“R 神，R 神，R 神！”

“Cyber，Cyber！”

辉仔捅了捅走在他身侧的晒伯：“你听，你粉丝的英语真是甩你好几条街。”

晒伯憨憨地笑了笑：“那我岂不是倍儿有面子 。”

“Eel，奶妈，奶妈！”

安星允听到这个词瞬间有些笑场，偌大的候机厅，听着有小姑娘用尖尖的嗓子喊出“奶妈”这个词，怎么都觉得有些违和。

“奶妈怎么了，R 神不是还得靠我养？”

Eel 见安星允戴着一副超酷的墨镜，走到她身边：“哟，大牌啊，哪来的墨镜，借我戴戴？”

林曦佐突然搭了一只手拍在 Eel 的肩上，痞里痞气地道：“女款，的确适合你，奶妈。”

Eel 一脸黑线，欺负人吗？

“我什么时候从团宠沦落到任人欺了？”

就在 Eel 自言自语的时候，一行人已经艰难地摆脱粉丝的包围，走到了停车场。

众人到达主办方预订的酒店时，已经是下午五点了。

唐月在房间里收拾东西，把比较常换的工作服拿出来挂在衣柜里，并留出了一多半的空间给安星允。

安星允面色疲倦，进了房间后，脱了外套搭在椅子背上，那张精致的小脸埋进了枕头里，很快就睡着了。看她直接趴在床上，唐月怕她着凉，把那件外套披在了她身上。接着，工作组的微信群里喊她，她看安星允睡得很安稳，便锁上门出去了。

安星允的手机放在包包里，下了飞机后还没有关闭飞行模式，大概是S市同G市的温差太大，安星允染了风寒，睡得有些沉。

来敲门的是队长晒伯，晚点有开赛前的聚餐，各家战队都会参加，而餐后又安排了记者采访。COD算是抵达S市较晚的队伍，这会儿收拾一下要前往聚餐的会场了。

安星允迷糊中听到有敲门声，起身的时候觉得有些发冷，也来不及理会，便过去开门。

晒伯看到她一副刚睡醒的样子，长发的发尾微微卷曲："随意，收拾一下得出发去晚餐会场了。"

"哦，好。"

"对了，打你的手机打不通，你看看是不是没电了，要是没电了，等会儿我让Eel他们带个充电宝给你。"

"好，我这就换件衣服去大厅找你们。"

同队员们会合后，李叙看到安星允的脸色有些苍白，她换好了队服，外套的领子拉到了顶，好像是怕冷，将外套的帽子扣在了头上。

李叙看着安星允上车，脸上有明显的倦意，歪着头靠在一边，身边坐着的是Eel，李叙不方便在这时候换座位。他摸出手机，问了句："你感冒了？"

安星允感觉到手机在震，拿出来看到是李叙，回他："可能穿得有点少，没事。谢谢。"

COD的全员入场，平地惊雷，COD传说中的新晋中单竟然是官宣的那个女生！

官宣图只是一张侧颜，这回见到正脸，没想到竟然这么漂亮，COD果然是圈内的颜队！

Jem 站在密语的队伍里，身形一抖，握着手机的手不由自主地悄悄攥紧。所以，她真的是 COD 的队员，看到 COD 提交成员名单时，他有些不确定，因为上次练习赛她在一旁完全就是工作人员的模样。

一七看着他们入场，面色如冰，冷哼了一声：“花瓶而已。”

Jiojio 示意她小点声：“大姐，他们走过来了，你说这么大声，会被听见的。”

“有能耐赛场上说话。”一七是场内起名太随意以外唯一一名女选手，脸上毫不在意地写着高傲。

这句话被走在最前面的队长晒伯听到了，他看了眼一七，不失风度地笑了笑，一七和他四目相撞，没有丝毫闪躲。

一七讲话的声音有些大，场内离密语近的几支队伍怕是都听到了。大家一副看好戏的样子。两个女中单，如果碰面，应该是很有趣的画面。

来这里，主要就是认识不同队伍的不同选手，Eel 在这种环境常常如鱼得水，其他队员也都正常地社交，很多战队经理也会趁机到处分发名片，算是为日后买下有价值的选手而做准备。

安星允因为身体不舒服，安安静静地坐在座位里，加上她的出战数目前为零，过来聊天的大多是冲着她这女中单的身份的，恐怕也有人是借着中单这个由头来看她的颜值的。

同圈内傲娇火辣的一七不同，眼前的这个妹子实在软萌又好看。

安星允时刻保持着礼貌，整个人有些浑浑噩噩的，头一阵一阵地痛，怕是真的感冒了。想着马上就比赛了，她担心这个状态会影响比赛。可是，这会儿跑出去买药的话，是不是不太好？

忽地，安星允额头上一凉，一只微凉的手背正贴着她的额头。李叙的外套不知道什么时候脱了下来，天气凉，他就只穿着队服里的那件短袖，她的眼睛瞟过去，他手臂上的肌肉线条一览无余。他收了手，将外套披在她身上。

安星允一愣，不知察言观色且准备加安星允微信的某队中单也是一愣。

只见李叙对她说：“伸手，袖子穿上。”语气平淡，话语也简单，却透着一股旁人模仿不来的亲近。

李叙那么高，衣服穿在安星允身上简直大得不像话，他泛白的指尖轻轻一扣，一拉，就将拉链拉到了顶，把她围了个严严实实。

对面的中单已经惊呆了，条件反射地离场，微信还没加完，那人就闪得没影了。

安星允还没来得及开口叫他，李叙清冷的声音就在她耳边缓缓响起：“你发烧了，跟我先回去。”

发烧？

“可是……”

她可是还没说完，就被李叙打断：“你不打算听医生的话？”他语气轻巧，可在安星允听来满满的威胁。

李叙顺势牵起安星允的手握在自己的手心里。

这一幕落在站得不远，一直想同安星允搭话的 Jem 身上，他身旁的一七抱着肩膀，冷冷地打量着自家 C 位微妙的表情变化。

一想到要偷偷离场，安星允建议道：“没事，我自己回去吃点药就行。”

谁知道李叙却说：“你穿着这么一身，以为出去的时候会没人看到吗？”

唉，自己一定是烧糊涂了。安星允叹了口气：“那我们能不能分开走？”

察觉到她不想和自己一起走，李叙那张俊脸上写满了不爽。他凝视着她：“你就这么嫌弃我？”

哎哎哎！大魔王要发脾气吗？听到这话，安星允怔怔地看了他一会儿，见他仍是冷面，最终还是败下阵来：“走吧。我和队长请个假。”

他却扬了扬手机：“发过信息了。”

于是，晒伯就这样看着人被李叙带走，他身边的林曦佐顺着他的目光望过去，问了句：“提前撤了？”

晒伯“嗯”了一声：“随意发烧了，Raines 带她先回去了。”

林曦佐看热闹不嫌事大：“队长，为什么是 Raines 带她回去？”

晒伯笑眯眯地答道：“大概他站得离她近。”

林曦佐瞪了他一眼：“你一个队长得稳重，皮什么皮。”

晒伯只是笑笑没再接话。

两人先是打车去了药店，安星允就听着李叙直接跟店员讲药名，噼里啪啦地说了好长一串，末了，好像又要了个体温计。

安星允想起自己以前感冒发烧的时候，都是先描述自己的症状，等着店员给自己推荐。她迷迷糊糊地想，有个学医的朋友就是好。

到了酒店，安星允切切实实地感觉到自己发烧了，起初是单纯难受，现在她浑身乏力，明明身体在发烫却觉得很冷。开了房门，发现屋里没人，她在门口同李叙道别，也来不及做到礼数周全，就直奔自己那张床，将两件队服外套脱下来搭在椅背上，药扔在了床头柜上，人掀开被子，着急取暖似的钻了进去。

看着安星允一溜烟地躲进了被子里，李叙拿了瓶矿泉水，关了房间的门，走到床边低声道：“起来把药先吃了。”

安星允整个人都蒙在被子里，声音小小的，像只受了伤的小白兔：“你不用管，等会儿我就吃。”

李叙轻轻叹了口气，一掀被子，一个瘦弱的身影正蜷缩在那里，闭着眼睛快要入睡的模样。他目光沉静地看她一会儿，见她动也不动，忽然伸手，一只手轻抬起她的腰，一只手扣住她的后脑，让她枕在了枕头上。

“哎，李叙，你别动我。”

“安星允，起来把药吃了再睡。”

见自己拗不过他，安星允硬撑着坐起来，把药服了。

“还有一袋退烧冲剂，你等一下。”

李叙把房间里的热水壶好好洗了洗，烧了两次热水，等水热的空当又在手机上点了份外卖，叫了份粥，他怕安星允烧退了会觉得饿。

水烧开后，他找了杯子，加了些凉的矿泉水，指腹摸在杯身上试了试温度，然后把退烧药递给安星允，温柔道：“把退烧药喝了再睡。”

安星允此时额头已经冒了虚汗，她用手臂支撑自己的时候，不小心一抖，李叙反应快，扶住了她，顺手把杯子搁在她嘴边，哄着似的：“听话，一口气喝掉。”

她亮晶晶的眼睛像带着露水，盈盈动人，这会儿还带着笑：“我又不是小孩子。”说着，她一口气喝掉了这杯药，等了一小会儿，便又躺回了床上。

李叙找了体温计出来，想让安星允量体温，她确实不舒服，在被子里哼哼了几声不想动。

李叙也不再强求，吃了药，过上一个小时，就会慢慢起效果。他挪了把椅子到她床边，安静地看着躺在床上的她，手指轻轻敲着大腿。是什么时候开始，自己的视线无法再从她身上移开？

很多画面从李叙脑中闪过，最后停留在他眼前的这张睡颜上。时间真是可怕的东西，他发现自己关注她已经成了习惯。

屋内只开了壁灯，色调温暖。床头柜上还有装药剂的杯子，她的手攥着被角，人睡得安安稳稳，呼吸轻浅。

李叙看着安星允的肤白唇红，心弦好像被什么乐符撩拨，他起身，缓缓地俯下身子，额头抵住她的额头。

这轻微的触碰和男子清冽的气息让安星允突然睁开了眼睛。李叙离得这么近，近到她能看到他长而乌黑的睫毛，近到能看到他眼睛里的自己。

安星允的心在狂跳，这样的距离，是要吻她吗？！她内心躁动不安，却也只是眨着眼睛望着他不敢轻易说话。

李叙温柔的目光里写满了情愫，低沉的声音像在做最后的诊断：“烧已经退了。”可是，他的额头仍旧没有移开的意思。

“清醒吗？”李叙问得突然，安星允却听懂了。

“清醒。”安星允答得简单，怕是多说一个字都能让李叙察觉到自己声音的颤抖。

“我的告白，什么时候给我答复？”

光线朦胧，照在李叙身上，弥漫着蛊惑人的气息。

安星允心头一漾，脸上一片红晕，内心斟酌的话还没出口，就听到门外有窸窸窣窣的声音。

突然，门被打开了！

“……”

完蛋了……

唐月和其他的工作人员刚忙完，回到酒店休息，听说队员们去参加聚餐还没回来，一进屋却被眼前的一幕惊得步子不知是进还是退。

光线太暗，她一眼望过去，以为两个人正在接吻！

安星允的心沉了沉，她忽然偏头，拉了李叙一下，他没有保持好平衡，稍稍错位，脸贴到了她的颈窝里。

唐月只能看到一个高大的身影覆在安星允的身上，她长这么大还没有谈过男朋友，瞬间伸手捂住了眼睛，嘴上急急忙忙地说着：“不好意思，不好意思，不好意思！”

安星允极“淡定”地开口：“没事，我男朋友……”

唐月往后退：“我想起来我有点东西落在我朋友那了，我先出去一下，等会儿回来。”然后她慌慌张张地关上了门。

安星允看她逃似的出了房间，叹了口气：“怕是一时半会儿不会回来了。”话说着，她却觉得脖子痒痒的。

李叙轻轻地笑出来，呼吸微微撩着她的脖颈。

“你笑什么？”

安星允虽然面上一副冷静的模样，心里早就乱成了飓风过境。

“笑她来得正是时候。”

安星允感觉李叙在她身上的重量，幽幽地说道：“她都走了，你什么时候起来……”

明明一个彬彬有礼的贵公子，此时却一个翻身，侧卧在安星允的身旁，长臂一伸一揽，将她带到了他怀里。

“你……你干吗……我还未成年呢！”她情急之下，诓他一句不犯法吧？

李叙眼中闪过一丝笑意：“不是感冒了吗，给你暖暖。”说着，他扣着安星允的后脑，将她的脑袋瓜抵在自己的胸前。

安星允趴在李叙怀里，能听到一下一下的心跳声，自己的小心脏跳得太用力，他一定听到了。一想到这里，她不禁感到羞赧，殊不知，这心跳是从一向俊逸冷静的李叙那里传来的。

两人就这样相拥了一会儿，安静得让他们呼吸相闻。因为吃了感冒药，安星允的困劲又上来了，再加上李叙暖暖的体温，很快，她又迷迷糊糊地睡着了。

李叙抱着安星允，眼底晦暗不明。他伸手揉了揉她的头发，她这样，怕是对自己的考验。

觉得安星允的身子暖了起来，李叙慢慢起身，将被子掖好，坐到了她的床边，偏头，看到那两件 COD 的队服正相叠在一起。

外卖小哥这时来了电话，说是外卖已经到了，人在门口。李叙开门接过粥，道了谢。塑料袋上还有着热气凝结成的水珠，他将粥放在了她的床头柜上，不忍心再叫醒她。

李叙抄手立在床边一会儿，看着她安静的睡颜，嘴角带着浅淡的笑。

未满十八岁吗？想到这里，李叙伸手抚了抚额头，她刚才是在胡思乱想什么？

安星允的感冒第二天真的神奇地好了。她不得不感慨李叙确实是个当医生的料，不知道来打电竞算不算入错行。

一早起来，安星允见唐月已经洗漱好了，和她道了句“早安”。谁知道这姑娘脸一红，就只是盯着安星允看。

“你有事？”安星允问了她一句。

唐月支支吾吾了半天，也没说出个所以然。

安星允笑笑：“没事，你说吧。”

唐月见状，走到她面前，压低了声音，神神秘秘的：“昨天晚上的事，我没和任何人说，但是我看他穿着咱们COD的队服……”

安星允明白她的意思，看样子她还没有把人认全，抑或是光线太暗，她没看清？

安星允看着她的眼睛，想着这种事还是低调点好，就简单地回答她：“嗯，你想得没错。”说着，就进去洗手间洗漱去了。

唐月硬生生将自己那有点八卦和雀跃的小心情给压了下去。那人的背影看上去高大而瘦削，可是光线不够强，她没看清脸，再加上突然扰了人家的好事，她慌张得哪敢多看。

第二天大家被带到场地上熟悉了下环境。安星允下楼到大厅集合，看到李叙的时候，觉得自己的心跳莫名地加快了。谁让她昨天晚上当着别人的面叫他男朋友，自作自受……

安星允穿着厚厚的毛衣，队服外套外又罩了一件棉服，把自己活生生地裹成了个粽子。

“感冒好点了吗？”李叙同她走在队尾，顺手给她整理了下翻起来的帽子，然后将背包里的一个保温杯塞到她包里。

“好多了，烧已经退了，就是嗓子还有些痛，吃两天药就会好了。这杯子……你什么时候买的？”

“昨晚。”

说着，李叙伸手在安星允额头上贴了下，似乎是确认她的体温。他这简单的动作，惹得其他队员频频回头。

“哥，他们是不是有情况？”Eel 眼尖地往后瞅，怕被抓包似的，三步一回头，扯着林曦佐的胳膊问。

“你问就问，别拉拉扯扯。”

Eel 松开手，一脸期待地等着回答。

林曦佐看他一眼，又回头望了望，正巧碰上李叙投过来的目光，正人君子似的点点头，极淡定地挪开视线，接着幽幽地回复 Eel：“我说没有你信吗？”

Eel 摇头：“不信。”

林曦佐一副“你还小什么都不懂”的样子：“那你问我干吗？”

适应场地的分了好几批人，安星允他们是上午的批次，场地熟悉后，便回了房间训练。因为就她一个女生，教练把她叫到了男生那层。

安星允端着自己的保温杯下楼的时候，在走廊上碰到了密语的 Jem。

他仍旧带着一副暖洋洋的笑容，一身棉质的帽衫和一条休闲长裤，有点居家的风格。见到安星允手里的保温杯，他问她：“你昨天提前离场了？”

安星允礼貌地回复：“是，有点小感冒，就先回去了。”

Jem 还想问几句，安星允却无心再说下去：“我还有事，先走了。”

她转身走到 COD 队员的门前，敲敲门，很快就闪了进去。

Jem 也返回了房间，屋里是密语的几位队员在聊战术。

Jiojio 手里献宝似的指给 Jem 看：“我们刚发现 COD 那个起名太随意是旭安科大的学生，前几个月他们学校举办了电竞大赛，这有录像，她初期好像打的是辅助，没有关于她辅助时期的录像，但有几张照片，她是后来进了学校的淘汰赛才打的中单。”

Jem凑过去，不知道这资料对他们算不算有利。可想而知，其他几支进到决赛的队伍也有这些备战材料。

一七冷冷地站在桌子边，看着屏幕上的操作，嗤笑一声：“丢人现眼的水平也敢来CDT，她是不是走后门才进的COD？”

Jiojio总感觉他家中单对COD的中单有着极大的敌意，一时也不敢接话，只是看看Jem。

Jem仔细地看了会儿安星允的操作：“很有灵性，意识也很好，但好像对英雄的技能不是很熟。”

“战术的事等教练来了再说，先去训练吧？”

人很快就散了，各自拿出电脑，一七拦住Jem：“你怎么什么时候都给这人说好话？”

“一七，你冷静点，我只是很客观地说了战术，我们要等教练来。我想你最好整理一下情绪，比赛前情绪波动是大忌。”

一七看着Jem的眼睛，那双眼睛明明带着温情，为什么对着她的时候从来最冷淡？

“知道了，队长。”

Jiojio看着一七开电脑跟开坦克似的，生怕她把键盘按坏了。

不过，COD的新晋中单没他们想的那么厉害，一七急什么？

下午安星允同李叙他们一起在房间里训练，联排保持手感。其间教练来过几次谈下一场的对手——BUG。

BUG，安星允有印象，听梁姝的意思，二队的成员出车祸和他们有很大的关系。

“上次小组赛的时候，我们遇到BUG的那场，一队就只有Kimj参加了。这次淘汰赛，他们的主力会全员参赛。”车远在一旁分析对方战队的情况，末了，嘱咐了一句，“你们比赛的时候不要带有私人情绪。”

“知道了，教练。”

车远看了看坐在一边的Lynn和老庄：“你们的伤怎么样了？”

林曦佐本想开口，瞥到老庄欲言又止的模样，收住了嘴边的话，只是简单地耸耸肩。

晒伯是队长，接过话：“Lynn的伤势较轻，估计年前的时候就能按计划训练了，老庄的话……”他没说完，便被车远打断了。

“行，我知道了。”说着，车远又叮嘱了下老庄，“好好养伤，伤好了才有未来，不要太过着急。”

老庄憨厚地点点头，心里早就五味杂陈了。

教练走后，队员们就投入到训练中。

安星允的发挥并没有受到感冒的影响，就在她刚结束一局准备起身活动一下的时候，不知何时，李叙已经拿着她的保温杯走了过来。

“喝了再休息。”李叙的队服T恤衫外又披了一件白色针织衫，看上去跟白大褂似的。

安星允接过杯子，谢了他，不知道他什么时候拿走杯子去加的水。她喝了一口，酸酸的又带一点点甜。

“你给我喝的什么？”

“柠檬加金桔。”

安星允震惊：“你哪来的柠檬和金桔？”她往杯口里探了探，除了带点浅黄色的水没看到其他东西，估计是滤掉了。想想就觉得神奇，他在这个只有床的酒店里是怎么操作的？

“趁热喝，嗓子好得快。”安星允在李叙的监督下，一口口地喝着热水。

Eel他们就坐在边上，看他们你一句我一句的丝毫不扭捏，听得愣愣的。

林曦佐看了这两人一眼，干脆转过身子，话是冲着李叙说的：“从小到大，我感冒的时候你可是从来没给我弄过任何吃的喝的。”

“你能和她比？”

哎哟喂！

屋里的人算是都听到了。

安星允的脸一下子红了，她将队服的拉链拉高了些，整个人捂着保温杯，除了喝水，一句话都不敢接。

晒伯笑道：“那随意快点把感冒养好，后天就上场比赛了，你可是会被全场注视呢，毕竟这么些年除了密语的一七，就你是女中单。”

唉……安星允顿觉压力好大。

# Chapter 11

明天，不要怕，我一直在。

·

。

·

晚饭后的休息时间，安星允接到了卫卫的电话。

“安大美女，我到S市啦！”

安星允有些吃惊：“你真的来看比赛吗？”

卫卫捏着手机：“准确地说，我是来看帅哥的。你不知道你们队很火？”

安星允“嗯”了一声，想到李叙那张脸，觉得她这句话说得很准确：“你人在哪呢？”

“就在你们选手入住的风尚酒店前台，刚问了，空房好像没有了。是不是好多粉丝都住这了？”

安星允抚了抚额头：“好像是主办方包下了好几层给队员和工作人员。”

“安星允，那我见你一面可能就得走了……”

安星允想到自己房里已经没了位置，对卫卫说：“你在大厅等我一下。”说着，她和晒伯请了个假，就往外走。

在大厅等待的卫卫见到安星允就扑了过来。

“星星啊，几个月没见，怎么瘦了？”

安星允任卫卫揉着自己的脸：“大概是训练睡得不好。”看着她背着一个大大的书包，“你就这一个行李吗？”

卫卫点头：“是啊，这个周末看你比赛，然后就回学校。又快期末了，这个学期没有你给我画重点了，我感到很悲伤。”

安星允惦记着卫卫晚上住宿的事：“我给我哥哥打个电话，看看能不能帮帮忙？”说着，她让卫卫在沙发上等她一会儿。

安燃在 S 市有房子，不知道方便不方便给卫卫安排个住处。

“我哥他没在家，钥匙邓领队好像有，你先去我房间里休息一下，我去问问看。”

“没关系的，安星允，这样太麻烦了，我去找个远点的酒店就行，一开始想着这酒店这么大，应该不会客满，看来还是我太大意了。”

“我看今明两天的天气预报好像有大雨……”安星允话没说完，就看到李叙从电梯间走过来。

卫卫捂着嘴巴差点尖叫出来！

“李叙？！”想到这，卫卫又转向安星允，“我的天！他和你，真的？”一句话磕磕绊绊没说清，但是安星允懂了她的意思。

该怎么回她呢？

没等安星允回答，李叙便开了口。

“遇到什么问题了？”

卫卫是真的不敢麻烦男神，却被安星允提前说明了情况。

李叙想了下，说了句：“等我打个电话。”

很快，他就收了线。

“联系好了，等会儿有人来接你，她那里正好有房间，也有车，方便来回接送你。”

“不用了，太麻烦了，我自己找个地方然后坐地铁往返就行。”

“没关系，反正她也是要过来看比赛的，你放松去那边住就好。”

卫卫用口型对安星允说：“他这也太神通广大了，人脉这么广吗？”

三个人就坐在沙发处等待，这期间主要是卫卫拉着安星允问东问西，李叙在旁边偶尔搭两句话，彬彬有礼，看得卫卫两眼直冒星星。

很快，从玻璃旋转门处进来一位穿着黑色风衣、墨蓝色高定裙子的女人，一双酒红色高跟鞋在大理石的地面上发出“嗒嗒”的响声。

她化着得体的妆容，戴着精致的首饰，举手投足一派贵妇人的模样，看得卫卫愣愣的。

她笑着开口：“阿叙，你要不要也去坐坐？”

“比赛结束后吧。”

她看了看坐在沙发上的两个女孩，问了句：“哪位和我一起去呢？”

卫卫同安星允一起站了起来，卫卫向前一步：“不好意思要打扰您了。”

“没关系。”

她转过头来对李叙说：“那人我就带走了，你比赛加油。”

她眯着眼睛打量安星允，末了邀请道：“比赛结束后一起来家里坐坐吧？”

安星允礼貌地微笑点头。

送走了卫卫，安星允忽然觉得肩头一热，发现李叙已经揽过了她的肩膀。

“她是我堂姐李静娴。”

她又没问……

两个人进了电梯，李叙忽然就靠了过来，将安星允整个人拢在了怀里，他清冽的气息瞬间包裹了她。

“你……要干吗……”

安星允的话没说完，李叙就微微俯身，在她脖颈间轻轻地吹了口气，弄得她心里痒痒的。

许是一整天都难得和她有独处的时间，李叙低沉好听的男声透着压抑，从安星允耳畔清晰地传过来。

“比赛期间，我不会动你。”

李叙的话让安星允一下子紧张起来，身体好像有电流经过般，麻麻酥酥的。

“但是，能不能先喂颗糖？”

糖？这么可爱的一个字怎么这会儿听起来就让安星允觉得脸红心跳呢？她手捏着衣角，没有回答。

电梯到了七楼，“叮”的一声，门开了。

李叙直起身子，放开她的肩膀。

那一晚，他们练习的时候，他都没再同她讲过话。

第二天一早，集合的时候，众人没有看到安星允。

晒伯想了下，特意让李叙去叫安星允。他在门口敲了几声，开门的是唐月。

“随意吗？她很早就出去了，还没回来。”

“好，我知道了，谢谢。”

李叙面上有点冷，这一大早的，昨晚刚下了大雨，外面有些湿寒，她的感冒还没彻底好，这会儿跑到哪去了？明明知道早上要和教练开会。

突然，走廊上传来跑步声，一个瘦弱的人影渐渐清晰。安星允喘着粗气，头发有点湿，怕是外面还飘着毛毛雨，见到她这副样子，李叙的脸沉了下来。

“你跑哪里去了？”说着，李叙脱下了自己的外套披在安星允身上，“你感冒还没好利索，这会儿着凉怕是前几天的药都白吃了。”

安星允披着李叙宽大的外套，整个人更显得纤弱。

“你生气了？”安星允的声音像是棉花糖一样，甜甜的，让他气不起来。

李叙没说话，只是将外套的拉链拉到顶端，她的下巴就窝在外套里，漂亮的眼睛含笑看着他。

安星允伸手挽了挽偏长的袖子，从裤子口袋里摸出一袋水果硬糖：“吃糖。”

李叙接过糖，轻轻叹了口气：“傻瓜。”

战术部署结束后，就是赛前的最后一天训练了。累了近乎一整天，到晚餐的时候，李叙觉得没什么胃口，安星允因为疲劳也回了房间休息。

李叙坐在椅子上，摸出来安星允给的那袋糖。奶白色的袋子上画了好多个彩色的泡泡，像是给小孩子吃的零食，李叙看了一会儿，没开袋子，又将其装回了口袋。

“什么东西啊，这么宝贝？”林曦佐不知道什么时候过来的，脸上带着坏笑。

“水果硬糖。”李叙答得简单，无意和他说太多。

“随意给的？”林曦佐嘴角一勾，看着李叙的脸色，瞬间了然。

“没事的话，我就去休息一下，晚饭再见。”

“昨晚静娴姐给我发信息来着。”他故意放慢了语速，看到李叙起身的动作停了下来，又坐回到椅子上，“她问我随意的名字。”

李叙的声音淡淡的：“早晚都会认识，她竟然急在这一两天。”

林曦佐补充了一句：“大家都看出来了，你不公布一下？”

李叙轻笑，起身准备回房间休息一会儿：“既然都看出来了，还有必要再说一遍吗？”

当天晚饭后，大家练了练手很早就去休息了，因为第二天下午就开始比赛了，赛前需要充沛的精力。

安星允练完后，同大家分别，回了房间。此时的唐月已经处理完工作，在房间休息了。

安星允打开电脑，想再看看教练给分析过的战术，却忽然接到了李叙的短信。

“出来一下，在你房间外。”

安星允本就紧张，这会儿看到李叙的短信，另一种情绪爬上了心头。她看着唐月已经入睡，摸出房卡，找了件外套披在肩上，轻手轻脚地走了出去。

李叙正抄手倚在门外，一身简单的居家服，同他练习时候穿的休闲装又有着不一样的感觉。

“过来。”

安星允站得离李叙有点远，她还记得上次在电梯里他说的“不会动她”，听起来怕怕的。她却乖乖地走了过去，一双温暖的手将她揽在了怀里。

安星允呆呆地任由李叙抱住，虽然还不是很习惯自己已经有了男朋友这个事实，但每一次他对她示示好，她都会忍不住凑过来。

“想你。”李叙的脸埋在安星允的颈间，清冽的呼吸撩拨着她的心弦。

“不是晚上训练的时候才刚见过？”

李叙抱着安星允的动作没有变：“想和你单独在一起。”

安星允听到这话，脸开始变烫。这么直白，不能怪她胡思乱想啊！她在他怀里靠了一会儿：“早点回去休息吧，明天就要淘汰赛了。”

“你不要紧张。”李叙没有放开安星允，温暖的手掌摩挲着她的背，她太瘦，他可以清晰地感觉到脊柱，手缓缓地向边上挪，又碰到了肋骨。

安星允因为李叙的动作而变得呼吸急促。他温热的手稍稍向上，碰到了一处柔软。手却像是触电一般推开了她。

李叙低着头，黑亮的眼睛里映着浓浓的夜色。安星允因为他刚刚的触碰，而僵在原地。

四目相视，他低头在她眼上轻轻吻了一下，湿润而温和的感觉就那样在眼上散开。

“明天，不要怕，我一直在。”

她点点头。

“进去吧。”李叙目光深沉，就在离开的刹那，安星允踮起了脚……

安星允就这样轻轻地在李叙的脸颊上戳了一下，来不及等李叙反应就关了门，把他一个人留在了走廊里。

李叙摸了摸面颊，还有温温的触感，嘴角带笑，赛后他会来讨更多的。

比赛当天，安星允穿着COD的队服，走在队伍的最后。

会场内能听到粉丝们的呐喊。

今天，是COD必须拿下的一场比赛。早上，教练一再嘱咐不要加入私人感情影响比赛。

可是，上场前，林曦佐和老庄因伤势无法作为本局的替补。他们两个在候场入口同大家打过招呼后，就往观众席那边走去。

晒伯他们看着二人离开的背影，握紧了拳头。是的，他们不会加入私人感情，但是，这场比赛，他们势必拿下。

林曦佐和老庄出现在观众席上，引起了小小的轰动！

“Lynn帅！”活生生的Lynn帅！

COD的粉丝都知道他们两位成员受了伤，没能上场。

林曦佐冲着他们做了一个噤声的动作，笑着说：“我们一起看比赛。”

简单的一句话迷倒无数少女。

很快，队员入场。聚光灯打了下来，COD对BUG！

粉丝的呼声开始铺天盖地！为各自支持的选手呐喊。镜头从每个队员的面上扫过，大屏幕上进行实时同步。

大概是因为高颜值，镜头明显在李叙的面上多停留了几秒。他乌黑的头发挡在额前、高挺的鼻梁，精致却不失男子气概的五官，怎么看都像一幅画。

粉丝的尖叫随着镜头的挪动一波未平一波又起。

倏地，一个女孩子出现在了大屏幕上。

场地瞬间安静了下来，一秒、两秒，紧接着是震耳欲聋的喊声！

“起名太随意？！”

“是起名太随意！”

“太漂亮了！”

“我去，这大概是圈内最漂亮的女选手了！”

安星允此时已经戴上了耳麦，眉眼中带着一丝冷静，她不说话的样子，如盛开的雪莲，美好又安静。

卫卫看到大屏幕上的安星允，一脸骄傲，双手拢在嘴边大喊：“起名太随意，加油！”

观众席的 VIP 座席上有两个人同样注视着屏幕。

安燃看着镜头下的妹妹，她人生的第一次职业比赛，这第一战，将会影响她身后的路。他想起了八年前自己第一次上台的样子，青涩却冷静，带着必胜的信念。

同安燃相隔了几个位置的正是李静娴。她拿着手机拍了几张照片，很快，镜头便看不到李叙和安星允了，李静娴看着照片，嘴角却扬起了笑。

随着比赛开始，整个现场的情绪都被点燃了！

坐在候场室里面看直播的密语战队，同样关注着这场比赛。

比赛开始，安星允的痛苦女王与 BUG 队的知了操控的 NEC（DOTA 中的游戏人物）在中路各自补刀、反补，很平稳的前期对线，双方的血量在缓慢损耗，好在五分钟后安星允就打出了血瓶。

Jiojio 问了坐在身旁的 Jem 一句：“这算不算宿敌？小道消息说 COD 的大神 Lynn 就是被 BUG 搞伤的，你觉得哪边能赢？”

Jem答他："客观实力分析，应该是COD占上风，同位置相比，只有二号位COD弱了一些，知了是BUG有名的二号位杀手。其他位置，都是COD占上风。"他顿了顿道，"不过，非常有可能，BUG想从二号位突破，gank带起节奏，结束比赛。"

就在他们聊天的空当，Eel的冰女打了信号，只见冰女正从野区赶往中路，这个动作，NEC并没有任何察觉。

安星允的眼睛扫了眼小地图，BUG的人都在各个路对线，没人看到Eel。而此时耳麦里，是Eel的声音。

"小姐姐，我来了。"

安星允懂了，上前又和知了的NEC交手了一波，把英雄往后拉，NEC看到仍有机可乘，便追了上去。

霎时间，冰女从阴影中现身。

Jem看到屏幕上的这一幕，神色变得严肃。

而身边的Jiojio已经发出了惊呼。

安星允操作的女王一个冰封，冻住了NEC，接着开始输出。

全场震惊了，BUG的中单被抓了！

女王用毒镖在中线压制住了NEC，对方正反补都很难动。紧接着，一个闪烁和尖叫，女王带走了血厚的NEC，甚至没有交出大招。

秒掉了，起名太随意竟然秒掉了知了！

BUG的队员们显然没有料到COD的中单竟然会在平稳的中路对线节奏中突显杀机，这一波操作让全场的人都大吃一惊！BUG被打了个措手不及。

观众席上因为安星允的这一波操作而响起了掌声和欢呼声。

显然，所有的人都低估了安星允，BUG、密语，还有其他观看比赛的战队，连同现场的观众！

台下的车远嘴角露出了一丝笑容，因为他知道，这两个月来，无论是天梯数据，还是队内训练，安星允的数据都在稳固提高。从KDA（死亡率）、正反补，到参战率，她的英雄池从浅到深，对英雄的特性也逐渐掌握到了深层，现在这个结果，就是BUG轻敌的表现。

车远对冠军是充满信心的，他的王牌不仅仅是现在圈内热议的Raines，还有黑马起名太随意。她不愧是前世界冠军Fire An的妹妹，或许，她能续写她哥哥的传奇。

此时的BUG陷入了被动，COD的整体节奏已经上来了。在C位Raines的带动下，开团，推塔，整个BUG已经被打得乱了阵脚。

在候场室看比赛的Jem起身去拿水喝，Jiojio则跟了上去，他路过门口的时候，扫到了一七，她整个人抱着双臂，寒意逼人。

“那个起名太随意真强，知了据我所知算是现役很牛的中单了。”Jiojio站在Jem旁边说，“唉，有点不想遇到COD啊，他家C位可怕得到现在都没有破绽，中单又这么强，连辅助意识都那么好。”

“没打呢，别泄气。”

两人在自动贩卖机前买水，听到外面震天的呼声，接着，掌声雷动，隔着好几面墙，都能感觉到声浪，整个场馆似乎都在震动。

“赢了？！就这样赢了，太牛了！”

整个候场室里，等待的队伍们心情各不相同。

安星允摘了耳机，手上松了鼠标，手心全是汗。她看了看身侧的李叙，正好他的目光也看向她。他只是对她笑了一下，因为观众粉丝的呼喊声太大，他说什么她应该听不到。

解说们都因为这局精彩的操作而情绪激动，赞美之词滔滔不绝。镜头特写突然定格在两个人的相视一笑上。

粉丝见状，纷纷拿出手机拍下这一幕，美好，意味深长！这获得胜利的一笑。

此时已经返回候机室的Jem看着屏幕上的安星允，心里却很沉重。距离旭安科大的校园比赛只过去不到三个月的时间，那时候她的操作同现在相比，简直就是天壤之别。

可怕……如果她用了这么短的时间就达到这种程度……

这是赛场上最怕遇到的一种类型的选手——天才型！具有天生的意识走位和精准的操作感。

忽地，镜头扫到了 VIP 座席上的安燃，他正看着前台，目光深沉，嘴角带着浅浅的笑。

“Fire An！”粉丝里有人认出了这位昔日的传奇！他已经很少出现在镜头前了，人群中又是一阵惊呼！

看到他，Jem 忽然反应过来。

安燃，安星允，他妹妹？

双方队员下场，走向转场通道，光线不强，安星允背着包，走在队伍的最后面。她的心情还很雀跃，这是第一场职业赛，赢得很痛快。也许，之后的路上会遇到各种各样的强敌，可是首战得胜是一剂强心剂。那两个月作为替补的心酸、不安，这一刻都得到了释放。

作为本场的 MVP（最优秀选手），李叙被媒体拦在了通道入口处接受简单的采访。采访结束，他跑着进了通道，赶上了大部队。

黑暗中，安星允只觉得自己的手腕被轻轻抓住，她一惊，偏头的同时想把手抽出来，却听到一个熟悉的声音。

“是我。”李叙已经走到安星允身边，那双手，顺着她纤细的手腕微微向下，同她十指交握。

安星允小声道：“还有其他人呢……”

“那又怎样？”

安星允觉得面上有些热，好不容易凉快下来的手因为他这么一握，好像又开始湿了。就在快走出通道的时候，她使劲一甩，挣开了他的禁锢。

看安星允逃开的样子，李叙也没说话，只是跟在她的身后。

回到候场室的 COD 可谓风光无限，没能上场的林曦佐和老庄也过来和他们每个人拥抱。轮到起名太随意的时候，老庄憨憨一笑，只是伸手道：“随意，这局赢得太漂亮了！”

而林曦佐则是大大咧咧地就要给她一个熊抱。没等李叙开口，有人打断了他……

“安星允，过来。”说话的是安燃，他倚靠在桌前，同这些年轻的小伙子站在一起，看上去并不老，反而多了一些岁月沉淀带来的魅力。

安星允笑笑同林曦佐摆摆手，接着走到安燃的身边。

“虽然有了一些进步，但是不能骄傲。你要知道，这只是个开始。”

安星允“扑哧”一声：“哥，你能别故意倚老卖老吗？”

众人随即笑了开来。

大概是俱乐部因为首战告捷想鼓舞士气，今天的晚餐吃得特别丰盛，连着一同辛苦的工作人员一个没少都参加了聚餐。

餐后，队员们便各自回了房间，而工作人员还有一些任务要做，散场后，统一去开会了。

唐月给安星允发了条消息，说是她大概很晚回来，让安星允晚上先不要把里面的挂锁挂上。

回复了唐月的消息，安星允便把手机扔在床上，去浴室冲澡。一整天的疲惫与初战的压力都随着水流冲走了。

胡乱地吹了吹头发，因为浴室太热，安星允便裹了件浴袍，拿着干毛巾一边擦着发尾，一边翻着手机。她没敢登录微博，怕影响接下来的比赛情绪，就只是看了看微信。

发现几分钟前，李叙给她打了个电话，她没有接到，正想着回一条微信，便听到了门那边有敲门声。

她从门镜看了看，竟然是李叙？！安星允开了门，有些惊讶：“你怎么来了？”

很显然，李叙没料到安星允穿着浴袍就来开门。浴袍的领子有些大，顺着那晶莹的水珠，目光也微微向下。

安星允的小脸因为浴后有些红，长长的头发披在肩上，整个人乖巧而美好。

李叙目光微动，一个侧身，便进了安星允的房间，手微微向后，动作利落地推上了门，同时搭上了挂锁。

安星允看着李叙这一气呵成的动作，微微向后退了一步，脸上又烧了起来，为什么他关个门都那么帅……

“你……你进来做什么？”安星允的话刚问出口，便被李叙一把捞进了怀里，她瘦瘦小小的身材被他轻轻一搂，便拥了个满怀。

安星允的脸颊贴着李叙的胸膛，他身上的味道很清爽，带着点露水的味道。

安星允贴上李叙胸口的这一下，软软的，暖暖的，还有她特有的甜甜的感觉。一下子将他包裹了起来。他就是想在睡前来看看她，和她说说她今天比赛的情况还有接下来要注意的地方。

安星允见李叙没说话，在他胸前蹭了蹭，湿润的发尾打湿了他的 T 恤衫。

“你不是问我来做什么？”

“是啊，你来找我有什么事吗……”

“我来吃糖。”

安星允声音糯糯的：“不是给你买了一整袋吗……”

“舍不得吃。”说着，李叙微微扣住安星允的后脑，手指顺着柔软的发丝轻轻抚着她，一只手紧紧扣住她的腰，隔着腰间的蝴蝶结，她好像都能感觉到他手上的热度。

李叙稍稍低头，眼睛已经闭上，一个珍惜而诱惑的吻随之落下。

“唔……”安星允的脑海中一下炸开来。紧接着，她只能感觉到自己的脸、手、全身上下都在发烧。

好像憋住了不能呼吸一般，安星允一时之间觉得有些喘不上气，微微张开了口。就这一瞬间，李叙便趁机进入，他的舌头绕着她的，她逃不掉，躲不开，最后乖乖听话地任由他索取。

安星允因为这长长的一个吻而瘫软在李叙的怀里。

“下一次，要学会张嘴。”

李叙的话一出，安星允整个人都软彻底了。她的吻技是被嫌弃了吗……

“我……我以后会很厉害的！”

李叙是看安星允那样难以呼吸，并没想到无意中激发了她学习这方面技能的积极性。他忍着笑，手轻轻揉了揉她的头发，好像发梢那微微的湿润已经被两个人灼热的体温烘干了。

“好，那我期待一下。”

这晚……根本睡不着！！！安星允悄悄地在网上搜了这么一个问题——提高吻技可看的教材。

安星允给卫卫发了条微信，大致形容了一下自己的诉求，整段话说得委婉而学术。

谁知道，卫卫一语中的：“说吧，是不是初吻献给了李叙大神，却被嫌弃吻技太差？”

安星允淡定地回道：“喀喀……只能说，没有对比就没有伤害。”

COD 的整体实力是大家一致认可的，经过同 BUG 的那一战，更是刷了一大波新粉的好感。

关于起名太随意的微博热门话题竟然在榜上待了一天。

安燃看着“COD_起名太随意”的粉丝一晚上涨了二十万，不知道要不要为她高兴。

更多的人关注她，对她的期望就越高，每一场比赛，就都要达到他们的预期，如若不是，排山倒海的负面评论就会将人湮没。

那个时候，不知道安星允还能不能保持她打职业赛的初心。

上半区的比赛，COD 以势如破竹的气势一路赢到了决赛。这其中，一号位的 Raines 和二号位的起名太随意实力最为凶残。

而下半区，同样来势汹汹的密语战队也是一骑绝尘，各种数据遥遥领先地杀到了决赛。关于决赛最热的话题莫过于这两支队伍的 C 位对决和中单 PK。

COD 的 Raines 虽然在职业圈出现不过短短几个月，却被人敬为不败神话。密语的 Jem，同他那温和俊秀的外表不同，被其他选手戏称为“魔鬼杀手”。

本次 CDT 仅有两名女选手参赛，分别是 COD 的起名太随意和密语的一七。相对新人起名太随意，关于一七的传说就多了。她本来是 LOL 的知名打野，后来在职业生涯的巅峰时期竟然转去打《DOTA2》。一开始招了很多黑粉，可是她依旧我行我素，经过几场职业赛事后，很多人因为她耿直的性格开始路转粉。

能不能拿到 TI 国际邀请赛直接受邀战队的名额，还要看这次比赛的结果。 所以，大家对这场 CDT 的决赛格外看中。

决赛在周日的晚上举行，车远教练多次强调了战术部署，对于密语这样的强队，一丝都不能马虎。

决赛是晚上八点举行，这会儿刚刚五点，安星允回了房间打算休息半个小时。唐月不在，作为工作人员，她真的是从早忙到晚，安星允有时候觉得她比自己要辛苦很多。

安星允在床上趴着，脑子里面过的全是各种战术画面，想睡是睡不着了。她正想着就在床上躺尸算了，就听到了敲门声。

安星允过去开门，是李叙。

“你怎么来了？”安星允一只手扶着门，一只手揉了揉眼睛。

“别弄眼睛。”李叙伸手抓过安星允的手，将她的小手扣在了自己的掌中。温温热热的感觉，她用手蹭了蹭，觉得手感真好，滑滑的……他保养得真好。

“痒，别乱动。”李叙顺势将安星允的手同自己十指交握，另一只手关上了门。

安星允此刻只穿着队服那件 T 恤，整个人瘦瘦的，队服虽然是定做的女款小号，穿在她身上还是显得有些空，但该有的地方还是很有料的，感觉一伸手，那纤细的腰肢便不盈一握。

因为李叙的注视和那紧握在一起的手，安星允有些赧然，偏过头，扯着他往屋里走。

“我要休息一会儿，你找我有什么事吗？”

李叙看着安星允柔软的长发和美丽的侧颜，跟上她，声音清淡：“嗯，我来睡一会儿。”

“什么？！”安星允已经坐到了床边，李叙牵着她的手，也坐到了她的床上。他身上披着件私服，里面也是队服 T 恤，他看了眼被她睡得歪歪扭扭的被子，对她讲：“衣服上有灰，等会儿去比赛前，让前台帮忙重新换床被子。”

安星允摇摇头：“不用的，我晚上都是用我自己带来的床单被罩，这会儿只是收起来了。”

“嗯，那休息一会儿吧。”李叙说着，将两个枕头叠在一起，轻轻靠了上去，长腿一搭，要睡觉的样子。

“你怎么不在你房间睡？”

“Eel 和老庄他们在吃东西。”

“哦……”安星允也不再问了，坐立不安不知道该干吗。人在地上晃来晃去，被李叙伸手给捞到怀里。

“休息一会儿，等会儿就决赛了，养精蓄锐。”

安星允就窝在李叙的胸口，脸贴着他的胸膛，整个人被他拥在臂弯里。

他的怀抱好暖，她觉得自己的脸有点烧……她在他胸前蹭来蹭去，睡不着啊！

忽然，那双大手扣在她的头顶，声音低低的："动来动去，要做什么？"

无辜……

"我睡不着……"

李叙微微叹气，忽然拿掉一个枕头，平躺在床上，安星允因为他的动作，也侧躺了下来。

"那换个姿势。"

"……"

为什么这话听着，容易让人胡思乱想呢？

李叙一只手牵着安星允的手，一只手扣着她的肩膀："等会儿比赛不要紧张，密语没有什么可怕的。"

"嗯。"安星允小声应答着，一直紧绷着的神经因为这个温暖的怀抱渐渐放松，最终困意袭来，她抱着李叙，慢慢进入了梦乡。

李叙轻轻绕着她的手指，看她不舒服地在他身前蹭了蹭，扯了被角盖在她身上，微微动了动身子，让她在他怀里找个舒服的姿势。

安星允睡觉的时候特别乖巧，也不乱动，就老老实实地窝在他怀里。

# Chapter 12 我们会赢。

双方抵达了候场室，上场前，最后一遍检查设备。

双方队员从通道的两侧同时入场，观众掌声雷动，两家的粉丝数量旗鼓相当。Jem 看到了 Raines，他走在安星允的后面，伸手帮她整理了一下微翻的衣领，而一七也刚好看到，鼻子里发出一声“哼”。

这不屑的声音虽然不大，却被 Eel 和晒伯他们听到了。

Eel 补了一句：“这个一七是不是对咱们家随意有什么误会？”

晒伯摇摇头：“专心比赛。”

第一局，双方选人都很保守，李叙选到了幽鬼，Eel 因为冰女被 Ban（禁止），选择了死灵法师来做辅助，而安星允在中路选了最近版本火热的水人，她的对线中路密语一七则选了火枪手。

安星允没和一七实战过，虽然看过了不少她比赛的录像，但是对她的打法不免好奇。随着战争号角的吹响，比赛开始了，安星允定了定神，站在了中路。

突然一片散弹雨在水人周围落下！

安星允心里一顿，她没有在录像中看过这样的打法，看来一七是有备而来，开局就要给她个下马威。

安星允实战经验虽然不多，但是她并没有因此而乱了阵脚，面对一七稳稳的补刀和火枪长于水人的射程，安星允真是一点便宜都占不到。对方的幻影刺客的人品也好得出奇，频频爆击。三十多分钟了，水人关键的林肯还没出来，安星允的额头慢慢浸出了汗，眼看队伍的经济已经落后，再也追赶不上来。

第一局，输了。对方的经济、装备、游走，这一局都强于COD，最后的COD确实再无力回天。

第一局结束，一七摘了耳机，远距离往另一边看过去，很挑衅地扫了眼起名太随意，刚好镜头转到她身上，那种属于胜利者的骄傲没有丝毫掩饰。镜头转到起名太随意身上，安星允也摘了耳机，面色无常，起身同队友一起往休息室走。

观众席上的粉丝也都握着拳替各自的队伍祈祷。

到达休息室，教练进行第二局比赛的战术调整，一直沉默的安星允突然说：“下局，我会继续pick水人。”

这话一出，连教练都愣了一下，很明显，她刚刚那局就是因为水人被火枪压制而输掉了比赛。队友们面面相觑，因为大家都看到一七的咄咄逼人让安星允的战线非常难受，安星允的水人，几乎被一七完克。安星允却目光灼灼：“我确定，我有办法。”

第二局，起名太随意继续选择水人，而一七则选了影魔（SF）。台下的观众纷纷惊呼，因为安星允使用的战术竟然是——罚站水人！

罚站水人是这个版本比较IMBA（不平衡）的一个打法，安星允在一次组内练习赛中看到Eel使用罚站水人打得对手七荤八素，觉得很有趣就也练了一下。

一七戴着耳机冷哼一声，经过第一局，她已经完全不把安星允放在眼里。然而，战局发展得却越来越让人震惊。

当六级水人初步成型，竟然让一七的高输出脆皮影魔几乎动弹不得。

一七爆了句粗口。镜头那边闪过起名太随意的表情，她目光沉着地看着屏幕，时不时用耳麦和队友沟通几句。

就闪过的这几秒，屏幕上就出现了Eel，这波游走太给力了。

一七的SF崩盘了！

台下的观众看得目瞪口呆！而因为密语中路崩盘，李叙的大哥发育得很顺，已经没有丝毫悬念。

一比一！

一七将耳机摔在桌子上，大屏幕上正转播安星允同队友Eel对话的画面。

“随意，刚才那波打得太好了。”

安星允“嗯”了一声，声音冷静：“我们会赢。”

第三局，生死局，仅用两局就了解了一七的打法，起名太随意在中路招招克制住了对方中路，再加上自家强大的C位，经过简单厮杀，就将密语狠狠地钉在了败者的耻辱柱上。

坐在场下观赛的各支队伍，不由自主地感叹，这就是典型的天才型选手，在赛场上根据对手的打法时刻调整自己。

密语的塔被推倒了！

全场欢呼，赢了！！！

老庄和林曦佐坐在台下，看着台上摘了耳机相互拥抱的队员，忍不住为他们鼓掌。这冠军，他们拿得实至名归。

安星允就坐在李叙的左边，比赛结束了，他们赢了。

右边的Eel刚想给安星允一个熊抱，见到她身后的那尊大佛，只是象征性地轻轻拥了她一下，拍拍她的肩膀，语气却带着止不住的兴奋。

“随意，你可以啊，厉害了，厉害了，以后你也是有中国冠军头衔的女人了！”

安星允笑笑，转身，李叙也正侧着身子看她。

转播的镜头就对着他们，安星允想着礼节性地抱抱他吧，胳膊刚伸出去，就被李叙抓住了手，她一个向前，扑在了他身上，他伸手揉了揉她的头发，在她耳边低语道：“赢得很漂亮。”

粉丝们看着大屏幕，不由自主地发出了尖叫！！！

啊啊啊！！！要不要这么撩？！

高大英俊的Raines就这样把娇小可人的起名太随意拥在了怀里，显得男子气概十足。大家只是看到Raines的嘴唇动了动，完全听不到他说了什么。

李叙只抱了安星允两三秒，便放开了她，大方地去拥抱坐在他右侧的晒伯。

安燃在台下看到这一幕，微微眯起了眼睛。

这小丫头什么时候谈恋爱了？

而李静娴一手捂着嘴，惊讶地看着台上那个光芒四射的李叙。她家的叙少爷什么时候这么风度翩翩地拥抱小姑娘了？

李叙从小到大，主动贴上来的女孩子不计其数，据她所知，李叙可是从小就对女生敬而远之！

而密语这边，虽然他们输了，但给所有人献上了一场值得记住的比赛，密语的粉丝在台下吼着：“密语加油，密语加油，密语加油！”

颁奖典礼上，属于冠军的奖杯被交到了晒伯手里，他作为COD的代表，获奖感言不长，却让人一下就记在了心上。

“谢谢大家一路以来对我们的支持，也感谢我的队友们不顾一切地拼搏到此，我们是COD，chase our dream，永不停歇！”

雷鸣般的掌声经久不息。

从通道往出走时，Jem轻轻地拉住安星允。

“随意，恭喜你。”

“谢谢你，Jem。”

“从淘汰赛到决赛，你的每一场比赛都有亮眼的地方，如果以后有机会，我还希望能和你一起切磋。”

“你太客气了，Jem。”安星允无意同他多聊，看到自己的队友走在很前面，便礼貌地点点头，“那我先走了。”

Jem本还想再多说点什么，见状就和安星允摆了摆手作别。

Jiojio走在Jem的身侧，语调带着点八卦的意味：“Jem，你对COD家的那个中单小姐姐感觉不一般啊……”

Jem温和地笑笑：“确实是很有实力的一个人。”

一七走在最后，Jem同安星允，还有Jiojio的话她都一字不漏地听进了耳朵里。

COD夺冠，瞬间上了微博的热门，俱乐部大手一挥，在S市中心最豪华的酒吧包了场。今晚可是不醉不归！为了比赛奔波的工作人员和每日辛苦训练的队员们都得了机会一起“嗨”。

还穿着队服的队员们先是回到酒店换衣服，安星允住的楼层和大家不同，便自己回房间，等一下在酒店大厅同大家会合。

不料，安星允却在走廊里遇到了一七。她穿着黑色的皮衣和破洞裤，脚上是双铆钉靴，浓浓的妆容，比在赛场上见到时又多了几分戾气。

安星允本不想同她打招呼，没想到一七突然伸手拦住了安星允的路，长长的胳膊正好挡在安星允的脖颈前。

安星允看了她一眼，语气淡然："让开。"

一七本就比安星允高一些，再加上她脚上的靴子跟又高，整个人看上去气势汹汹。

"你个狐狸精，到底对 Jem 下了什么迷魂汤，迷得他私底下同 COD 的经纪人接触？"一七的开场白让安星允偏头。

"我什么都……"她话没说完，一七一个巴掌就拍了下来！

暗红色的地毯铺满了整条走廊，此时这里静得好像能听到回声。

安星允脑子"嗡"的一声，那张白如凝脂的脸上瞬间起了一个红印，接着高高地肿了起来。

安星允的眼睛里带着火，她对她家李叙一心一意，哪能让别人说闲话："一七，我告诉你，你当宝的男人在别人眼里可能就是根草。"说着，她拿出手机，语气陡然冷冽，"走廊里有监控你不知道吗，要我现在报警吗？"

一七怒火中烧，一个巴掌又要拍过去，却被安星允闪开了。

安星允一向安静温和，一七却不知道，她从小跟着安燃混，在周围那群人尖子中，没有真的吃过亏。此时她语气冷得像带着寒冰："脏。"

"你！"一七看着安星允一脸鄙夷的神情，指尖掐进肉里，红了一坨。

此时走廊的另一端，有人走过来，一七眯了眯眼睛，接着恨恨地跺了跺脚："起名太随意，你给我等着。"说着，她很快消失在楼道拐角处。

安星允轻轻碰了碰脸颊，已经肿得像麦垛，她进了房间，唐月不在。她去浴室将毛巾洗了两遍，弄凉在脸上贴了贴，根本没有消肿的迹象，看来今晚的庆功宴肯定是去不成了。

安星允靠在洗手台前给邓队发了条消息，称自己太疲劳，想睡觉，就不去了。

本来一行人都在楼下等着安星允，听她这么说，便也没多想，女孩子熬到这个份上不容易，一群小伙子也不计较，跟着领队就往酒店外走。

李叙的步子略带迟疑，他给安星允发了条微信："怎么了？"

很快，他就收到了回复："没事，就是困了。你去玩吧。我今天想早点睡。"

怕他有疑虑，安星允特意发了张自己躺在床上蒙着脸的自拍。

"睡了，睡了。"

"那好，你有事就叫我。"

晚上的聚会李叙时不时就看看手机，心里放心不下一个人在酒店的安星允。可是作为全场的 MVP，有记者采访，他又无法走开。

安星允一个人躺在床上做冰敷，由于比赛的高压持续紧绷了两个月的神经忽然得到放松，纵然脸颊肿得很痛，她还是很快就睡着了。

早上起床去浴室的时候，她突然听到了唐月的尖叫！

"天哪，随意！你的脸怎么了？"

看着雪白的肌肤上红肿的一大片，唐月真的好心疼。她迅速翻出随身携带的小药包，并没有什么能消肿的药。

"你等着，我去给你买。你这样出去如果被记者看到了，怕是会乱写。"

安星允拉住唐月："月姐，没事，这个养几天就好了。我那还有口罩，你别太担心。"

唐月看着安星允那么漂亮的一张脸现在肿得不像样子，心里酸酸的："今天队里还安排了直播采访，你作为中单也是要参加的。这可怎么办，我去给领队打个电话吧。"

安星允摇摇头："能不能请你替我撒个谎？"

唐月从冰箱里取了一些冰块，用毛巾包好递给安星允："再敷敷吧，等会儿还是不见消肿的话，我们就去医院吧。"她看到安星允身上别处没有伤，奇怪地问她，"你这脸是怎么搞的？"

安星允还没来得及答她，就听到了敲门声。

安星允跑过去看了看门镜，是李叙！她慌忙找了个口罩戴在脸上，门又响了两声，接着手机振动了一下。

李叙的微信："醒了吗？"

安星允拢了拢头发，戴着口罩，镇定地走到门前，开了门。

见到她戴了个口罩，李叙沉声问她："怎么回事？"

"哦，没什么，感冒还没好利索，怕传染给你们。"

前几天感冒重的时候她都没戴，这会儿快好了却戴上口罩？

安星允自以为答得滴水不漏，唐月手上的毛巾却被李叙一眼看到了，眸子顿时就暗了下来。

"口罩摘了我看看。"李叙口吻不容拒绝。

"真没事，你先去吃饭吧。"

唐月见两人互不相让，便找个借口出了门。

屋子里就剩下了李叙和安星允。

"所以，你昨天晚上因为这个没去聚会？"他的声音带着自责，他应该更早察觉到她的异样。

安星允摇摇头，可是委屈渐渐涌了上来，眼底酸涩，湿漉漉的眼睛只是看着他。

李叙指尖微凉，指腹贴着她滑腻的皮肤拿下了口罩。

触目惊心的一片红！

李叙沉了脸色，将安星允紧搂在怀里："宝宝，谁欺负你了？"

安星允听到他的话，本已经想把这件事放下，此时却鼻头一酸，只是窝在他怀里不说话。

李叙温柔地搂着她的肩膀，声音从头顶传来。

"我堂姐邀请咱们晚上去她家吃饭，下午的采访我和领队教练说一下，我们两个就不参加了。"

安星允闷闷地回他："我的脸这样，没法去吃饭的，更别说采访了。"

"我们去医院稍微检查一下，再买些药，会好得快一些。之后我们在S市停留几天，再回基地也不晚，请假的事我和上头说。"

李叙见安星允不答话，心里一软：“没看出来你喜欢用武力解决问题？”

“不是，我没有出手伤人。”

也许是李叙抱着她，让她觉得安全又可靠，她轻描淡写地把昨晚在走廊发生的事告诉了他。

李叙伸手揉揉安星允的秀发：“今天带你出去散散心，你先洗漱收拾一下，我去找领队请假。”说完，他亲了亲她的额头，出门，直到走到楼梯间，才拨通一个电话。

电话那头是一个沉稳低哑的男声：“是，我会尽快给你回复。”

李叙去办理请假的手续，安星允就坐在房间里安安静静地等他，她没看手机，只是站在窗子边看着外面的风景。

G 市的冬天很少下雪，外面的树叶，风一吹，瑟瑟发抖，偶尔一两片敌不过寒风，便被泥土所拥抱。

想到李叙抱着她的那几分钟，安星允心里就生出许多暖意。

G 师大附属医院真是人满为患，安星允看着李叙不知道从哪弄来的专家号，一脸过意不去：“不是黄牛票吧？我刚才听几个患者聊天，肖主任的号特别难挂。”

“专心看病，过来。”说着，李叙伸出手，要牵住她。

安星允看着李叙伸过来的手，温润有礼，想着几个月前，他为她义诊测血压，觉得时间真是快得让人恍惚。见她有些犹豫，他上去握住她的手，自然而然地放到了衣服口袋里。

周围好多人看过来……大概是因为李叙长得太帅，或是自己戴着口罩看着太奇怪吧。

安星允手上的温度持续传来，暖暖的……

一个上午，看了专家号，做了检查，拿了药，确定安星允的脸只要按时上药就能好后，两人才离开医院。

李静娴那边早就做好了准备，这会儿打电话过来，安星允站在一旁听着李叙和他堂姐简单的对话，手捂着脸。

她现在这个模样怎么去做客？她不要……

“我堂姐已经安排好了，我们现在过去？”李叙左手牵着她，右手拎着一袋药，他腿长，放慢了脚步，让她跟在他的身边，像一个小宠物。

安星允戴着棒球帽和口罩，只有一双澄澈的眼睛露在外面，因为隔了层棉布，她的声音闷闷的：“我现在没法见人。”

李叙轻笑，步子停了下来，抱住她，下巴正好抵在她的头顶：“过两天就消了。再说，只是在我堂姐家，没有别人，当赛后散心了。”

安星允就乖乖地窝在他怀里，也不出声，看得出来她心里的纠结，他提议道：“还有时间，最近新出了部电影，评价挺不错的，我们去看看。”

想到影院黑乎乎的环境不会露脸，安星允便同意了。

S 市某区购物广场，李叙寄存了药袋子，然后牵着安星允，像牵着只小绵羊，站在柜台前问她：“爆米花要盐味的还是奶油味的？”

柜员妹子看着眼前高大帅气的男生，还有躲在他身后的人影，嘴角带笑推荐道：“我们这盐味的很特别，别家都没有……”

没等妹子说完，李叙就听到一个清淡的声音：“我要奶油的……”

李叙看到安星允扯着自己的衣角，侧头偏着身子，心上一动，顺势把她的双手扣在一起，放到自己的腰间，这姿势就像是她抱着他。

利索的动作看得眼前的柜员妹子目瞪口呆，狗粮来得猝不及防。

她帮他们点了单，一边转身去盛爆米花，一边小声对自己旁边的同事说：“看到了吗？我身后的那对，男生超帅的！对他女朋友好宠……”

她的话再次被截了和，同事一个一米八五的大汉竟然激动得捂住了嘴！

“Raines！！！”他摇得柜员妹子手里的爆米花撒出来一半。

“轻点，是谁啊？你说的那个英文名。”

“就是你刚才夸长得帅的那个男生，是刀塔界的大神！昨天他们队刚赢得了全国冠军！”男生的眼神黏在李叙的身上，忽然发现他手里竟然牵着个女生。那女孩的双手被他覆在腰上，戴着帽子靠在他身后，根本看不清脸。

突然，一个想法在男生的脑子里炸了！

那个身高、那个身形，难道是起名太随意，约会吗？！

壮汉忍住了自己的冲动，拿过柜员妹子的那个爆米花桶，又往里面加了一大勺爆米花。

“他们点的是中桶……”看着冒出来的爆米花，妹子好心提醒。

“不行，我男神，多的算是我送的！”说完，壮汉将那份爆米花递给了李叙。

“谢谢。”李叙接过爆米花，转身打开安星允搂着他的手，将爆米花放到她手中，“抱好。”说着他搂着她的肩膀，带着她去买电影票。

柜员妹子疑惑：“难得的机会，你都不和你男神打个招呼吗？”

身边的壮汉摇摇头：“我不敢……你不知道，他在游戏里多么强悍……”

这算是安星允和李叙第二次一起看电影，只不过这次他明目张胆地搂着自己，她觉得心跳得有点快！

李叙指腹微凉，轻轻贴上她的下颌：“口罩摘了没关系的，这会儿光线很暗，也方便你吃爆米花。”

他好像懂得她心里的顾虑：“不会更肿的。”

“好……”安星允乖乖地摘了口罩，纤细的手指刚捡出一粒爆米花，电影幕布上主人公已经登场。忽然，一个人影挡在眼前，她来不及反应，唇上就有凉凉的温度！

李叙小心翼翼的触碰，却在安星允心底里掀起惊涛骇浪。微凉的感觉没有持续两秒，唇瓣上就被一抹柔软包裹，轻轻的舔舐让她的脑子一下炸了开来！

李叙侧着身子，就这样毫无预兆地吻了过来！安星允的脸已经羞得通红，想逃——根本没地方躲！

安星允死死咬住牙齿，周围都是人，立体环绕声满是男女主暧昧的对话。他离她太近，哪怕是低低的声音，她也听得清。

“乖，张嘴。”

简单的三个字带着点哄骗的意味。安星允嘴唇抿得更紧——才不要。万一他吻得太动情，在这里做点什么奇怪的事怎么办？！

李叙也不急，能感觉到安星允脸上一下升高的温度，他笑了笑，坐回到位子上。

就在安星允以为安全的时候，一个蜻蜓点水似的吻又落在了她的唇上。于是，没有得到深吻满足的李叙，一场电影，吻了她不下十次……

电影演的什么，安星允什么都没记住！

开灯前，安星允忙把口罩戴好，她觉得自己有点惨，不仅脸肿了，嘴唇好像也肿了……

很显然，李叙的心情很好，他牵着安星允的手走出播放厅：“回去了。”

商场的地下停车场，一辆黑色的轿车早早就等在了下面。

“怎么办，我的脸还没好……”

来接人的只有司机，李叙开了车门，对安星允道：“没事，我已经安排了，这次不见他们了。”

难道计划变了？安星允觉得有些不好意思，毕竟是因为她才改的，怕是让堂姐那边白忙活了一场：“可是，你堂姐不是已经准备好几天了？”

李叙俯身替她系好安全带，慢慢说道：“是啊，她在景安区那边还有套公寓，已经帮我们收拾好了，今晚住那里，就不去她家了。”

啊？！所以说，今晚就只有她和李叙吗？！

想到李叙今天在电影院的表现，她怎么觉得有点怕怕的？

看到安星允一脸凝重，李叙不用猜都知道她在想什么，好整以暇地看着她，握住她的手：“你怕什么呢？一脸视死如归的样子。”

“你瞎说，我戴着口罩呢。”言下之意，李叙怎么能看到她的表情。

他身子向后倾斜，人靠进座位里，伸手将她的手握在掌中。

“不怕就好。”说着，李叙微凉的手摆弄起安星允的手指来。

到了地方，司机将公寓钥匙和车钥匙一同交给了李叙。

安星允跟着他进屋，屋里真的没有人。公寓装修得奢华贵气，红漆木的家具，大理石的地面，西式的料理台，精致的水晶灯，飘着纱的落地窗……

# Chapter 13

## 只给看右脸……

“李叙，你饿不饿？”

他答得干脆：“饿。”

安星允如释重负！

“我也饿了，我们晚上吃点什么？”

“我去厨房看看。”

“你休息一会儿，我来准备晚饭。”

“你可以洗个澡，换身衣服，外面风沙大。”说着，李叙指了指衣橱，“堂姐说里面的衣服我们可以用，你挑合适的穿。”说完，他轻轻在安星允的额头上吻了一下，便去了厨房。

李叙出去后，安星允伸手捂住脸，它那么红，一定是因为还没消肿。

李叙并不擅长做饭，打了个电话定了一食居的暖冬五样，没多久，餐就送过来了。

炸得金黄的南瓜片上还挂着晶莹的糖霜，白白的粥上撒着点青葱，青笋和腊肉香气扑鼻，糖醋小排骨金黄酥脆，点缀着小小的西蓝花。李叙小心地夹出来摆好盘，倒好气泡水，放好碗筷，去主卧敲门。

“安星允？”

“来了！”

接着，门开了，安星允的黑发上还沾着水花，衣服分明还是下午看电影时穿的那套，李叙微微皱眉。

“打算穿这身衣服睡觉？”

安星允想到自己刚刚看到衣橱里的那几件衣服，真是下不去手，有些羞赧：“衣服还在酒店，不然我们饭后回去一趟吧？”

李叙本就和工作人员说过了，COD 的队员是明天中午退房，他们的行李会暂时寄存到前台，本想着等她睡着了自己去处理这些事，看来堂姐准备的东西安星允实在看不上。

“先吃饭吧，我去冲个澡。”说着，李叙将安星允带到了座位上，自己关了门。

打开衣橱，李叙微微眯起眼睛，拨了个电话。

“李静娴，你买的什么衣服？”

在自家大宅里看电视的李静娴一听李叙这个点名道姓的口吻，感觉汗毛都竖了起来：“姐姐买的都是助攻的装备啊。那些小裤裤不好看吗？多性感。”

她买的可是知名品牌的情趣内衣。

李叙“呵”了一声：“把我女朋友吓跑了，你可负不起责任。”说着，他便把电话挂断了。

坐在李静娴旁边的老公看到她一脸错愕，问道：“怎么了？”

李静娴叹了口气："我好像给我们家少爷闯祸了。"

一顿饭结束，李叙同安星允坐在沙发上，他一只手拿着药箱，一只手拿着今天买的药袋，选出今晚要用的药，忽然伸手扣住安星允的脖颈。

凉凉的触感袭来，安星允不敢乱动，只是问："你……干吗？"

看着安星允的脸还是红肿一片，李叙怎么能不心疼？他谨慎地将用具都消了毒，药棉上涂了药，动作轻柔地擦在她的脸颊上。

"疼吗？"

药水碰上肌肤的那一刻，有点疼，安星允"嘶"了一声，嘴上却说着："不疼。"

李叙叹了口气："忍忍，过两天才能好。"

上了药，安星允的左脸像是画了个京剧脸谱似的，红红紫紫的，李叙打开电视，翻出李静娴收藏的碟片，随便找了一部喜剧片。

"看会儿电影就早点休息。"

李叙回到沙发上的时候，自然而然地坐到了安星允的左边，人还没坐稳，就见对方起身，迈着小碎步挪到了他的左边。

"怎么？"

"只给看右脸……"

李叙轻笑，觉得安星允十分可爱，伸手揽过她的肩膀让她找个舒服的姿势靠在自己怀里。

李叙轻抿嘴唇，整个人都神采奕奕，怀中的小姑娘却因为连续几日准备比赛缺少睡眠，很快就来了困意，没一会儿，人就窝在他怀里睡着了。

电影干脆就不看了，屋子里突然静了下来，只有安星允轻浅的呼吸声。

李叙一只手搂着她，一只手打开了手机。

李叙拜托冯垣查了下酒店监控，资料很快就传了过来。他看着视频上的画面，偏头看看睡得香甜的安星允，回复了对方："好，谢谢，如果还需要帮忙我会找你。”

冯垣很快就回复了信息：“这么嚣张，要不要我找人给她点教训？”

李叙回得简单：“你不用插手。”

信息刚处理完没一会儿，李叙就收到了 Eel 的微信。

“Raines，你和随意在一起吗，她被打了，真的假的啊？我给她发信息都没回啊！她人还好吗？千万别让她上网，微博上她的粉丝和一七的粉丝掐起来了，还有 Jem 也被扯进来了。好可怕！”

接着，邓队的消息也发了过来：“Raines，随意挨打了？微博上已经爆炸了，怎么回事？看到了让她给我回话，根本联系不上她。”

李叙心头一顿，这消息这么快就传出去了？他和冯垣确认过了，冯垣办事一向稳妥，虽然人有些不着调，但是帮他的事向来办得滴水不漏，所以，这事不是他捅出去的。

难道是有人蓄意而为？

李叙舍不得叫醒安星允，就把她抱到了床上。他虽然很喜欢她，但是也不想太着急而吓到她，于是让她和衣睡在那里，拿了条毛毯盖在了她身上。

床头灯的鹅黄色光暖而暗，落地窗前的白纱随光影摇曳，安星允偏头睡着，正好露出那张红肿涂了药的左脸。

虽然她说不疼，但是白嫩的皮肤像是挨了烧红铁棍一下，红肿在她脸上，刺痛在他心上。

李叙凝视了安星允一会儿，转身关门，打开手机扫了眼微博，嘴角慢慢抿成一条线。

热门话题榜上的前几条赫然写着：#密语一七掌掴 COD 起名太随意#、#密语 COD 掌掴事件#、#一七 Jem 起名太随意#。

关掉微博，李叙给邓队打了个电话，简单交代了一下安星允的情况。

“伤势不重吧？”邓队听说这个消息也是心头一颤，一是担心安星允的伤势，二是不知道她怎么和密语的一七、Jem扯上了关系，舆论目前分成了两派，俱乐部也是第一次遇到这样棘手的新闻。

安总那边第一时间来了电话，联系不上安星允，后来听说人被李叙带出去散心了，一颗悬着的心也算是落了一半。

安燃查过李叙的背景。李家，诗礼簪缨的名门之后，满门才俊，从名校教授到商业巨子，出了很多的名人。李叙是小字辈的，才念大学，但是出自这样的世家休学来打电竞着实让安燃大吃一惊，更让他佩服的是李家对于李叙的做法没有丝毫阻拦。

听邓队说安星允是被李叙带走的，安燃抚上眉峰，想起监控录像里安星允被打的那一幕，心里如同大江过岸汹涌难平。

李叙守着安星允，一夜没睡，坐在床边，听着她恬静的呼吸声，看着她安静的睡颜，想着微博上那两种声音。

安星允被打，本就是弱势一方，她的粉丝更是在一七的微博底下破口大骂，可是没过多久，风向就变了，有心人竟然发出了长文，专门整理了安星允、一七、Jem的关系。

那个一七本是《英雄联盟》的职业选手，入圈早，有一定实力，算是女中单里说得出名字的，据深扒，是看上了密语的C位Jem而为他从《英雄联盟》转到《DOTA2》的。

配图是起名太随意和Jem在机场，还有比赛见面会，以及练习赛时的碰面图。

明显断章取义！

长文的意思是起名太随意主动撩Jem，就连机场那次的行李车相撞也是蓄意的。如果安星允看到这话，怕是会气得肝疼。

李叙关上了手机，外面的天蒙蒙亮起来，看样子这几天安星允是不能出门了，正好将她脸上的伤养养。

而密语这边，一七的脚踩在椅子上，人坐在会议室的桌子上，领队

Zio（齐奥）一脸严肃地坐在她对面。

“你怎么这么冲动？”

一七点了根烟，眼线狭长，多了几分迫人的气势，白色的烟圈一个个吐得完整。

“要不是我们买了水军，你的微博都要被爆了，现在COD那边还没发声，你这个性子不改，怕你的黑粉会越来越多。”

“舆论不是都向着我吗，你还急什么？”一七挑眉看了Zio一眼，继续抽她的烟。

“俱乐部虽然没有明令禁止队内谈恋爱，但是你也看到了Jem的态度，你在这赖着Jem……”他话没说完，一七就从桌子上跳了下来，高跟鞋踩在Zio的皮鞋旁，涂得鲜红的指甲握上Zio的手腕，指甲长而硬，稍稍用力好像就可以抠进他的肉里。

“我怎么样，用得着你说吗？”一七将烟头扔在地上，脚尖踾灭它，红唇里吐出几个字，“请水军的那么点钱，从我工资里扣就是了，你要是再这样说我和Jem，我就让密语输个倾家荡产。”

“你给我松开。”Zio甩开一七的手，“你知不知道，那个起名太随意就是当年的世界冠军Fire An的亲妹妹？COD的金主俱乐部就是他一手建立的，你现在还笑得出来？就算舆论在抹黑起名太随意，要是不搞个更大的新闻出来，这话题是掉不下去的。如果有人真的深究事实，怕是到时候我们密语不敢再留你这尊大佛。”

“怎么，现在就怕了？你们花钱请的我，因为这么点鸡毛蒜皮的事就想把我像扫把星似的赶走，你也不看看你们能不能做到。”说罢，一七也不管在一旁面如菜色的Zio，摔门而出。

会议室的门外，队员们都在，Jem一如既往地眉宇清和，他看了她一眼，向她招手：“一七，过来，我有话和你说。”

一七步子没停，也没正眼看他：“有什么事到我房间里来说。”

厅里面不禁嘘声一片。

一七说话为人一向火辣，对 Jem 用情专一也是大家都知道的事，然而感情这事强求不来。

Jem 温和地笑笑，脸上没有一丝生气的意思，起身跟在一七后面去了她的房间。

“呵，你还真敢跟来。”一七也不避讳，直接将门反锁，踢掉高跟鞋。

Jem 立在门口没有动，眼神冷淡，只是开口说了句：“我说完就走。”

见他一动不动，一七更是气不打一处来。

Jem 一向温和的脸色此时收敛了起来：“你掌掴起名太随意这件事本就错在你自己，以后不管有没有她，我和你都不可能。所以，你不要再冲动下去了，好好收了心思，把比赛打好。我不是你的良人，你也绝对不会是我的良配，我话说到这里，以后我不想看到你做关于我的任何蠢事，这样的话不要再让我说第二次。”说完，他就离开了一七的房间。人还没下楼，就听到重重的撞击声，怕是高跟鞋已经被门反弹回地上了。

S 市那一晚突然下起了暴雨，大概是太劳累了，安星允睡醒的时候已经是第二天的下午，她摸了摸脸颊，唉，还是肿的。

安星允身上穿着的仍旧是自己去看电影时的那件衣服，而床边正是自己带来比赛用的那个小皮箱。她突然就抿嘴笑了，看来李叙已经帮她把行李拿回来了。

跑进浴室照了照镜子，安星允的心一片冰凉，她会不会就这样破相？不知道是几点，她翻出手机发现早就没电关机了，在包包里翻找了半天才找到充电线，插好充电线她便从皮箱里翻出件干净的衣物换上，推门去客厅的时候发现李叙在沙发上敲着电脑。

“你醒了？我中午定的餐，给你热热，稍等。”

李叙起身，身形高大俊朗，安星允下意识地抓住他的手腕。

“怎么？”

不饿是不可能的，可是，她良心不安啊……

“虽然说这个赛季的比赛刚结束，但我们就这样放假也不好吧？”

李叙知道安星允话里的意思：“我和领队以及教练都说了，他们也同意我们休假。你这几天就在这好好养养伤，伤好了我们再回基地。”

李叙去热饭的空当，主卧里传来手机收到新消息的“嘀嘀”声。看到安星允跑过去拿手机，李叙没有阻拦。

过了好久，安星允才从卧室里出来，脸上没有太多的表情，只是乖乖地站在他身旁，看着李叙将饭菜盛出来，嘴上道了一句“真香”。

估摸着安星允已经看到了微博上的骂战，可是她只字未提，却在吃饭的间隙会翻两下手机，目光就那么沉下去，抬头看李叙的时候再强挤出一丝笑。

“这菜真好吃。”

李叙也不提那事，只是道：“不是我做的，一食居定的餐。”

这顿饭，安星允吃得不多，只是挑了些丝瓜和小白菜，米饭只盛了一小碗，还剩下一大半。李叙也没多问，收拾了碗筷端到流理台上。

李叙伸手挽了挽袖子，露出一截白皙精瘦的小臂，安星允从包里摸了块糖放在口中含着吃，站在他身后看着他洗碗。“哗啦啦”的水溅起小小的水花，打湿了他挽起来的袖口。

“别动，我帮你再弄上去点。”说着，安星允转过来，站到李叙对面，微微抬着手臂，把他的袖口又推上了些。

“谢谢。”李叙继续洗碗，忽然间腰上一暖，安星允躲在他身后，手环上了他的腰。水龙头里水流下来，他气息温热，微微侧身，头偏过来，问她：“嗯？”

安星允的声音软软糯糯的：“不开心，被人冤枉了。”她紧紧抱着他，脑袋顶着他坚实的后背，没哭，也没发脾气，只是乖乖地抱着他，让他转不过身子。

李叙不知道什么时候已经擦干了手，覆在安星允的手上。

“委屈了？”李叙的声音温和清淡，却像个小重锤敲在安星允的心上。眼睛一下就像是被风吹进了沙子，她抱着他，用头发蹭了蹭他的背，黑色的毛衣因为静电作用让她额前那几缕头发翘了起来，她松开手去捋头发，却因为这个动作而让他得以回身将她揽进怀里。他的手搂着她的肩膀，一把就能摸到骨头。

“我和 Jem 根本不熟。”她在解释给他听。

“我知道。”安星允说的第一件事竟然是对李叙解释，他心上某个地方忽然柔软了起来。

安星允在李叙怀里站了很久，然后脸在他的毛衣上蹭了蹭，抬头，好像什么都没发生过。

“你慢慢洗，我去打游戏了，好久没上《征战》了。”安星允话刚说完，刚踏出去一步，人就踉跄着往后倒，李叙手握在她的手腕上，一个用力，就把她拉了过来。

“吻一下再去。”李叙说着唇就袭了上来。

安星允的唇瓣被轻巧的舌头打开，甜甜的津液还带着糖的味道。吻够了，李叙才放开安星允。

“橘子味的？”

安星允脸上红红的，哪有心思接李叙的话，很快就逃离他的怀抱跑掉了。

李叙看着安星允的黑发随意地披在肩上，嘴角微微上扬，靠在流理台上，拿出了手机。

安星允很久没有登录《征战》，下午这个点公会在线的人不多，但是她一上还是惹来了很多的围观。

公会 -BOBA TEA：“随意君，终于见到你了，想你！”

很快很多人跟风发言，无外乎都是问她怎么这么久没上线，还有就是打探她是不是COD的队员。

安星允因为微博上的事本就有些心烦，懒得多解释。

公会-起名太随意：“K副本，要刷的来。”

她这一招呼，很快就凑够了人。

玩着游戏，安星允就把微博上的事抛在了脑后，在《征战》里，她还是那个要风得风要雨得雨的起名太随意。

李叙站在厨房门口，看到安星允盘腿坐在沙发上，她搬了把椅子当成小桌子，刚刚好放得下鼠标。笔记本屏幕的光映照在她脸上，左脸上的药已经被洗掉了，仍旧红红的一片，可是她目光亮亮的，好像已经忘却了微博上恼人的掌掴事件。

李叙拿着手机，微微向后靠在墙上，上万条的微博都在讨论一七掌掴起名太随意和他们三人所谓的“三角恋”。

有些八卦号把话写得太难听，说起名太随意故意勾搭Jem才惹怒了一直对Jem用情极深的一七。本来无辜的起名太随意一下子多了很多黑粉，可是起名太随意的粉丝不相信，各路看客的评论轰炸了COD的官方微博，好在起名太随意的粉丝在她的微博下控场了，都是相信她的评论。

李叙翻了翻，就连自己的微博和Eel他们的微博底下都没能逃脱这轮话题，有粉丝在底下劝他不要让起名太随意勾去了魂。

李叙看着不爽，直接删除了评论。看着安星允玩游戏的样子，他突然走到她身边，搂住她的左肩，手机举到他们面前。

安星允本来盯着屏幕打游戏，还戴着耳麦，看到李叙坐过来，听不到他讲话，便把麦挂在了脖颈上，歪着头，问他：“嗯，什么事？”眼睛离开屏幕她才注意到他举着的手机，相机正对着他们，从里面可以看到他们的样子。

“拍照？我的脸还没好呢……”

“没事。”李叙稍稍侧身，伸手揉了揉安星允的头发，然后顺势将她的头按在了自己胸前，她红肿的侧脸并没有完全被头发遮住，露出的部分惹人怜惜。

很快，这美好的画面定格在了屏幕上。

“你继续打游戏吧。”李叙起身，坐在离安星允不远的藤椅上。

安星允不解：“你拍照做什么？”碍于手里的游戏还在进行，她耳麦戴了一半，另一半露出小耳朵，听李叙的回答。

“发条微博。”李叙修长的手指飞快地在手机上敲击着，很快，他就编辑好然后发了出去，下一刻，退出微博，关了手机。

听到李叙这样说，安星允的心跳好像漏了一拍。发微博？

“你发的什么？”手里的游戏怕是要坑了，她这么做太损人品了，然而她的心在“怦怦”狂跳。

李叙发微博绝对是和她有关，不然为什么要来和她拍照？心里有一个答案呼之欲出，她却强装镇定。

“我去看下手机，你来帮我把这局打完。”

安星允在《征战》上的时候从来是打字，不开语音，此时因为有些手忙脚乱，不小心开了语音却没发现。

知道安星允什么意思，李叙爽快地接过了笔记本和鼠标。只不过，他补了一句：“我建议你不要现在开手机。”

本来安静地打游戏的几位小伙伴，忽然听到一个低沉好听的男声，都以为是起名太随意，可是，都说随意君是女生啊，就是COD的那个中单，怎么回事？

有人在麦上问：“随意君吗，第一次开麦啊！”

李叙看着屏幕上的副本，握上还带有她手上温度的鼠标，迅速上手：“是Raines。”

“……”

他们竟然在一起打游戏，中途换人了？炸了！！！

安星允冲到餐桌上拿过手机，无数条通知刷在屏幕上。她滑了解锁屏幕，可是手机不争气，竟然卡住了！！！

啊啊啊，真是要死了！！！

李叙他到底发了什么啊？

安星允拿着死机了的手机挪步回到李叙的身边，看着他操作着自己的ID刷着副本，感觉怪怪的。

她靠在他身旁，一边看着屏幕，一边佯装不介意地问："那个……微博你发的什么内容？"

李叙的手仍点着鼠标，眼睛余光看了看她，注意到她面上虽然没有太大的表情，可是眼睛一直转，会心一笑："你自己去看。"

坏人！

安星允把手机举到李叙眼前："我的死机了……"口吻里带着小小的无奈和央求，意思是让他直接说给她听。

副本还需要刷好一会儿，可是人就坐在他身边，挨得很近，屋内的空调温度开得很合适，她穿着睡衣，头发软软地披在肩上，像是有一只滑嫩的小手抓着他的心，痒痒的，令他想做点坏事。

李叙对着麦说了一句："兄弟们，不好意思，这把要坑了，回头给你们补货。"

大神要坑也算是有良心，这话的意思是回头会送他们好装备。

而麦上的几位真真切切地听到了一个清脆柔和的女声，萌萌的，声音虽然不大，但是撩人千里，一定是起名太随意！

接着，只见起名太随意操作的法师就站在原地不再动了，一看便知道这是在挂机。

两个人就这样下了，话还没问呢！

此时李叙已经放下了手中的电脑，关了麦，猛地直起身子，接着，一个大力将安星允公主抱在了怀里。她双脚腾空，贴在腰间的那双手温和有力，她没料到这个拥抱会如此突然，为了保持平衡，不由自主地伸手抓住了他的手臂。

腾空的安星允不老实地在李叙怀里扑腾了几下，声音有些焦急：“李叙，你要干吗？”

她纤细而白皙的小腿因为这几下踢腿的动作露在了睡裤外，人觉得晕晕乎乎摇摇晃晃的，此时耳畔却传来李叙低哑的声音：“搂着脖子，给你讲我微博发了什么。”

安星允欲哭无泪，讲就讲嘛，干吗要抱她？碍于这每一步的深深浅浅，安星允大概是被他迷了心窍，真的搂上了他的脖颈。

安星允的掌心软软暖暖的，指尖却稍稍带着凉，李叙深深地吸了口气，让自己看起来面色无波。

“我发的什么你自己看吧。”李叙滑开锁屏，跳出来一大堆提示信息。

安星允打开微博，是李叙的账号。

李叙的微博就只发过那么五六条，而最新的这条发的正是他之前拍的二人的合照，配的文字也是简单得不能再简单了。

“脸还肿着，我心疼。”

安星允仔细一看，配图上，她的左脸没被头发遮住的部分还是红红的，好在大部分脸埋在了他怀里，不然她真的觉得自己的丑照就这么流传于世了。

李叙的这七个字，不长，字面意思，却让安星允伸手抓住他搭在自己肩上的那只手。

“这个……算公开吗？”安星允问他。

李叙挑眉：“你觉得不算吗？”

安星允仰头，琢磨了一下：“有些暧昧。”

李叙笑了，对她讲：“你口袋里那部死机的手机给我。”

安星允递过去，不知道什么时候手机恢复了，很快就是一连串的“嘀嗒”声，机关枪一般，吵得安星允头痛。

完了……

只见李叙拿过她的手机，点进去微博，缓冲了好一会儿才刷出页面。

“你要干吗……”看着他白皙的手指开始在屏幕上点来点去，安星允就觉得不安。

李叙回得简单：“消除暧昧。”很快，他将手机递给了她。

安星允拿过手机，傻眼了……李叙这个坏人啊！！！

李叙拿着她的微博账号，转发了自己刚刚的那条微博，然后顺带添了句评论：

“嗯……我们是如图所示的关系。”

要死了，要死了，要死了！！！

偏偏他还是以她的口吻！怎么学得那么像！

果不其然，评论一条条地蹦出来。

粉丝们在底下惊呼：“公开了，真的公开了！”

“冯垣，事情办得怎么样了？”

电话那头传来男声：“叙少，都准备好了，看你发了微博，我已经知会了媒体，陆陆续续开始放料，这次估计她是没法再混下去了。另外，要不要找人去收拾她一下，我会做得神不知鬼不觉，她之前在圈里一向心高气傲，树敌不少，我查过了，也接触过不少人，她的黑料挺多的。”

李叙站在门口，看着安星允躺在床上安静地睡着，敛眸：“不用，按计划做。”

评论如潮涌一般将Raines和起名太随意的微博推上了热搜。本是唾骂她插足Jem和一七的言论也渐渐转了风向。

“Jem再帅也敌不过R神啊，起名太随意是傻才会选择Jem不选R神。

这一看就是造谣。”

更有甚者，把几个月前李叙发的那张两人的定妆合照翻了出来。

“说不定这时候两人就在一起了，大家看 R 神发的第一条微博就是关于起名太随意的。总共六条微博，除了三条官宣需要，另外三条，每一条都和起名太随意有关。天，我突然捂住嘴避免发出一声狗叫。”

接着，起名太随意的粉丝渐渐把自己小主和 Raines 微博的评论区控了场。有些粉竟然还去一七的微博底下控诉，要求她道歉。

而 COD 几名队员好像是开过会了一样，都从安星允的那条微博开始转发。

COD_Lynn：“早就说过拍的是 QL 照。”

COD_Cyber：“心疼我们队的小姑娘，都这样了也没吭声。”

COD_ 辉仔：“我队友和我队友。”

COD_Eel：“我怎么突然想起了某个晚上……”

Eel 的话没说完，让他微博底下的讨论度达到了巅峰。林曦佐瞧了瞧一边吃薯片一遍翻评论的 Eel，踢了下他的凳子。

“把话说完。”

Eel 仰头看林曦佐，一副高深莫测的表情：“这话不能在网上说啊，容易核爆。有天晚上，就是我被鬼压身的那晚……”

他话没说完，林曦佐就知道对方要瞎掰，无意再浪费时间听下去，直接闪人。

“哎，Lynn 帅别走啊，真的，我鬼压身那晚我觉得我听到的那个女声就是随意的！”

就在李叙和安星允发了这两条微博后，微博上的各大娱乐账号、八卦组，还有电竞圈内的各大推送账号两个小时内接连发了文。

有的爆出了一七在《英雄联盟》时期的黑料，还有人把一七和 Jem 的关系梳理清楚，Jem 根本就没理过她，听内部成员说，根本就是她一厢情愿地倒贴。

还有人把起名太随意和 Raines 在校期间的交集发了出来，两人的渊源被整理了出来，而起名太随意第一次见 Jem 就是 Raines 去接机，说起名太随意插足一七和 Jem 的微博因为转发量超过一定数量，有组织的律师团开始进行起诉，吓得好多见风使舵的博主赶紧删了微博。

而《英雄联盟》和《DOTA》圈里的一些选手也开始站出来挺起名太随意。

一时之间，一七如同丧家之犬，人人唾骂。她的微博底下评论数量还在疯长，连原本的粉丝也说不上话，几句发声瞬间就被骂了下去。

接着，要求一七道歉的呼声越来越高。

冯垣给李叙发了条微信："叙少，这把火点完了，热度看上去会烧上一段时间。"

李叙合上手机，伸手揉了揉安星允的黑发。他疼她还来不及，竟然有人在他眼皮底下动她，他一向温和，但如果有人惹她那就另当别论了。

而密语的基地，会议室里一片焦灼。

Zio 声音沉沉，面露愁容："黄怡琪，你惹上大佬了，这几家媒体我们都去谈了，不管出多少钱，新闻人家根本不撤！就连水军那边，都好像被提前打点了，这活根本没人敢接！"

他叹了口气，继续道："你就算妒火中烧也要看人下菜啊，你惹的那个起名太随意是安氏集团的千金，她哥哥是 Fire An，多牛你心里应该有数。她的正牌男朋友 Raines 李叙是京城李家的，咱们俱乐部的一个大股东程氏集团是他堂姐夫的，那边打电话来了，说是东家夫人心疼坏了，如果这事不给处理好，程氏集团就要撤资。惨的还有，已经有三个代言打电话来要终止合同，姑奶奶，这火烧得太大了，你去看看密语队员们微博下面都是什么话，唉。"

一七坐在椅子上，脸色不是很好，而她对面正是俱乐部的负责人。

投影仪里面是公关团队给出的各种方法，然而不管怎么处理，密语都会因为一七“掌掴事件”而使战队的名誉严重受损，更糟的情况就是一旦程氏集团撤资，就如灭顶之灾。

椅子拉开，负责人怒火未消，将一本一本的公关计划扔在桌子上，发了话：“公开道歉，你，无限期停赛。如果道歉后网络舆论仍然不好，给我滚蛋，密语不需要你这样自以为是的队员。”

一七坐在椅子上，声音颤抖：“合约期还没到，你们无法开除我。”

负责人哼了一声：“你要不要算算密语的损失之后再来和我讲这句话？”

一七握着椅子把手的指尖白得发青。她眼前一片黑暗，太狠了，这么一系列的事都是 Raines 一手操控的吧，为什么安星允受了伤就有人这样护着她，而自己连 Jem 的一个回眸都奢求不来？

安星允睡了很久，醒来发现李叙正坐在她身边，看着她。

“是不是到晚上了？”

“嗯。”

安星允拿过手机，发现里面好多个未接电话。她正和李叙在床上赖着，电话又打了进来。

来电的正是安燃。

安星允窝在李叙怀里，看了他一眼，李叙点点头，示意她接电话。她心有戚戚地点了绿色的通话键。

“喂，哥……”

“被打还有微博上的都是怎么回事？！”

该来的躲不掉，安星允简言概之地同安燃理了理事情的经过。安燃沉着眸子听完了整件事。

密语的这次“掌掴事件”他很气，然后看到网上的动向，很明显已经有人早于他下了手。应该就是李叙，速度之快，让他也不禁感叹李叙背后的资源 。

不管怎样，那个一七是没法再在圈子里混了。

得知安星允在李叙堂姐家的公寓已经住了两日，安燃按了按眉心：“安星允，和我说实话。”

安星允不明白这话是什么意思，应道：“嗯？”

安燃清冷的声音透着电话线在安星允的心底产生了某种强烈的化学反应：“你有没有和Raines谈恋爱？如果有，下周末是妈妈的生日，我同你们两个一起回去。”

“……”

天哪！她哥怎么这么八卦？！！安星允瞥向身侧的大神，怎么办……

李叙突然从她手中接过电话：“好，我一定正式登门拜访。”

# Chapter 14

## 我等她的好消息。

在堂姐李静娴的公寓休养了大概四天，安星允的脸才渐渐消肿，这几天她也不敢看微博，有时候卫卫给她打电话，她就报个平安。

Eel 发了好几条微信，时不时地给她汇报事态进度，据说俱乐部这边已经发了公告让密语给个说法，网上的风向全是向着她的。

周一，安星允收拾行李同李叙一起回 G 市的基地。

这天下午，李叙开着车，带着安星允往李静娴家的宅子去。前几天 S 市下了今年冬天的第一场雪，马路上的雪已经被清掉了，露出混合水泥的深灰色，路边的花坛绿化带仍旧被覆着一层白纱。

车驶得越来越远，周围的风景愈加清丽，很快沿着延伸下去的路，开进了一片林子，再开了几分钟，视野突然开阔起来。耸立的树木依旧挂着霜雾，远远地看过去如一排卫士，波澜壮阔。

接着，一幢欧式别墅就出现在眼前。门前的白石柱上雕刻着希腊天使，通向别墅大门的阶梯被人扫得一尘不染。

李叙泊了车，拿着手机发了条信息，上身是浅蓝色毛衣，笔直修长的腿穿了一条休闲款的灰色西裤，替安星允开门。

“你想在这里等我还是和我一起进去？”

堂姐家的司机等会儿会开车送李叙和安星允去机场，安星允想着自己的脸好得差不多了，出去见人应该也算不上给李叙丢脸，也想向借给他们公寓住的堂姐当面道谢，于是点头下了车，跟在他身后。

谁料，人刚站稳就被李叙揽到了身侧，同他并行的时候，安星允能感觉到大长腿步子留心迈得小了一些。

李静娴早就在客厅等着了，她穿了一件玫瑰丝绒的古典旗袍，披了件雪白的披肩，仍旧是微微绾起来的发髻，上面插了支金色雕花配玉珠的发簪，同第一次见安星允的时候大相径庭，这一刻，古朴典雅，透着李家书香世家的韵味。

今天是李静娴第一次近距离地见安星允。小姑娘长得精致又水灵，淡淡地笑着同自己点头，额前那一抹黑发轻垂下来，肌肤白皙如瓷，只是脸颊的那块红肿还没有完全消去，看得她好生心疼。

前几天她去观赛的时候拍了不少照片，压不住献宝似的把照片发给了李叙的母亲。那边很震惊，很快就来了电话，然后嘱托她好好关照下，并转告李叙有空把小姑娘带回家看看。

“安星允吧？我是李叙的堂姐李静娴。我们之前在W酒店的时候见过。”

“堂姐，你好，非常感谢之前你对我朋友卫卫的照顾，这几天在你的公寓借住，真是打扰了。”安星允当然记得这位样貌出众的堂姐，那会儿还是她好心照料卫卫来着。

李静娴拉着小姑娘的手说说笑笑，显然很喜欢安星允。

李叙却打断了她们：“我们等会儿要飞回G市，就不多留了。这是公寓的钥匙。”说着他递了两把钥匙给李静娴，“车钥匙是给你还是一会儿麻烦司机再送我们一下？”

李静娴回他：“要不，今天别走了，在这住一晚，明天再送你们回去？”

李叙摇头：“我回基地还有事要办。”

这个赛季结束了，COD拿下了冠军，TI邀请赛的资格不用再担心了。他的合同就签到了这个赛季结束，回去的话，他还有事要找林曦佐。

于是，李静娴本是准备了丰盛的午餐，一听便也不好再多留，让司机送他们去机场。

两人返回G市，推门进了基地。

正在训练的几个人看到是他们回来了，纷纷起身，尤其是Eel，像个小兔子似的蹦到安星允的面前，左瞧瞧右看看，时不时地叹气两声。

“唉，你这脸虽是消肿不少，但这么多天了还有痕迹，当时那个一七打得是有多狠啊？”

“过几天就都好了，你别担心。”安星允笑笑，拉着行李箱准备上楼。

Eel过来帮她提，贴近了些，压低声音问她：“随意，你和Raines真的在一起了？”

这话问得安星允微微脸红：“嗯。是。”

Eel双眼发亮：“什么时候的事啊，是不是从那次拍定妆照开始？我看当时Raines就只发了你和他的双人照，Lynn就在下面留言说什么情侣照，我还不信来着。”

行李被Eel拎到了她的房间门口，她说：“这个具体时间我也不太好回答，要不，你去问问Raines？”

“他愿意告诉我就怪了，算了，你先休息会儿。哦，对了，你哥哥来了，在会议室里和教练组开会呢。”

安星允谢过Eel，换了身衣服又抹了把脸，就到楼下去训练了。她扫了一圈，刚才同她一起回来的李叙不知道这会儿人又跑哪去了。

别墅区内的某张长椅上，林曦佐跷着二郎腿，嘴里叼着烟，一副二世祖的模样："可以啊，直接发微博公开，都没告诉我们一声。"

李叙长身玉立在他身侧，闻到烟味轻微地耸了耸肩膀便也随他去了。

"我以为你很早就知道了。"

"知道什么？"林曦佐装疯卖傻。

"知道我对她是认真的，并且以前也告诉过你。"

"就凭你那句还不是你女朋友？"

李叙挑眉："不止。"他不想针对这件事再讨论下去，而是直戳主题，"你的伤怎么样了？"

林曦佐掐了烟，回道："差不多了，过了冬天基本上就无碍了。"

李叙突然上前，握住他的胳膊，回了几个弯，林曦佐嗤笑："李医生，你什么时候学的骨科？"

李叙听了听他手臂转动的声音，又查了查灵活度，确实是好了很多。

"我和你说件事。"此时，李叙双手放在大衣的口袋里，目光清远，"我要退队返校了。"

"什么？！"林曦佐听到这话也不由得吃惊地站了起来，"搞什么啊你，你现在是圈内炙手可热的职业选手，你懂不懂得珍惜？别开玩笑了。"

"当初就是替你来打的C位，现在你的伤也好了。另外我签合同就只签了这一个赛季，严格来说，从三天前算起，我就不再是COD的人了。"

"你真行……"林曦佐从口袋里摸出第二根烟，本来以为去TI的时候，他们会一起拿个冠军回来，到时候也算是风光无限。

而李叙这人，哪怕现在全国冠军的荣誉加身他也没有丝毫动摇。

"你走了，想没想过随意？"终究还是林曦佐打破了这个沉寂。

"想过，她会成为一位很强的中单，很有可能不逊于她哥哥。"

林曦佐的第二根烟很快燃了一半："你和她说了没有？"

“还没有。”

火光忽明忽暗，大抵是冬天，哪怕G市还没下雪，风中也像夹着冰刀子似的。

“得，我还能说什么，等着我们捧回冠军的奖杯，你可只有羡慕的份。”

“静候佳音。”

安燃来G市很重要的一件事就是同李叙续约，看到他在淘汰赛上的精彩表现，安燃已经想好了，只要李叙开出的价格没高到离谱，他都能接受。

然而，会议室内，这个一脸清俊的全国冠军竟然和他说要退队，返校。显然，就连车远教练也没有料想到会有这样的局面。屋子里一下子安静得连掉根针在地上都能听到。

“教练组麻烦先出去吧。”

车远看了安燃一眼，拉开了椅子。

很快，屋子里就只剩下了安燃同李叙。

“只有我和你了，说吧，为什么会做这样的决定，开到这个数你都不同意留下？”

李叙看着他，眼前的这个男人就是八年前披着五星红旗站在国际赛场上举起奖杯的人。他记得那天他同林曦佐一起看的直播，林曦佐那么骄傲的一个人，捧杯的那一刻，也激动地起身为他们那支队伍鼓掌。

可是，他不同。

“我只是想继续回校读书，完成我的学业。”李叙说得平静，看得出有股非凡的坚定。

安燃后悔了，那时候签约，如果多签些时间就好了，但是当时李叙是代替Lynn来比赛，就只签这一个赛季。

“是来自你家人的压力？”

安燃想不出，还能有什么其他的阻力，可是，他当初休学来……难道，他休学的时候就想到了这一步？

“不，和我的家人没有关系。我想要成为医生，就像林曦佐想要成为《DOTA2》的职业电竞选手一样。”李叙沉了沉声，“我休学的这一个学期，没有别的原因，只是为了他。”

会议室的窗外突然被风吹过几片枯黄的叶子，贴在窗玻璃上，风呼啸着，卷起了尘土，渐渐弥漫天空。

安燃心里大概能体会他的想法，同从前的自己很像，为了自己想要的会舍弃一切。

“那毕业后，会……”

安燃没有说完，李叙接过话：“会成为医生。”

安燃揉了揉眉心，最后吐出一句话：“安星允的合同签了一年，也就是说，她会和其他队员一起去 TI。”

李叙眼底好像有一道阳光：“我等她的好消息。”

春回大地，新年刚过完都没来得及在家过个正月十五，各大高校就陆陆续续地开学了。

临床医学系开流行病学，第一堂课，一个能容纳二百多人的教室竟然坐满了人。

老教授来上课的时候，看着花名册上那百十来号人名，推了推眼镜，确实座无虚席。

这门课什么时候在学校这么受欢迎了？

第一堂课照例点名认认脸，老教授一个人名一个人名地叫。

“李叙。”

有个长相出众的高个子男生起立，冲老教授点了点头。

他起身的时候，很多人发出了惊呼，甚至有小姑娘捂住了嘴避免自己的声音太过刺耳。

老教授仔细瞧了瞧，这个学生是辅导员那边安排过来的，本来是大四的学生，好像因为什么休学了，所以跟这帮大三的学生一起上课，长得挺俊秀的。

老教授忽然明白了，这多出的几十号人怕是冲着他来的。想到这里，老教授不自觉地笑了起来：“李叙同学，你先别急着坐下。”

啊？

全班都屏住了呼吸。

老师要干吗？

李叙微笑回他：“好。”

“我就说我的课什么时候这么受欢迎了，怕是多出的人是来看你的。”说着，老教授扫了扫底下一张张年轻的面孔，“是吗？同学们。”

不知道谁在底下喊了一声，声音尖尖的，像是铁锹在水泥地上划了一下，刺耳且让人掉鸡皮疙瘩。

“老师，他是全国冠军！”

老教授很显然没料到是这个情况，好奇地问了句：“真是了不得，请问是哪个方面的？”

底下的学生笑了起来，屋子里的氛围一下子轻松下来。

李叙眉目俊朗，回道：“电子竞技。”

很显然，年逾七十的老教授并不太懂，李叙又补充了一句：“通俗点说，打游戏的。”

老教授没料到是这个回答，但仍是宽厚的口吻：“好，坐下吧，不过年轻的时候还是多念点书，把基础知识打牢。”

这堂课，在很愉快的氛围中结束了。课后，有不少粉丝围了过来。更有甚者下课后特意过来等在教室门口。

“R神，能不能给我们签个名，拜托了，拜托了！”

李叙也是好脾气，大概花了快一个小时，才把大家的本子都写好签名。

李辰逸课后也跑了过来，看着一屋子的人真是被吓到了。

“可以啊，迷弟迷妹都蔓延到学校里来了。”接着，他举起个本子，“给我也签几个吧，我家那几个小侄子磨得我要死了。”

李叙接过本子，利落地签了名。

李辰逸收好本子放到书包里，脑子里像是装着八卦新闻似的：“听说了吗，BUG 导致 COD 出车祸那事胜诉了，而且 COD 的俱乐部前几天刚得到了一个大股东，叫赵氏集团，有意思的是，据说是因为你才投资的 COD。”

“因为我？”李叙扬眉。

“可不是，网上的消息说赵氏集团的老总有一次坐飞机差点过去了，正好赶上你为他做了急救，人才缓过来。”

李叙忽然想起来是有这么一回事，没想到后来竟然促成了 COD 的投资，也不免觉得有意思。

“哦，COD 收到了 TI 的邀请资格，直接进入了邀请赛的十六强，之前跟 COD 不对付的密语好像因为少了中单一七而实力大挫，只拿到了初赛机会，不过我还是很看好密语的，毕竟是个强队。话说这个一七，之前打了安星允，也不出来道歉，硬生生逼得俱乐部把她给开除了，而且混到退圈了，你说她也是够作的啊，再者，她和安星允有仇啊，凭什么欺负人啊？”

“不管她有什么想法，现在都已经为她的所作所为付出了代价。”

李辰逸忽然搭上李叙的肩膀：“老实交代吧，你没从中作梗吧？”

“我是那么不光明磊落的人吗？”

李辰逸“啧啧”嘴，确实不像，李叙要是玩人，肯定就是当面玩死人，让人心服口服。

“不过你退了队，把安大美女留队里放心吗？”

李叙口不对心：“有什么不放心的。”

他们去食堂吃饭，这一届的大三学生又搞起了义诊，仍旧是那几个项目，路过的时候，李叙不免想起了安星允。

那时候她抱着两桶泡面，正襟危坐，等着他给量血压，他现在都记得。

安星允仍旧是在G市训练，距离TI还有几个月的时间，下个赛季也已经开始了，老庄因为伤势较重现在去了COD的教练组，而Lynn回到了首发，仍旧是一号位。

也许是因伤休养太久，Lynn上手后真的是人挡杀人，佛挡杀佛。坊间都讨论着，如果是Raines和Lynn当面一对一打C位，不知道会是个什么景象。

李叙退圈后，也有人拿着大价钱来找他，都让他一一回绝了。

而安星允赛后接受采访的时候，总有记者问她关于Raines的事，她都笑着带过。

训练强度大，心疼女儿的安母来基地看望过她几次，在基地碰上了多年没有好好说过话的儿子。

“我知道之前你们队里那个叫Raines的男孩是你男朋友，比赛不那么忙的时候带回来也给我和你爸爸看看。”

说着，安母转头对安燃讲：“你也是，年纪不小了，该找个好姑娘稳定下来了。”

安燃坐在一旁不说话，安星允微笑着在两个人之间做润滑剂。哥哥肯见妈妈，就说明关系已经开始缓和了。

安星允送母亲出基地的时候，安母语气凝重：“星星，其实对于你打电竞这件事，我和你爸爸是不支持的，但是，看到你哥哥现在这样子，我们不想和你的关系也变成这样。如果是你自己的决定，爸妈也就不阻拦了，只是，如果真的遇到了什么困难，还是希望你和我们讲。我们年纪大一些，看过的事走过的路都比你们多，你要相信爸爸妈妈。”她拉着女儿的手，继续道，“听说那个叫李叙的男孩子已经回学校念书了，也是旭安科大的学生？”

早就猜到他们两个已经调查过李叙了，但是这话问出来，安星允还是老老实实地回答：“嗯，医学院的，已经回去继续读书了。”

“再过一个月是你十九岁的生日，带回家给妈妈看看吧？”

“好。”

提到十九岁，安星允突然想起来自己曾经诓过李叙，强说自己不到十八岁，怕是过段时间要露馅了。

周末，安星允同领队请了假去机场接李叙。

这段时间真是辛苦他了，每隔两三周便过来看她。碍于他前 COD 队员的身份，他没有再去基地找她。所以，每次约会都是她从基地跑出来。

上个月，李叙更是告诉她一个惊人的消息。他在 G 市离基地不远的地方买了套公寓，看装潢都是新的。安星允一问，才知道他还没有离开 COD 的时候就买了这套公寓开始装修，算是未雨绸缪。

快三个星期没见，安星允在机场见到李叙，扑了过去，他身材高大，轻松地将她抱了起来。他在她耳边低语：“又轻了。”

安星允在他胸前蹭了蹭：“想你了。”

两个人回到了李叙的公寓，布置的风格都是按照安星允的喜好来的，安星允踢掉鞋子换好拖鞋，刚把手机放到鞋柜上，人突然就被公主抱了起来。

“李叙！”

“看你穿了新鞋子，脚都磨红了。”

自从两人开始异地，她每次见他，都精心打扮，前些日子在网上买了双新鞋，正好配她现在这一身连衣裙，可是买回来后才发现鞋子有点小了，想着也不用走太多的路就穿着去机场接他了。哪知道，她这才走了几步路就磨破了皮。

将人抱到沙发上，李叙翻出了医药箱。

安星允跷着腿在沙发上看他拎着白色的药箱过来，打趣道：“不愧是医生，新家也必备医药箱呢。”

李叙也不应她，半跪在地上，轻轻托着她的脚，放到自己的膝盖上。他手法娴熟，夹着棉球，蘸了药水，轻轻地给安星允涂抹。

纵然手法温柔，伤口接触到药的那一刻，也让安星允倒吸了一口凉气。

“对了，你为什么要学医呢？”安星允虽然知道李叙有自己的想法，但是看着他退队返回学校，心里还是有些不是滋味。虽然不是被抛弃，但是和那个感觉也差不多……

“我小时候身体不好，总是去医院，大概看到了太多的祷告，便觉得有朝一日穿着白衣大褂帮人消除病痛是一件很幸福的事。”

李叙低着头为安星允上药，黑发柔软，目光清澈，每每看着他的眼睛她都会想，当时他撩她撩得那么厉害，每一眼仿佛都带着温柔，为什么自己却总是想躲呢？

也许是怕吧，怕这么好的一个人，说来说去，就是她的人了……想到这，安星允不自觉地笑了，调皮地伸手揉了揉李叙的发顶。

他手上还拿着镊子，只是道：“别调皮。”

安星允笑笑，仍然没有停下手上的动作。

处理好伤口，李叙将东西悉数收好，乌发明眸：“怎么谢我？”

安星允同他坐在沙发上，手挽在他的臂弯里，眼睛笑得像个月牙：“我下个月过十九岁生日，我妈妈邀请你去家里坐坐。”

第二天，安星允醒来的时候，房间里只剩下她，床边摆了几件干净的衣服，安星允看了看，还真的是她的码。她穿好衣服，发现李叙正在厨房里鼓捣着什么。

安星允趿着拖鞋跑过去搂住他的腰，脸埋在他的后背上：“你在做什么？”

“煲汤。”

“啊？我以为你是北方人，不习惯煲汤呢。”

"刚学的。"

安星允笑笑，期待着这一餐的成果。很快，她的笑容就慢慢变成了苦笑。

握着筷子的她感叹了一句："看来菜刀和手术刀本质上有很大的差别……"

于是，两人又叫了外卖比萨，等餐的时候安星允想起来自己直播的任务还有好多个小时没完成，就借用李叙的电脑登录了自己的账号。她忽然想起以前李叙让她替他直播，计上心来。

"你来替我直播吧？"

"可以。"

猜到了安星允心里的想法，李叙回答得干脆果断。

于是，李叙坐到电脑前，等着安星允开直播。

安星允直播同李叙是一个风格，只是开麦，也不开画面。而这局，她替他选的是C位英雄。

安星允坐在李叙边上看他操作，仍旧是默默感叹，以李叙的实力他没有留在职业圈里真的是太可惜了。而观看直播的网友也是一阵阵地惊呼："今天随意君的操纵风格变了呢！"

太犀利了，经济起来后，基本上是招招致命！

就在大家在公屏上讨论的时候，门铃响了。

本专注戴着耳机线的安星允没有听到，李叙的手不方便挪开键鼠，低声道了一句："去开门。"

安星允反应过来，却看到分屏上刷出了无数的"给跪"。

天哪！刚才李叙说话了，麦还开着啊……

没办法，安星允先去开门拿了比萨，放在桌上，发现分屏上全是关于那男声的猜测。

"是Raines吧？是我R神的声音，肯定错不了！！！"

“什么情况，R 神在帮随意君直播吗？”

接下来这直播真的是太难搞了，粉丝们不再关注这局操作，反倒问起了随意君是不是和 R 神在一起。

安星允头大，被发现找人替她直播会不会被罚款啊……

无奈，安星允说了一句：“大家就当什么都没听到好不好，我还得直播养活自己……”

谁料到竟然有很多人回她：“让 R 神养啊，求 R 神回归啊！”

一局结束，关了麦，安星允郁郁寡欢：“你当时可以关了麦同我说啊……”

“微博上公开过，怕什么。”李叙顿了顿，补充一句，“况且，我养得起你。”

安星允生日那天，受邀的不仅有李叙，还有之前 BUG 案子的代理律师梁姝。

梁姝握着手里的手机，上面分明是那个熟稔于心的号码，短信的内容很简单。

“梁律师为我们的案子辛苦了，想请你吃个饭，聊表谢意，不知道你是否有空？”

梁姝站在落地窗前，街道上车流往来不息，她忽然想起了上高二那天晚上，她躺在宿舍的床上看着英语笔记，上面的重点全是安燃标注的。他的英语比她好又怎么样？总是那么跩的一副样子。宿舍的电话突然响了起来，室友叫她，说是找她的。已经很晚了，谁找她？梁姝接过电话，是那个熟悉的声音，带着痞痞的口吻。

“喂，我是梁姝。”

“我，安燃，下楼。”

她没来得及问清怎么回事，电话竟然挂了！

梁姝头疼……穿好衣服下楼，外面竟然开始飘雪了，她一眼就看到了站在花坛边的安燃，穿着件黑色的外套，头发上有着星星点点的雪花。

“你找我什么事？”梁姝看安燃一眼，不忍他在冰天雪地里站太久。谁料到，她垂在身侧的手突然被拉了过去。

安燃温热的手一下握住她的，让她离他很近。他拉开外套，怀中是一小方白色，裹了好几层塑料袋，能看到蒸出来的雾气，密密细细的水珠挂在袋子上。

他的声音映着飘雪格外好听。

“你不是说下雪天想吃酒酿圆子吗？”他递给她，催促道：“快上去吧，天太冷了。”

梁姝没有挪动步子，安燃皱皱眉：“刚买的，快回屋里趁热吃。”

她心一横，拽住他的手腕，开始往实验楼跑。

安燃内心不禁叹了一句，真是他的小祖宗。

然后两个人用着一个勺子，站在实验楼漆黑的走廊里，借着安燃手机手电筒的光，一起分享了那份酒酿圆子。

时间总是过得太快，快到她的英语在他的嘲笑中进步飞速，两人约定了一起去 A 大念书一起毕业，后来爽约的是他，也是她。他去打了电竞，她做交换生去了美国。

听说他的手受伤，梁姝帮他联系了在美国的医院，可是，他根本就没出现。那一届国际大赛在纽约举办，她不顾课业和工作的繁忙，飞了三个半小时过去看他，从那个大屏幕上看他。

那次比赛后，他宣布退役，毫无预兆。

人们都说，年少的时候不要遇见太惊艳的人，可是，遇到了怎么办？她发现纵然她把自己埋在厚厚的法典下，也仍然忘不了他的脸。

她回到有他在的城市，期待着每一次的偶遇。可是，生活哪像是小说，有那么多的机会？

她从没见过他。直到他生病住院，她忍不住去看他。她可以低头，只要他们都可以回头。

电话此时响了起来："我，安燃，下楼。"

梁姝收了回忆，看了看镜子中自己的妆容，才往电梯间走去。

白色的奥迪、水蓝色的羊绒衫，安燃看梁姝上车系好安全带，淡淡地说道："药我用了，也吃了。"

梁姝听到这句话，心里暖了一下。

"有效吗？"她问得热切。

安燃却只是简单道："还有一多半的量。"

"哦。"很显然，她的声音里带着些失望。

安燃发动车子："要去的地方有点远。"

梁姝处理了一天的案子，面对安燃的时候却仍旧打起精神："没事。"

"去我爸妈那，今天是安星允的生日。"

她愣住，偏头看他，那俊逸的侧脸仍旧像年少时那样美好。

"安星允同李叙一起回去，他们催我把女朋友也带回去。"

那天晚上，安星允看到梁姝跟在安燃的背后出现，眼底露出笑意。整顿饭的气氛比安星允预想的要好很多，一直关系紧张的哥哥和爸妈，今天也都和气了不少。

故事总是很短，人生总是很长，日子总是很慢，时间总是很快。

李叙穿着手术服从手术室出来，疲惫地去换衣服，换好白大褂正要去查病房，跟房的护士走了过来。

"李医生，昨天来的那个女患者又来了，她非说你给她开的药不管用。赖在你的诊室外不肯走。"

李叙笑笑，气质清爽，让护士有些走神。

"我去看看。"

安星允坐在诊室外的座椅上无聊地刷着手机，很快，走廊那边，迈着长腿过来的“白大褂”正是李叙。

她整理了下头发，笑意盈盈地起身。

“昨天的药吃了吗？”李叙问得温柔。

“吃了，但是不管用。怎么办？”安星允跟着他和护士一起进了诊室，坐在他对面，明眸浅浅，语气带点无赖。

李叙抬眼：“手伸过来。”

安星允乖乖递了过去。他指尖有些凉，十指紧扣安星允的手指，声音低哑，话语简练：“安星允，你这个病怕是要治一辈子。”

这话，听得安星允和护士都愣在了原地。

接着，李叙又补充了一句：“并且，只能由我来治。”

安星允听懂了，脸颊顿时绯红。

李叙起身：“听话，我去查房，等会儿一起回家。”说着，他叫上已经魂飞魄散的护士。

安星允就坐在座位上，眼睛望着李叙穿着白大褂右转走出了诊室，步步生风，眼底含笑。

好幸福。

（正文完）